代官山あやかし画廊の婚約者
ゆびさき宿りの娘と顔の見えない旦那様

仲町鹿乃子

富士見L文庫

Contents

プロローグ

渋谷《しぶや》と横浜《よこはま》を繋《つな》ぐ東横《とうよこ》線の代官山《だいかんやま》駅から、歩くこと六分余り。

街路樹の槐《えんじゅ》の白い花が咲く、七月の夏休み初日。

半袖の白いセーラー服を着た高校三年生の小島恵茉《こじまえま》は、リュックサックを背負い、大きな門をすり抜けるようにして入った。

瞬間、緊張でこわばっていた恵茉の頬に、ぽつんと一粒の雫《しずく》があたる。

（雨？）

思わず空を見上げた恵茉は、その美しさに息を呑《の》んだ。

木々の葉の隙間から見える青空と、降り注ぐ朝の清潔な日差しに降る雨が煌《きら》めいている。

恵茉のセーラー服の襟にかかるやや癖のある長い髪にも、無数の雨粒がぽつぽつと宿り始め、その様子はさながら透明なベールのようである。

青く茂る木々の葉が、雨とともにその匂いの濃さを増していく。足もとから立ちのぼる土の匂いに、恵茉はどこか懐かしい気持ちになった。

雨粒がさわさわと木や草や花を揺らし、優しい音楽を奏で出す。

そのすべてに、なぜだが恵茉は勇気づけられているような思いを抱いた。

少し下がり気味の目を、すっと前に向ける。

茂る緑がトンネルを作るその先。

そこには、密《ひそ》やかながらも厳かな佇《たたず》まいの日本家屋があった。

(あれが、秋芳《しゅうほう》家……)

恵茉は唇をぎゅっと結んだ。とてもじゃないが十八歳の娘がひょこひょことやって来ていい場所だとは思えない。けれど、どんなところであろうと、恵茉は秋芳家で菓子職人として働くと決めたのだ。

それが、亡くなった祖父との昔からの大切な約束だったからだ。

雨脚が強くなってきた。きちんとした服装がいいと思い制服で来たけれど、これ以上濡《ぬ》れてしまうのは困る。

傘のない恵茉は、そのまっすぐな道を走った。顔にあたる雨に目を細めながらも、なんとか玄関の庇《ひさし》の下へと滑り込む。

(初対面の人とこんな姿で顔を合わせるなんて)

しょんぼりしながら制服のスカートからハンカチを取り出したそのとき。

ガラガラと音を立て、玄関の戸が開いた。

出てきたのは、恵茉が見上げるほど背の高い人だ。

その人はまるで闇を纏《まと》うように、襟のない黒い長袖のシャツに同じ色のズボンを穿《は》いている。けれど、その顔には——。

「雨が降ったんだね。迎えもせずにすまなかった。きみは、小島松造《しょうぞう》さんの孫の恵茉さん、だね？」

確認するかのような落ち着いた男性の声に、恵茉はぎこちなく頷《うなず》く。

「ぼくはこの家の主《あるじ》の秋芳律《りつ》だ。——という紹介は、堅苦しいか」

……当主？

この人が？

「ようこそ、婚約者殿。今日からここがきみの家だよ」

婚約者？

この人は、なにを言い出すの？

ハンカチを握りしめたままの恵茉の耳に、白く妖しい狐面《きつねめん》をつけた男性《ひと》の小さく笑う声が聞こえた。

一・夏の宵待ちとガレット

遡《さかのぼ》ること少し前、恵茉《えま》は緊張と不安に押しつぶされそうになりながら、代官山《だいかんやま》の駅へと降り立った。

腕時計は、朝の八時五十六分を指している。こんなに早い時間に行ってしまってもいいのだろうかと思ったけれど、これは秋芳《しゅうほう》家からの指示である。

「夏はすぐに気温が上がりますでしょう。ですから、お早めにいらしてくださいませ」

恵茉が生前に祖父から渡された古いメモを見ながらかけた電話口に出たのは、五十鈴《いすず》と名乗る女性だった。年配の女性らしい穏やかな声に、恵茉は息を吐《つ》いた。

五十鈴と話すまで、一体なんど秋芳家の電話番号を途中まで押しては切ったことか。ついに最後まで押したときには、その番号を覚えてしまっていたほどである。

五十鈴は、秋芳家の家事全般を取り仕切る仕事を任されていると言った。

祖父へのお悔みも言ってくれた。そのあたたかな声に、恵茉の心は慰められた。

そして、その電話で五十鈴は、恵茉と祖父が暮らしていたアパートの片づけから代官山への引っ越しまで、すべてはこちらに任せてくれればいいと話し出し、電話を切るや否やその段取りや秋芳家での恵茉の部屋に関する情報などを書いたFAXを送ってきたのだ。

　恵茉は祖父と、ある約束をしていた。

祖父が亡くなったら秋芳家に連絡をして、祖父の跡を継ぎ秋芳家の菓子職人となることである。

　祖父は、菓子職人だった。洋菓子から和菓子、ときには中華菓子まで幅広く作り、そのすべてを秋芳家だけに納めていた。

五歳になる直前に両親を亡くした恵茉は、祖父と二人暮らしだった。恵茉は、幼い頃から祖父に菓子作りを仕込まれてきたのだ。

　そして、高校三年生の現在は、祖父の手伝いとして秋芳家に納める菓子作りの多くにも関わってきている。

　とはいえ、未熟であるのは百も承知だ。だから、秋芳家の菓子職人の一人となり、先輩職人に教えを乞いながら、一日も早く一人前になりたいと思っている、のだけれど――。

（職人さんたちとうまくやれるだろうか）

　それを考えると、胃が痛くなる。

「でも、やるしかないんだ」

　恵茉は、よし、と気合を入れると、五十鈴から送られた地図を広げ、代官山の街を歩き出した。

そんな恵茉の耳に「エクレア」と、若い女性の声が飛び込んできた。

恵茉がさらに耳を澄ますと、その会話はどうやら後ろから歩いてきた二十代の男女二人組のものだった。恵茉は二人の会話に耳を傾ける。

「エクレアの専門店が表参道《おもてさんどう》にできたっていうから立ち寄ったんだけれど。エクレアじゃなくて、エクレールって書いてあったのよ」

女性がそう言うと、男性がエクレールねぇ、と考えるような声を出す。

「フランス語か？」

「そうみたいね。おしゃれよね」

女性がふふっと笑うのを聞きながら、恵茉の頭にエクレアについて知るあれこれが展開し始めた。

エクレアはフランスで考案されたといわれる菓子だ。特に馴染《なじ》み深いのは、エクレール・オ・ショコラと呼ばれる細長いシュー生地の上にチョコレートがかかったものだろう。

また、シューの中に入ったたっぷりのクリームを、いかにはみ出さずに食べきるかが課題の菓子でもある。中に入るクリームは、カスタードでもよし、生クリームでもよし。いっそ、二種類入るでもよし。

カスタードや生クリームの代わりにコーヒーやストロベリー、チョコレートクリームでもおいしい。組み合わせは自由なのだ。

エクレアには電光や稲妻といった意味があるという。これには諸説あり——。

（いけない。お菓子のことを考えている場合じゃなかった）

お菓子のこととなると、恵茉はついついこうなってしまうのだ。

反省しつつ気合を入れ直し、地図を片手に秋芳家を目指した恵茉だったのだけれど、その三分後、入れ直した気合はあっけなく消えた。

「まさか、この家？」

恵茉の前には、見上げるように高い門がある。年季の入った木製の門で、その高さは身長百五十七センチの恵茉のゆうに二倍はあるだろう。

目当ての家は個人の自宅だ。だから、こんな施設のような門であるはずがない。同じ住所に家が何軒か建つことはあるので、秋芳家もきっとこの建物のご近所にあるのだろう。

そう気を取り直し、しかし一応念のためにと確認をした恵茉の目に、「秋芳」の表札が留まった。

（えっ？　どういうこと？）

落ち着け、落ち着けと自分に言い聞かせながら、恵茉はその表札をじっと見た。けれど、恵茉の目に映る「秋芳」の文字は変わらない。

とんでもないところに来てしまった。まさか、祖父がこんなすごい家の人と仕事をしているなんて思わなかった。そびえるような門は恐ろしく、恵茉はいかにも場違いだ。

逃げたい……。でも、逃げたところで行く場所なんてない。アパートは引き払ったし、荷物だってすぐここに運ばれてくる。

それに、逃げてはだめなのだ。大好きな祖父との約束だ。破るわけにはいかない。

ふっと、誰かに呼ばれたような気がして視線を動かすと、さっきまでぴたりと閉まっていたはずの門に、少しだけ隙間が空いている。

――ようこそ。

（家が呼んでる。いや、そんなばかな）

否定はするものの、消すことができない不思議な感覚に背中を押され、恵茉は秋芳家の門をそっと開けた。

そして、今。

菓子職人として秋芳家にやって来たはずの恵茉は、なぜか当主で狐面の秋芳律《りつ》の婚約者として迎えられ、あてがわれた二階の洋間にいた。

部屋は白を基調とした造りで、上げ下げ窓がかわいい。事前に五十鈴から知らされていたとおり、机に椅子、本棚。ベッドにタンスにクローゼットまで揃《そろ》っている。

恵茉のすぐあとに、引っ越しの荷物も運び込まれたため、雨に濡れた制服は水気を取りハンガーに掛け、恵茉も半袖のブラウスとスカートに着替えることができた。

とりあえず、夏物だけをしまったが、部屋の隅にはまだいくつかの段ボール箱が手つかずで残っている。

引っ越しを担当した業者は、女性の三人組だった。実は、専門は引っ越しではなく運送関連の仕事だそうだが、秋芳家と長く取引をしているため、今回引き受けてくれたらしい。

アパートを引き払うときから、ていねいで早い作業はとてもありがたかったのだけれど、恵茉は、つい聞いてしまった彼女たちの会話に、頭を悩ませている。

というのも、三人が

「やっぱりいつ見ても、律様はすてきだわ」

「切れ長の二重の瞳にすっきりとした高い鼻、まるで芸術品よ」

「亡くなったお母様譲りって聞いたけれど」

「美の遺伝ね。尊い」

そんな会話をしていたからだ。

つまり、彼女たちには律の顔が見えるのだ。

というより、もしかすると、見えないのは恵茉だけなのかもしれない。

「どうしよう」

どうしようと言ったところで、どうしようもないのだけれど、そう言わずにはいられない。

それに、そうだとしたら、これは隠さなくちゃいけないことなのだろうと思う。

恵茉だって「どうして恵茉さんは狐《きつね》の面を被《かぶ》っているんですか？」なんて、身に覚えのないことを律に言われたら困惑するし、そう言ってきた彼に対して警戒心も抱くだろう。下手をすると、そんな変なことを言い出す人はこの家に置いてはおけないと、追い出されてしまうかもしれない。それは困る。

だから、狐の面については保留だ。

律の顔が尊かろうが、狐面だろうが、この際どうでもいい。

それよりも、婚約者だ。

名家の娘でもない恵茉に、知らない間に婚約者がいたなんてことはあるのだろうか？

恵茉と秋芳家を繋《つな》ぐのは祖父だが、恵茉は祖父からもそんな話は聞いていない。

婚約云々《うんぬん》よりも、祖父の代わりの菓子職人として、未熟ではあるが働かせてもらうことが、恵茉にとっては大事なのだ。

祖父は、自分が作る菓子を待っているお客様が、秋芳家にはいると言っていた。

恵茉もそのお客様のために、祖父のように菓子を作りたい……。

ドアをノックする音に、恵茉はぱっと顔を上げた。

開けたままにしていたドアの横に立つのは狐面の律だ。彼を見て恵茉は落胆する。そして、ここは自分の家ではなく、恵茉の部屋をノックする祖父ももういないのだと思い出す。

「着替えたんだね」

「はい」

そう答えながら恵茉は、彼の後ろに立つ年配の女性に気づいた。

女性は、おかっぱ頭の白い髪、ふくよかな体に割烹《かっぽう》着姿だった。

もしかしてこの人は……。

「恵茉さん、紹介するよ。五十鈴さんだ。二人はなんどか電話でやり取りをしているんだよね」

律の紹介に五十鈴が頭を下げ、一歩前に出る。

「恵茉様、突然の環境の変化、戸惑うことも多いと思います。けれど、ご安心くださいませ。松造《しょうぞう》様の大切な恵茉様のお世話は、この五十鈴がしっかりとさせていただきます」

五十鈴は恵茉のそばまで進んでくると、手を握ってきた。びくりとした恵茉だったけれど、五十鈴の手は電話で聞いた声と同様にあたたかく、そして肉厚で柔らかだった。

「五十鈴さんは、ぼくが中学生の頃からこの家の家事を含むすべてをお願いしている人なんだ。うちの敷地《しきち》の裏に建つ家で暮らしている。なにかあれば、すぐに来てくれるよ。今は、恵茉さんの高校も夏休みだけれど、新学期が始まったら学校関係のいろいろなことも彼女に相談するといいよ」

九月から恵茉は、この家から通学するのだ。

「お世話になります」

恵茉はぺこりと頭を下げながら、それだけしか言えない自分にがっかりした。

本当はもっと多くのお礼を、恵茉は五十鈴に言いたかった。五十鈴との電話で慰められたと伝えたかった。

けれど、友だち付き合いもなく、祖父としかまともに会話をしてこなかった恵茉は、どうしても初対面の人には言葉少なになってしまう。祖父とのつうかあで伝わる会話は心地よかったけれど、一歩外に出ると他の人に対する言葉を持たない自分を痛感してしまう。

こんなそっけない態度では、五十鈴にいい印象を与えられるとはとうてい思えない……はずなのに。なぜか五十鈴は、恵茉を見て相好を崩したのだ。

「まぁまぁ。恵茉様がこんなにふわふわとしたかわいらしい方だとは。律様が婚約者である恵茉様の存在をお隠しになっていたのも納得でございます」

「隠していたわけではないけれど、物事には順番ってものがいろいろとあるんだよ」

飄々《ひょうひょう》とした声で律が答えると、五十鈴がやれやれと肩をすくめた。

なんだか二人の会話の方向性がおかしい。

そもそも恵茉は、婚約についての説明をまだちゃんと受けていない。それなのに、律と五十鈴はそれをまるで決定されたことのように話している。

このままでは、どんどんおかしな方向にいってしまう。躊躇《とまど》いながらも勇気を出し、恵茉は「あの、」と話し出す。

「婚約の話ですが――」

「あら、そうでございますよね。うふふ。こんなおばあちゃんがお二人の関係にあれこれ口出すのは野暮な話。でも、聞いてくださいまし、恵茉様。律様ですけれど、こんな都会にいながらまるで山奥で暮らす仙人のような暮らしぶりだったんですよ」

「え？　あの……」

恵茉の決意空《むな》しく、五十鈴は嬉々《きき》としながら律について語りだす。

「ほらほら、恵茉さんが困っているぞ」

「律様、そうやって、恵茉様を慮《おもんぱか》るふりをしながら、この話題から逃げようとなさっていますね。そうは問屋が卸しません。恵茉様は律様のお嫁様になるお方。そして、律様は旦那様になるのですよ。ですから、今まで律様がどういった生活をなさっていたのか、恵茉様には知っていただく必要がございます」

そう言うと、五十鈴は律の抗議を振り払い、鼻息も荒く語り始めた。

「律様は、中学時代から二十六歳の現在まで、クールな容貌と上品な物腰から『氷の貴公子』と呼ばれておりますが、わたくしに言わせれば『氷』ではなく、『氷漬けの貴公子』でございます。いい若者が、青春を謳歌《おうか》もせずに学校以外は一日中絵に囲まれ、絵ばっかり。会う人もすべて絵絡み。お友だちに誘われても行くでもなし、女性からの誘いに乗るでもなし。この広い家にいるのは、律様お一人だけ。わたくし心から心配しておりましたが、松造様公認でお孫様との結婚のお約束をされていたとおっしゃるじゃありませんか。もう驚いたのなんのって」

「そんな、まるで人を変わり者のように」

「まぁ、変わり者ではないとおっしゃるのですか？」

五十鈴のきっぱりとした物言いに「まいったなぁ」と律がぼやく。

律と五十鈴の間では、納得済みの話のようだけれど、恵茉にはさっぱりわからない。

いつ、そんな話が出たのか。そこのところをきちんと聞いて、穏便に軌道修正をしたい。

「恵茉さん。ぼくはこの縁を大切にしたいと思っている。愛や恋ではなく、家族のようになれたらいいと。それに、婚約者だからといって、今日明日に結婚しようなんてことではないよ。ここで一緒に生活をしながら、ゆっくりと関係を築けたらいいと思っているんだ」

律の声は優しい。恵茉を気遣う思いやりも感じる。

でも、だからといって、唐突に婚約者だと言われても、初恋さえまだの恵茉には、素直に頷(うなず)くことができない。

「あの、そのお話なのですが——えっ？」

突然の冷気とともに、恵茉の部屋の温度が下がった。半袖のブラウスを着た恵茉はぶるりと震える。一体、なにが起きたのだろう？

「すまない恵茉さん、タイムリミットだ。なにか羽織るものはあるかい？　なければ、ぼくの服でも」

律が着ているシャツを脱ごうとしてきたので、恵茉と五十鈴で慌てて止めた。

恵茉はタンスにしまったばかりの薄手のカーディガンを出して着た。冬物の服は手つかずの段ボール箱にある。律がふむふむと顎に拳を置く。

「五十鈴さん、恵茉さんが着られそうな防寒着を、裏口まで持って来てくれるかな」

五十鈴は頭を下げると、部屋から出て行った。

律が恵茉へと向いた。

「さて、恵茉さん、早速だけれど一緒に画廊に来てほしい」

「画廊、ですか？」

恵茉は首を傾《かし》げる。律が絵を好きだとは聞いたが、この流れでなぜ？

「あぁ、そうか、言ってなかったな。秋芳家は代々、絵を扱う仕事をしているんだ。代官山画廊といってね。この家と同じ敷地内に建っている」

秋芳家は菓子店ではなく画廊を——代官山画廊を経営？

（なにをどこから考えたらいいんだろう）

秋芳家の家業が画廊なのだとしたら、そこに祖父はどう関わっていたのだろう。

頭の中がごちゃごちゃになった恵茉に対し、律はといえば、どこ吹く風の体である。

「さぁ、恵茉さん。この寒さを止めるために、画廊に絵を見に行こうか」

律はそう言うと恵茉の腕を取り、颯爽《さっそう》と歩き出した。

代官山画廊は木造の主屋とは違い、現代的なコンクリート二階建ての建物だ。入口の扉も鉄製で、窓もなく画廊というよりは大きな牢屋《ろうや》のようでもある。

画廊へは主屋の表玄関からではなく、裏口から庭を抜けて行った。そのほうが近いらしい。

恵茉はその建物を、黒いロングコートを着た律の隣に立ち見上げていた。ちなみに、恵茉はキャメルのダッフルコートに頭はもこもこのニット帽、首にはマフラー。そして、手袋まではめ、コートの下にはセーターも着ている。コートとセーターは律が中学生のときに着ていたもので、手袋に帽子、マフラーは五十鈴の品だ。

これらの服を恵茉は、衣類を抱え疾風のように戻って来た五十鈴に、次々と着せられた。

恵茉が赤い手袋をかわいいと思い見ていると、それに気づいたのか、五十鈴がニコニコ顔で説明しだした。なんでも、十年以上前、五十鈴がここで働き始めてすぐのクリスマスに律から贈られた大切な品だそうだ。直しながら使い続けているらしいが、恵茉にはそんなに古いようには見えなかった。

五十鈴の話を聞いた律が「大切ならそれはしまっておいて、去年渡した新しい手袋をすればいいのに」と、さも不思議そうに言うと「大切だから、いつも使いたいのですよ」と五十鈴は返し、微笑《ほほえ》んだ。

しかし、寒い。

「あの、秋芳さん」

「律でいいよ。婚約者なんだから」

「……律さん。どうしてこの家は、こんなに寒いのでしょう？」

「安心していいよ。冷気はまだこの敷地内だけに留まっている。外部への影響はないから」

律とのかみ合わない会話に、恵茉はもぞもぞとする。どうしたものかと思っているうちに、律が画廊の扉を開けた。

「えっ？　わわわっ」

外に向け一気に噴き出してきた冷気に、恵茉はたたらを踏んだ。

「恵茉さん！」

恵茉の体が引き寄せられる。

「ごめん！　びっくりしたね？　大丈夫？」

律にすっぽりと抱きしめられたままで、恵茉はコクコクと頷く。

「どうしてこんな目に遭うんだろうって思うよね。でも、これがぼくたちの仕事だから」

（ぼくたち？　ぼくたちって？）

恵茉が顔を上げると、律の狐面が恵茉を見下ろしていた。そして、しばし無言のあと、律が恵茉の帽子を被った頭に手を置き、優しくポンポンと撫《な》でた。

「!!」

「さぁ、行こうか」

律の親密さに混乱しつつ、恵茉は律のあとに続き、冷気漂う不思議な画廊へと進んだ。

画廊のエントランスホールに立つと、左右にドアが一つずつと、二階へと続く階段が見えた。律が右のドアを開けて入ったので、恵茉もあとに続く。部屋の広さは、少なくとも二十畳はありそうだ。

（夏なのに、こんなにも寒いなんて）

自分の置かれた状況がとてもじゃないけれど現実とは思えず、恵茉は寒さよりも恐ろしさを感じた。

壁の中央には一枚の絵が掛けられていた。そして、その絵の前には、脚の長い小ぶりのテーブルが置いてある。

「この絵だよ」

恵茉は寒さで縮こまりながらも、正面から絵を見た。油絵だ。

絵は横長で、新聞紙を広げたくらいの大きさだろうか。ヨーロッパと思われる街の一角にあるカフェが描かれている。

時間は、夜になる少し前だろうか。

空には暗い青が広がり始め、黄色いあかりがぽつぽつと点《つ》いている。

画面の左側に描かれたカフェにはテラス席が設けられ、席は絵の手前から奥に向かって並べられていた。

一番手前のテラス席には、黄色い半袖のワンピースを着た女性が座っている。多くの人の中で、彼女だけが際立って鮮やかだ。女性の髪は長く明るい栗《くり》色だ。テーブルに肘をつく姿も決まっている。

「この絵が、なんでしょうか？」

「きみが作る菓子を待っている客、かな」

恵茉は絵を凝視した。

「絵のようですが」

「うん、絵だね。ただし、うちに運ばれてくる絵は、少々やっかいな状況になっているんだ。理由はさまざまなのだけれど、暴走してしまったというか、妖力を宿してしまったというか」

律はそこで一旦言葉を切ると、再び話し始めた。

「荒唐無稽な話だと恵茉さんは思うだろうね。ただ、この世には、説明し難《がた》い出来事や事象が案外あちこちに転がっているものなのだよ。この絵の場合でいえば、妖力を宿した結果、冷気を出し始めた。しかも、その強さは日を追うごとに増している」

「寒さは、この絵のせいだとおっしゃるんですか？」

「これを止めるためには、絵にきみが作った菓子を食べさせなくてはいけない」

恵茉は唸《うな》る。そんな話、信じられるわけがない。

「恵茉さんは、砂糖が神仏のお供えとして用いられたり、薬として使われたりしていたのを知っているかい？」

「はい。お菓子について調べる中で、それらの記述を目にしたことがあります。今でも、お盆やお彼岸の時季が来ると、砂糖や落雁《らくがん》のお菓子を見かけますよね」

恵茉の頭に、スーパーマーケットの店頭に並ぶ色鮮やかな菊や蓮《はす》の花の菓子が浮かんだ。

「そういえばそうだね。昔は砂糖は高価だったので、貴重な品を供えるといった意味もあったのだろう。また薬としては、紀元前の書物に、医療用と思われる数種類の砂糖の製造が記されているらしい。日本でも奈良時代の薬帳に砂糖を薬として扱う記述があるそうだ」

かつて砂糖は貴重品で、薬としての役目もあった。そして、恵茉が作る菓子にも、もちろん砂糖が入っている。

「……もしかして、わたしが作るお菓子が、絵の暴走を止めるための薬になるというのですか？」

「そのとおり」

「まさか、そんな」

「まぁ、そう思うよね」

恵茉の真剣さに比べ、律はやっぱりどこか飄々《ひょうひょう》としている。

恵茉はじりじりとした気持ちに押し上げられるように、ぐっと顔を上げ、狐面《きつねめん》の律の顔を見た。

「だったら、祖父も、絵のための菓子を作っていたというのですか？」

「松造さんは長きに亘《わた》り、絵のために働いてくれた」

「信じられません」

「そう思いたい気持ちは、わかる」

わかると肯定しながらも、恵茉の望む答えを律はくれない。

恵茉の頭も心もごちゃごちゃだ。

「……絵がお菓子を食べるって、それは比喩ですよね？」

「比喩かどうか、試してみないか？」

「試すもなにも」

「絵が求める菓子は、ガレットだ」

ガレットの言葉に恵茉は、はっとした。

祖父が亡くなる直前まで、恵茉は祖父に言われガレットについて調べていた。

ガレットはフランスの菓子だ。その名には、平たく丸いといった意味がある。

恵茉はガレットの種類を調べ、売っている店を探し、菓子を買い求めた。

秋芳家からの菓子のオーダーは独特で、ただ、菓子を作るだけではなく、まるで謎解きのようにお客様が求める菓子を探るのだ。

どの菓子にするのか決めるのは祖父だったけれど「当たったよ」と報告を受けるたびに、恵茉も嬉《うれ》しかった。

そして、今回の菓子はガレットだった。

律の言葉と、恵茉のしてきたことが繋《つな》がってしまう。

どうして祖父は、秋芳家での仕事について、詳しいことを教えてくれなかったのだろう。

それに、なぜ、この仕事をしていたのだろう。尋ねたいけれど、それはもう叶《かな》わない。

祖父に対する疑問と割り切れなさで、恵茉の胸はいっぱいになる。

恵茉は、菓子の向こうには、お客様の嬉しそうな笑顔や満足した顔があると思っていた。

祖父が作る菓子を手伝いながらも、この菓子を待っているのはどんなお客様だろうかと想像した。祖父の仕事を引き継ぐことで、お客様にお会いすることが叶うかもしれないとも思っていた。

それが消えた。

恵茉は祖父との約束を果たすために、祖父の代わりの菓子職人として秋芳家にやって来た。だから、絵に菓子を作る仕事を祖父がしてきたのなら、恵茉もそれをするしかない。

「わかりました。作ります。でも、ガレットにはいくつかの種類があります」

祖父はガレットを決める前に倒れ、亡くなった。

「どのガレットが絵に捧《ささ》げるための正解の菓子なのか。それを、これからぼくと恵茉さんで探さなくてはならない」

「どうやって……」

思わず声が出る。

「ぼくも初めてこの仕事をしたときは、右も左もわからなかったよ」

「……でしたら、全種類のガレットを作ります。それなら、どれかは当たるのではないでしょうか？」

正解の菓子を探す方法なんてわからない。恵茉は菓子を調べるだけで、祖父がどうやってその正解の菓子を選んでいたのか、その方法を知らないのだ。

それに、ガレットと決まっているのなら、探すなんて手間をかけなくても、すべてを作り絵の前に置けばそれで済むのだろう。恵茉はちらりと絵の前に置かれたテーブルを見た。

なるほど、あれは菓子を載せるためのものだったのか。

今まで祖父が作った菓子もそこに載せられたのだろう。

恵茉は空《むな》しい気持ちを隠し、ガレットを作るための材料や手順を考え始める。

「なるほど、全種類か。恵茉さんは頭がいいね。たしかにその方法はアリだけれど、今の場合はナシだ。恵茉さん。捧げるの意味、わかってる？」

「絵の前に置くとか、そんな感じだと」

「もう一つ聞くよ。きみは、この家になにをしに来たんだい？」

律が初めて恵茉がここに来た目的について触れてきた。

「祖父の代わりの菓子職人になるためです」

今さらながらの質問に、恵茉はきっぱりと答える。

しかし、律はその恵茉の答えに不満でもあるのか、考え込むかのように右手の拳を狐面の顎につけた。

「ぼくが知る限り、小島《こじま》松造さんがやっつけ仕事のように菓子を作ったことはない」

心を見透かしてきたような律の言葉に、恵茉の顔が赤くなる。

「捧げるとは、とある辞書によると、尊敬すべき人に物を差し上げる。あるいは、相手に真心や愛情、生命を差し出すとあった。きみは、今、どんな気持ちで絵に菓子を捧げようとしたんだい？」

恵茉は言葉に詰まった。律に対して言い返す言葉が見つからず、俯《うつむ》いてしまう。

そうだ。もし、祖父がここにいたら、今の恵茉のような提案はしなかっただろう。

「とまぁ、こんなところがぼくのダメなところらしい。絵に関することとなると、どうにも暴走してしまう」

律のおどけた声に、恵茉はほっとして顔を上げた。

「……でも、おっしゃるとおりです」

「きみは、いい子だな。いや、それはわかっていたが。うん、これはぼくが悪かった。きみの反応はあたりまえだ。いや、あたりまえよりも上をいっているな。少なくともきみは、自分がガレットを作る前提で話をしたのだから」

律のフォローに恵茉は救われる。

「正解のお菓子は、どうやって見つけたらいいのですか？」

「いい質問だ。第一に絵を見る。これは大前提だ。絵の中に菓子に繋がるヒントがあるかもしれない。第二に、絵のタイトルやこの絵の来歴を調べる。来歴とは、絵が作者の手を離れたあと、どんな人や団体に所有されていたかといった絵の持ち主の歴史のようなものだ。その中で、菓子と結びつくエピソードがあるかを探す。第三は、第二に関係してくるけれど、現在や場合によっては過去の所有者。絵に関わった人からの話。そして第四。絵が宿した妖力。ぼくたちからすると絵の暴走ともいえる絵からのＳＯＳを読み取ることだ」

「暴走はSOSなのですか？　絵は助けを求めているのですか？」

「絵も好きで妖力を宿したのではない。この荒ぶる状況を終わりにしたいと思っている」

「そうだったのですね……。では、この絵の場合のSOSとは、寒さですか？」

「そうだ。寒さが、直接的または間接的に絵の背景を探るヒントになる」

菓子と寒さ？　つまり、ガレットと寒さだ。

ぱっと頭に、ある一つのガレットの名が浮かぶ。冬の菓子だ。

しかし、困った。絵の中の女性の衣装は、黄色い半袖のワンピースなのだ。

「来歴について話そう。絵の作者は、依頼主の祖父で故人だ。画家を志していたそうだ。絵も作者が暮らしていた家の蔵にあったらしい。作者は昭和初期にフランスのパリに留学をしていた。絵が誰かの手に渡ったのか、そうでないのかはわからない。ただ、最終的には作者自身が所有していた」

「ここは、パリのカフェなのですね」

「そうだ。絵のタイトルは『ガレット』。そして、タイトルであるガレット以外、絵に繋がる菓子は見つからなかった」

恵茉は今一度、絵に目を向けた。

「祖父もこの絵を見たのですか？」

絵に視線を置いたまま尋ねると、律は言葉に詰まるようなそぶりを見せた。

「いや、見ていない。絵が運び込まれるスケジュールが遅れたんだ。だから、松造さんにはこの絵のタイトルしか伝えられなかった」

律は残念そうだった。恵茉も祖父がこの絵を見て、なにをどう感じたのか聞きたかった。

夜を待つパリの街角。ぽつぽつと灯るあかり。カフェに集う人々のざわめき。

そして、黄色い半袖のワンピースを着た女性。

「この女性にはモデルがいるのですか？」

「作者の妻だという話だ」

「国際結婚ですか？」

「留学先ではお金もなく、苦労したそうだよ」

恵茉には、絵を鑑賞するといった習慣はなかった。

どう見ていいのかわからなかったし、どんな絵がいい絵なのかもわからなかった。

けれど、こうしてこの絵が描かれた背景を律から聞いているうちに、絵に対して親しみが湧いてきた。

恵茉が見るこの絵には、いつかの時代に生きていた女性の姿が描かれている。

と同時に、彼女と同じ時代を生き、この絵を描いた人もいた。

ぞわりと鳥肌が立つ。

人がいるから絵が生まれた。

なにもない真っ白な世界から、人が景色を作り出す。

「絵は人とともにあるんですね」

「……そうだ」

かつて、誰かがこのキャンバスに向かい、筆を持ち絵を描いた。

時代を経てもキャンバスに残る一筆一筆に、恵茉は作者のリアルな息吹を感じ、たじろぐ。

留学先では金銭的な苦労もあったようだ。

絵の具に絵筆にキャンバス。道具を揃《そろ》えるのも一苦労だったろう。

また、この構図を決めるまで悩んだかもしれないし、描き直しだってしたかもしれない。

それでも、この絵にはどこかワクワクするような、生き生きとした希望のようなものしか感じられない。

恵茉は菓子作りをする祖父の姿を思い出した。

一つの菓子を作るために、材料を吟味して、道具を選び、思い描く味や意匠を叶えるために技術を磨き続ける。

恵茉の心はしんとした。混とんとしていた想《おも》いが澄み渡った。

絵を描くことと、菓子を作ることは似ているのかもしれない。

絵も菓子も、人とともにある。

（絵が望むガレットとは、なんだろう？）

恵茉は、調べたガレットを頭に思い描き始める。

まずは、クレープのような薄い生地の蕎麦《そば》粉のガレット。

けれどこれは、生地の上にトマトや卵、ハムやベーコンにきのこなどを載せ、菓子というよりは軽食のイメージである。

食事といえば、ガレット・デ・ポムデールと呼ばれる細切りのジャガイモで作るガレットもある。

ガレット・ブルトンヌは、恵茉の拳ほどの大きさの焼き菓子だ。やや塩味の効いたサクサクとした生地の味と食感を楽しむ菓子である。ブルターニュ地方の菓子だ。

ガレット・ブルトンヌに似た、ガレット・ナンテ。港町ナントの菓子で、恵茉が買い求めたガレット・ナンテにはオレンジピールが入っていた。

タルト・ブレッサンヌとも呼ばれるガレット・ブレッサンヌは、ブリオッシュ生地に濃厚な生クリームと砂糖をふりかけ焼いた発酵菓子だ。

そして、冬の菓子、ガレット・デ・ロワ。

フランスの一月六日のエピファニーを祝う菓子である。エピファニーとは、三人の賢人がキリストに誕生の品を贈り祝った日だ。

菓子は、折り込みのパイ生地とクレームダマンド。つまり、アーモンドクリームでできている。一般的には、数人で切り分け食べられる大きさの菓子であるようだ。

また、この菓子の特徴は、なんといってもフェーヴと呼ばれる陶器製の小さな人形だろう。ガレットの中にこの人形が入っていて、フェーヴにあたった人はその日は王冠を被《かぶ》り、祝福される。

(フェーヴ?)

もしやと思い絵に近づいた恵茉は、右肘をつく女性の指先を見た。

女性は、右手の親指と人差し指でなにか小さく白いものを摘まんでいる。

もしかして、これは?

「律さん! フェーヴかもしれません」

恵茉は女性の指をさし、フェーヴとガレット・デ・ロワについての説明をした。

「なるほど、それが恵茉さんの見立てか」

「寒さだけなら、ガレット・デ・ロワだと決めるのは弱いですが、フェーヴがあるなら、もうそれしか考えられません」

「しかし、女性の服から考えると冬の菓子というのは、頷《うなず》けないな」

「そうですよね……」

黄色い鮮やかなワンピースが、恵茉の推理は違うと言っている。

「ワンピース、すてきですよね。絵の中でも際立って。きっと大切な服だったのでしょう」

――「大切だから、いつも使いたいのですよ」

恵茉は赤い手袋を見つめる。

大切な服。絵のモデル。

――「留学先ではお金もなく、苦労したそうだよ」

「もしかして、大切だから、寒くても着たのかもしれません」

「え？」

「黄色いワンピース。もしこれが、作者から女性に贈られたものだとしたら、冬でも着たかったのかもしれません」

「しかし、冬に半袖はどうだろうか？」

やはりそこにぶつかってしまう。律がなにか考えるように、顎に拳をつける。

「いや、待てよ。描き始めた時期と描き終わった時期が、大幅にずれたのなら、冬でも半袖のワンピースは、あるかもしれない」

「一枚の絵を描くのにそんなに時間がかかるんですか？」

「それは、人それぞれでね。短期間で絵を仕上げる画家もいれば、自分が納得できるまで、何年も筆を入れ続ける画家もいる」

律が改めてといった感じで絵を見た。

「残念ながら、どんな事情があったのか、ぼくたちにはわからない。たとえ、正解の菓子だとしても、ぼくたちが推理した事情が当たっていたかどうかを知るすべはない。正解なら絵は菓子を食べ、暴走も止まる。不正解なら、暴走し続ける」

律が狐面《きつねめん》の顎に拳をあてる。

「ガレット・デ・ロワか。うん、それでいこう。恵茉さん、作ってもらえるか？」

「はい」

幸い、材料もある。

（どうか正解でありますように）

この絵が求めている菓子を、恵茉は一刻でも早く届けたいと思った。

その足で、恵茉は律に案内され厨房《ちゅうぼう》に向かった。

厨房は主屋の一階にあり、五十鈴が食事を作る台所とは別に、菓子作り専門の場として設けられている。

この厨房の存在は、引っ越しの打ち合わせのときに運送業者の担当者から聞いていた。

恵茉が持ち込んだ製菓材料や道具も、そして祖父が残した多くのレシピノートもここに運び込まれたはずである。

厨房の前まで来た恵茉は、木枠のガラスの引き戸の前で思わず立ち止まった。面白いことに、ガラスには少々歪《ゆが》みがある。

「珍しいかい？　古いガラスだよ」

「初めて見ました」

律が戸を少しだけ開け、ガラスの向こうへ手を伸ばしひらひらと動かした。波うち見えるその様子が面白い。

「昔の職人の手作りによるものなんだ。趣があっていいよね。ただ、今の製品と比べると厚みがなくて割れやすいから気をつけないといけないのが難点だな」

これから先、恵茉はこの戸をなんども開け閉めするのだけれど。割れやすいと聞くと、不安になる。

「まぁ、割れないように頼んでおけば、そこそこどうにかなるよ」

「は、い？」

頼むって？　いったい誰に？

「恵茉さんも薄々感じているだろうけれど、うちは、他の家と比べると不思議なことが少々……いや、多少あって。ともかく、これからも恵茉さんにとってはびっくりするようなことが起こるかもしれないけれど、驚かずに楽しむような気持ちで慣れてほしい」

律はそんな謎の言葉とともに戸を開け、恵茉に先に入るように促す。

不思議なことが少々？

もしかして、律の狐面も？

いや、それは恵茉だけに起きている現象だった。とはいえ、繊細なガラスが恵茉の不注意で割れてしまうのは困る。律が、頼めばどうにかなると言うのだから、頼んでおいたほうが無難なのか？　なにしろ、この家には妖力を宿し暴走した絵があるのだ。なにが起きても不思議じゃない。

「どうか割れないでください」

恵茉は小さくガラス戸にお願いをしたあと、厨房へ入った。

入ってすぐの荷物台には、恵茉と祖父が暮らしていたアパートから運ばれてきた調理器具類や、梅の実のシロップ漬けの瓶が入った段ボールが重ねて置いてある。荷物台のそばの壁には、座面がやや高い折り畳み椅子が立て掛けられていた。

部屋の中央には、スチール製の作業台があった。

右側の壁に置かれた冷蔵庫を開けると、運送業者の人にお願いしておいたとおり、恵茉の家の冷蔵庫に入っていたバターや生クリーム、柚子《ゆず》蜂蜜やあんずジャムといった食品がきれいに並べられていた。

冷蔵庫の隣には食器棚にオーブン。そして、左の壁には二シンクの流しとガスコンロがあった。どれも祖父が長年愛用しているメーカーの品ではあるが、こちらのほうがサイズも大きく、グレードもおそらく上だ。部屋の正面のやや高い場所には、小さめの出窓があった。この壁の向こうは、中庭になるそうだ。

戸棚や引き出しも開ける。

アパートから運んだ材料はもちろん使うつもりだけれど、道具はもしかするとここにあるもので足りてしまうかもしれない。

でも、だからといって、持ち込んだ道具を捨てる気はない。どれも、恵茉にとっては大切な祖父の形見なのだ。

そこでようやく恵茉は、厨房に誰もいないことに気づいた。

「律さん」

恵茉が律の背に話しかけると、律が振り向く。

「他の職人さんはどちらに？」

「他の職人？　面白いことを言うね。そんな人はいないよ。秋芳家の菓子職人は、きみだけだ」

無邪気な声で答えてきた律に、恵茉は焦りを感じる。

「菓子作りは祖父から一通り習いましたが、まだ半人前です」

「それはわかっている。しかし、うちの菓子職人はきみしかいない」

「そんなわけないと思います。わたしより優れた職人さんはいくらでもいます」

律が黙り込む。そんな彼の様子に、恵茉はなにかよくない話を聞かされるような胸騒ぎがした。

「理想としては、もっと落ち着いた状況で恵茉さんに話をしたかった。けれど、これがタイミングということなのだろう」

狐面の律が恵茉の正面に立つ。

「きみは、ゆびさき宿りだ」

「……えっ？」

ゆびさき宿り？　それはなんだろう。初めて聞く言葉だ。

「昔から秋芳家と、ゆびさき宿りと呼ばれる力を持つ菓子職人は、菓子を用い『妖力を宿した絵』をもとの姿である『ただの絵』へと鎮めてきた。絵を鎮める菓子を作れるのは、ゆびさき宿りだけだ」

――「これがぼくたちの仕事だから」

あれは、そういう意味だったのか。

「祖父も、その……ゆびさき宿り、だったのですか？」

律が無言で頷く。

恵茉は自分の指を見た。取り立てて変わったところなどない、どこからどう見てもただの指である。それなのに、絵を鎮める菓子を作る力があるなんて。

祖父が繰り返し秋芳家の菓子職人として働くように恵茉に約束させていたのは、この力のためだったのか……。

「でも、どうして祖父は、その話をわたしにしてくれなかったのでしょうか」

「松造さんには、秋芳家の当主であるぼくから話したいとお願いしてきた」

律と祖父の間で、そんな話し合いがあったのだ。ということは――。

「……律さんとの婚約も、ゆびさき宿りと関係していますか？」

「恵茉さんの行く末を、松造さんは案じていた。自分に万が一のことがあったら、孫娘が一人になってしまうと。だからぼくは、生涯恵茉さんの面倒を見る約束をした」

律が愛や恋ではなく、家族のような関係と言ったのはそういうわけだったのか。

婚約のいきさつが知りたいと思っていたくせに、いざ、そのからくりを知ってしまうとなんとなく、心がスカスカとした。

「婚約などしなくても、職人として置いていただければそれでいいです」

「きみは、秋芳家にとってなくてはならない人だ。大切にしたいし、守りたい。そうする責任がぼくにはある」

職人と婚約者では、そんなに違うものなのだろうか？

婚約とか妻とか。どうしたって恵茉にはぴんと来ない。

恵茉にわかったことといえば、恵茉にも祖父同様に絵の妖力を鎮めるゆびさき宿りの力があるということ。

そして、その力のおかげで、今のままの恵茉でも秋芳家から必要とされ、居場所があるということだ。

追い出される心配はない。恵茉はここにいていいのだ。

「また質問するかもしれませんが」

「なんでも聞いてくれ」

「とりあえず、お菓子を作ります」

「あぁ、そうだな」

律が手伝うかのようにシャツの袖をまくりだした。

「律さんもお菓子を作る人なのですか？」

「いや、まったくしたことがない」

恵茉はじっと狐面の律を見つめた。

「祖父も一人で作っていたのですよね」

「そうだが」

「でしたら、これはわたしの仕事です」

自分でも驚くほどきっぱりと、恵茉はそう律に告げた。

厨房に一人立った恵茉は、段ボール箱を開け、そこからエプロンとそのエプロンに包んでいた透明なプラスチックの箱を出した。

エプロンの色は桜色。祖父が買ってくれたものだ。恵茉にはこの色が似合うと祖父は言い、初めてエプロンを着けて以来、ずっとこの色なのだ。

プラスチックの箱には、髪留めにもなる髪飾りが入っていた。

七月初め。恵茉の十八歳の誕生日に、祖父から贈られたプレゼントだ。

「恵茉に似合うと思ってね」

飾りには、恵茉の名の由来である茉莉花《ジャスミン》の花がついていた。茉莉花にはいくつもの種類があり、髪飾りの花は八重咲きの茉莉花だった。ほのかなピンク色が愛らしい。おしゃれとは無縁だった恵茉は、嬉《うれ》しい気持ちがありながらも、少しだけ恥ずかしくも思ってしまった。だから、すぐにつけることができず、今度祖父と一緒に菓子を作るときにつけようと決めて、こうしてエプロンに包み一緒にしまっていたわけだけれど。

それは祖父の突然の死により叶《かな》わなかった。

(もらったとき、すぐにつけて見てもらえばよかった。お礼だってちゃんと言えてない)

いつでも言えると思った。でも、もう言えない。恵茉の胸が、後悔でチクリと痛む。

祖父が亡くなると、祖父の遺言でいなかの大叔父家族が葬儀をしきり、遺骨も持ち帰った。しんみりする間もなく、恵茉は今ここにいる。

恵茉は箱から髪飾りを出すと、ふわっとしたくせ毛をキュッと留め、エプロンを身に着けた。

次に恵茉は、同じ段ボール箱から水色の缶箱も取り出した。この缶にはフェーヴが入っているのだ。人形、動物、果物……。恵茉は悩んだ末、そこから小さなそら豆を選んだ。

フェーヴの語源はそら豆だ。

あの絵を見た限りでは、女性が持つフェーヴの形まではわからなかった。だから、実際の形とは違うかもしれない。でも、恵茉の知る情報においてこれは最善の選択だと思えた。

ふと、恵茉の心に律の言った「捧《ささ》げる」の言葉が浮かぶ。

(そうか。こういうことなんだ)

菓子を考え作る、工程の一つ一つで最善を尽くす。

この積み重ねが、捧げる心へと繋《つな》がっていく。

あのとき律に言ってもらってよかった。だから、今、恵茉にも気づくことができたのだ。

「よし、作ろう」

自分に気合を入れるように、そう言ってみる。

そんな恵茉の耳に、ショキショキと豆を洗うような音がした。

「あずきちゃんも、お手伝いする！」

豆の音に続き、突然聞こえてきた幼い女の子の声に、恵茉はビクリとして振り向く。

すると、ちょうど恵茉の目の高さに身長十センチほどの小さな女の子が浮かんでいた。女の子は、長い髪をツインテールに結び、赤いドレスにかわいらしいフリルの白いエプロン姿だ。

恵茉は無言でよろめいた。

「ゆびさき宿りの娘、わたしあずきちゃん。お菓子作りのお手伝いするの」

しゃべった！

恵茉は目の前の浮遊する物体に腰が抜けそうになる。

――「恵茉さんも薄々感じているだろうけれど、うちは、他の家と比べると不思議なことが少々……いや、多少あって」

(もしかして、このこと？　でも、そうは言われても)

「律さん、律さん……」

こんなの無理無理と、恵茉は律に助けを求め入口へ向かおうとするけれど、小さなくせに力の強い物体が、逃げようとする恵茉のエプロンをぎゅうぎゅうと引っ張ってきた。

「律様を呼ばないで。あずきちゃんは律様が怖いの！」

「……わたしは、あなたが怖い」

「あずきちゃん、怖くないよ。あずきちゃんね、この家の女主人のお友だち役なんだもん。だから、女主人がお菓子を作るなら、そのお手伝いをするの！」

この家の女主人？　恵茉は恐る恐る振り返る。

「誰が？」

　小さな指が恵茉を指す。

「わたし？」

「だって、ゆびさき宿りの娘を律様は婚約者って紹介した」

「誰に？」

「みんなにだよ。家に入る前にそう言ったでしょう？」

　家に入る前、玄関先で。たしかに、律は恵茉を婚約者と呼んだ。

「言ってた、かも」

「みーんな聞いてた。でもね、律様の紹介よりも前に、この家の女主人になる娘が来たってみーんなわかっていたんだよ！」

　みんなが誰を指すのかさっぱりわからないけれど、この小さな女の子からは恵茉と仲良くなりたいといった情熱があふれている。

「お名前、なんだっけ？」

「あずきちゃんの名前は、あずきちゃん！」

「あずき、ちゃん」

　連呼してきた名前を恵茉は繰り返す。するとあずきちゃんは、満足げな顔で恵茉にぐんと近づいて来た。

「今度はゆびさき宿りの娘の番だよ。名前を教えて」

「……恵茉」

「恵茉！　かわいい！　いい名前。星降る夜に生まれた、人でありながらもわたしたちの大切な仲間」

あずきちゃんの小さな手が、恵茉の左右の人差し指をつけた。

「わたしの指の痣《あざ》、知ってるの？」

恵茉の左右の人差し指の先には痣があり、それをつけると星の模様になるのだ。

「知ってる。でも、見るのは初めて。だから、嬉しい！」

あずきちゃんが恵茉の痣に頬を擦り寄せる。

「あずきちゃんね、女主人のお友だち役でしょう？　女主人、もうずっと前に亡くなったから、お役目なくて。だから、みんなから、みそっかす扱いされて悲しかったの」

あずきちゃんの沈んだ声や潤んだ瞳に、恵茉はついついほだされてしまう。

「わかった。だったら、あずきちゃん、お手伝いをお願いしてもいい？」

「もちろん！」

そして言葉通り、あずきちゃんは菓子を作る恵茉の手伝いを、甲斐甲斐《かいがい》しく務めた。

菓子の焼き上がり時間が近づくにつれ、厨房《ちゅうぼう》に焼き菓子の香ばしくも甘い匂いが広がりだす。匂いはとりあえず合格点だ。

あずきちゃんも待ち遠しいようで、オーブンの前に浮かびながら、今か今かと待ちわびている。

すると、廊下を大きな足取りで歩く音がしてきた。

あずきちゃんの動きが止まる。

「律様が来るのであずきちゃんは消えます。律様は凶暴だから、あずきちゃんは会いたくないの」

「？　そうなの？」

「あずきちゃんがいなくなると、恵茉、淋《さみ》しい？」

あずきちゃんが妙な圧で恵茉の顔に迫る。

「そうかも？」

「だったら、恵茉のお部屋に、あずきちゃん行ってもいい？」

「うん……？」

「やった！　いいって言ったよね。恵茉の許可もらった！　あと、あずきちゃんのこと、律様には内緒にしてね」

そう言うや否や、恵茉の目の前であずきちゃんが消えた。

ガラガラと厨房の戸が開く。あずきちゃんの言うとおり、入口には狐面の律がいた。

「焼き菓子のいい匂いがしてきたね」

恵茉が返事に詰まるのと、オーブンの音が鳴ったのは同じタイミングだった。


恵茉と律は再び画廊の一室である寒い部屋に行き、「ガレット」の絵の前に立っていた。

恵茉はさきほどと同様に律のダッフルコートにセーター、五十鈴の帽子やマフラーに手袋といった出で立ちだ。

「恵茉さん、菓子をテーブルに置いてくれ」

律に言われたとおり、恵茉はトレイに載せていたガレット・デ・ロワを慎重に置く。

パッと風が止《や》む。

（成功した？）

恵茉がそう思ったとき、目の前の絵から細かな光の粉が生まれ始めた。光の粉は、空から星が降るようにキラキラと、テーブルに置いたガレット・デ・ロワの周りを囲み広がっていく。そして、まるで楽しむかのように、恵茉の作った菓子をなぞり出す。

ガレット・デ・ロワと光が、少しずつ交わり融《と》け、消えていく。

絵が菓子を食べる。

その幻想的な光景に恵茉は魅せられる。

「恵茉さん、正解だよ」

明るい律の声に恵茉はほっとし、じわじわと喜びがこみ上げてきた。

絵が求める菓子を作れてよかった。次第にそんな達成感も恵茉の胸に湧きだす。

そして、もし、やっつけ仕事のようにガレットをすべて作り並べてしまっていたら、見ることなど叶わない景色だったのだと思い至り、冷や汗が出た。

とそのとき、ふいに恵茉の持つトレイの下が光りだした。光は、細い一筋の線へと姿を変えると、絵に向かいまっすぐに伸びていった。

「!!」

恐ろしさのあまり、恵茉は持っていたトレイを離した。カランと床に転がるトレイの音を聞きながら、恵茉はそれでもまだ、自分のもとにある光に慄《おのの》く。

光は、五十鈴の赤い手袋をつけた恵茉の人差し指にあったのだ。

「恵茉さん!」

立ちすくむ恵茉の手を律が摑《つか》み、乱暴に五十鈴の手袋を外した。

しかし、光はまだ恵茉にあった。光は、恵茉の露《あらわ》になった両手の人差し指から絵に向かい一直線に伸びていたのだ。そのまっすぐだった光が、今度は急激に横に膨らみ恵茉と律のほうまで広がってくる。

(怖い！ なにが起きているの？)

光を放ち続ける恵茉の両手の指を、鎮めるかのように律が握る。

「恵茉さん、大丈夫だから！」

恵茉と律の前で、あっという間に光が二人を包んだ。

そして、広がりきった光が破裂するような乾いた音を響かせると、今度は一転して、なにもない暗闇の世界がやって来た。

しかし、次の瞬間――。

冷たい風が恵茉の頬にあたる。

どこからか聞こえるアコーディオンや人々の話し声。

コーヒーの香りや、食べ物の匂いに混じり漂う下水の臭い。

恵茉と向かい合うようにして立つのは、恵茉の両手を握る狐面《きつねめん》の律だ。

「……律さん、ここは？」

「薄暗い青色の空に黄色いあかり。石畳にカフェ。あの絵と同じだ」

「ここは、絵の中ですか？」

「どうだろう？　絵の中というよりもむしろ、絵の記憶か？」

律の言い回しに、もしや？　と思う。

「もしかして、こういった状況は初めてですか？」

「あぁ、驚いたよ。さて、どうしたものか」

「そんな……」

「いずれにせよ、ここはフランスだ。つまり、このままここに留《とど》まることになれば、フランスで生活ができるのか？　それは大変興味深い」

恵茉の危機感とは異なり、律は「ここから移動できるのか？　そうなると美術館にも行けるな。ルーブル、オランジュリーはどうだ。オルセーはまだだろうな」そうブツブツと独り言を言い出す。

もしや、これが五十鈴の言うところの、氷漬けの貴公子たる所以《ゆえん》だろうか。

恵茉は八歳年上の氷漬けの貴公子と向き合い手を握りながら、これは自分がどうにかしなくちゃいけないのかもしれないと焦りだす。

「こらこら、恵茉さん、落ち着いて。こういうとき、まずは静観だ。慌ててしまうと適切な判断ができないからね」

「戻れないかもしれないんですよ」

「大丈夫だ、戻れる」

一言一言、恵茉に言い聞かせるように、律が言う。

「どうしてそんなことが言えるんですか？」

「絵がぼくたちをここに留めておきたいとしても、ぼくたちと現世を繋《つな》ぐ縁《えん》が強すぎて、おそらくもたない」

繋ぐ縁？　恵茉の疑問に答えるように、律が続ける。

「物というのは存外に縁を繋ぎ、ぼくたちを助けてくれるものだ。恵茉さんが身に着けている帽子とマフラーは五十鈴さんの品だ。そして、ぼくが着るシャツ。これは、ぼくの幼馴染《おさななじ》みに波留田《はるた》という男がいてね。彼が選んでくれた。そして、恵茉さんの髪飾り。それは、もしかすると松造さんからの贈り物だね？」

「誕生日プレゼントです。今年の……祖父が亡くなる前の、七月の初めでした」

「……そうか。大切な品なんだね。だったら、なおさらだ。松造さんは亡くなってしまったけれど、この絵の世界の人ではない。それに、恵茉さんが不本意な場所にいることに、一番怒りを感じる人だ。どうだい。五十鈴さんに松造さん。この二人が、ぼくたちがここにいることを許すと思うかい？　そう思うと、戻れそうな気がするだろう？」

「……はい。祖父はもちろんですが、五十鈴さんを思うと安心してきました」

「ぼくなんて彼女に怒られそうだよ。『絵が好きだからって、恵茉様までそんなところに連れて行くなんて、律様はなにを考えているんですか』ってね」

ここにいるのは律のせいではないのに……と思いつつ、彼の五十鈴の真似《まね》に思わず笑ってしまう。

「初めて笑ったね。恵茉さんは、笑ったほうがいいよ」

律の言葉を居心地悪く感じながら、たしかにこの家に来てから、恵茉が笑うのは初めてかもしれないと思った。

もしかすると祖父が亡くなってから、恵茉は初めて笑ったかもしれない。

「あの、律さん。手はこのままで？」

話している間中、恵茉の両手は律の手のひらに包まれていた。

「そうだね。少し様子を見てみようか。この状態でここに来てしまったから、このままが無難なのだろうが……。万が一手を離して、ぼくたちがバラバラになってしまったら一大事だからね」

そうだ。律もこんな状況になるのは初めてだと言っていた。

これは、恵茉の指のせい？

今さらながらに恵茉は、自分の指が恐ろしくなる。

そのとき、恵茉のそばにあったカフェの扉が開いた。男性が押さえる扉から、栗《くり》色の髪の女性が出てきた。女性は黒いコートを着ていたが、その下には黄色いワンピースを着ている。

「律さん、あの女性のワンピース」

恵茉は思わず出てしまった自分の声に、しまったとばかりに口を結んだ。けれど、女性は恵茉のすぐ前で立ち止まったにもかかわらず、恵茉には気づかないようなのだ。

すると、今度は律がフランス語らしき言葉で話し出した。恵茉はハラハラするが、やはりその声にも女性は反応しない。

これは、もしかすると。

律が道行く男性にも話しかけた。しかし、その男性にも律の声は聞こえないようだ。というよりも、声だけでなく、姿さえ目に入っていないようなのである。

律は、ほぉと息を吐く。

「恵茉さん、おそらくここの人たちには、ぼくたちの声も聞こえなければ、姿も見えない」

ここでの自分たちは空気のような存在で、完全なる傍観者だった。

律に名前を呼ばれる。

「手を片手だけ、外してみてもいいかい?」

恵茉が頷《うなず》くと、律が用心しながらゆっくりと繋いでいた手を離した。

「……大丈夫みたいです」

「よかった。片手でも繋がっていればいいみたいだな。両手が塞がってると、とっさの動きができないからね」

恵茉たちの前にいた黄色いワンピースの女性が『シロー!』と溌溂《はつらつ》とした声を上げる。

女性の視線の先には、さきほど扉を開けた男性がカタカタと音を鳴らしながら一客のコーヒーカップを持ち、歩いている。男性は東洋人で、彼の服は絵の具で汚れていた。

『シロー。せっかくのコーヒーがこぼれちゃう。わたしが持つわ』

『いや、大丈夫。まだ、こぼれてない。きみは席を確保して』

女性が男性を振り返りつつ、空いている席に座った。女性の移動に伴い、恵茉と律も彼女のそばに行く。男性がなんとかコーヒーをこぼさずに、彼女のテーブルへと載せた。

『絵の完成までもうひとがんばりね』

『すまない。夏の絵だというのに、ぼくが体を壊したために長引いて』

『いいのよ。またこのワンピースが着られて嬉《うれ》しいわ』

『しかし、この寒空にそんな格好をしたら、今度はきみが体を壊してしまう』

男性の前で、女性がコートを脱いだ。絵の中ではあんなに鮮やかだった黄色いワンピースだけれど、実際に見ると色褪《いろあ》せ、古ぼけていた。

『そうだわ。わたしね、今日とても素敵なものをいただいたの』

『なんだい？』

女性がコートのポケットを探り始める。

『フェーヴよ。幸せなお菓子の中に入った、幸運を運んでくれるもの』

『縁起がいいね。よし、いい絵を描いて成功するぞ！』

その言葉に、女性が優しく笑う。

『ガレットよ、シロー。ガレット・デ・ロワ』

『ガレット？』

『あなたって、本当に絵ばっかりで、なにも知らないのね。新年に食べるお菓子。ガレット・デ・ロワ。お菓子の中には、幸運を運んでくれる小さな陶器の人形があって』

女性がポケットから取り出した白い小さな天使を、男性に見せた。

『お向かいのおばさんにいただいたの。いいことがありますようにって』

『心強いな。成功したら、毎日そのガレットを食べよう』

『あら、楽しみ』

『約束だ』

男性は女性の頬にキスをすると、少し離れた場所に設置したキャンバスに向かった。

ぐらりと恵茉の世界が揺れる。それを助けるかのように、律が恵茉を抱きしめる。

ふっと、空気が和らぐと同時に、さっきまで匂っていた食べ物や下水の臭いも消えた。

「恵茉さん、戻って来たよ」

律の腕の中で恵茉は目を開け、そのまま彼を見上げた。狐面が静かに恵茉を見下ろしている。

「よく辛抱したね」

律は恵茉の頭をポンポンと撫《な》でると、落ちていた五十鈴の手袋を拾い恵茉に渡してきた。

室内はまだ多少ひんやりするが、決してコートが必要なほどの寒さではなくなっている。

「あっ、お菓子が」

絵の前の皿は空になっていた。恵茉が作ったガレット・デ・ロワは、絵が食べたのだ。

恵茉は絵に近づきカフェを見た。そこには、やっぱり黄色いワンピースの女性がテラス席に座っている。そして、よく目を凝らして女性が持つフェーヴを見ると、正解を知っているせいか、その白いものが天使に見えた。

律が恵茉の隣に並ぶ。

「二人にとって、ガレット・デ・ロワは成功の象徴だったのかもな」

成功、したのだろうか？　この絵は売れたのだろうか？

「二人はこの絵のおかげで、幸せを掴《つか》めたのでしょうか？」

「依頼主であるお孫さんによると、祖父と祖母は大恋愛で、大層仲が良かったそうだよ。祖母がつたない日本語で祖父を『シロー』と甘えたように呼ぶ声を、お孫さんは今も覚えているそうだ。絵で成功したのかどうか、それはなんとも言い難《がた》いけれど、大切な人とずっと仲良く暮らす。これはこれで、幸福な物語だとぼくは思う」

大切な人とずっと仲良く暮らす。簡単なようでいて難しい願いだ。

「今回絵が妖力を帯びたきっかけは、家の取り壊しだ。古くなった家の建て替えのため、蔵に入っていた品の整理をしたときになにかの手違いで、この絵が処分されそうになった。そこで絵は暴走を始め、たまたま通りかかったぼくの父が相談にのり、絵はこの家にやって来た」

「律さんのお父様ですか？」

「父は風来坊のようにあちこち歩いては、妖力を宿した絵についての情報を集め、絵で困っている人に声をかけている」

律は親子で絵の仕事をしているのか。五十鈴が、律はこの家に一人だと言っていたので、律の両親も亡くなっていると思っていた。

恵茉さん、と律に呼ばれる。

「きみから、正解の菓子の見つけ方について聞かれたとき、ぼくは、来歴や絵からのSOSで探すと答えたね」

「はい。そのお話を伺って、お菓子を探りました」

律が首を横に振る。

「でも、それだけでは菓子を絞り込めなかった。大切なのは、人の想《おも》いだった。恵茉さんが、黄色いワンピースから女性の想いを読み取ろうとしてくれたから、正解の菓子に辿《たど》りつくことができたんだ」

「まぐれです。あれは、五十鈴さんの手袋があったからです」

恵茉は手に持つ手袋を見た。

「冬の菓子のガレット・デ・ロワと黄色いワンピースの接点を考えていたとき、五十鈴さんの手袋が目に入って。五十鈴さんの『大切だから、いつも使いたいのですよ』って言葉が浮かんで。それで、もしかしたらって考えただけです」

「そうか、手柄は五十鈴さんか。でも、そこに繋《つな》げてくれた恵茉さんに、ぼくはやっぱり感謝するよ」

律が恵茉の落としたトレイを拾った。

「思えば、今までもそういったことは、松造さんに助けてもらっていたんだ。どうもぼくはそういった人の感情というか、機微に疎いところがあるようでね」

「でも、わたしには推理ができませんでした」

「推理?」

「『描き始めた時期と描き終わった時期が、大幅にずれたのなら』って、大正解でした」

律がふむ、といった感じで拳を顎につける。

「だったら、ぼくたち二人は、いいバディといったところか」

「……バディ」

口の中で転がるその響きが心地よく、恵茉は気持ちが高揚してくるのを感じた。

「よろしく、相棒」

「あの、はい。こちらこそ、よろしくお願いします」

「恵茉さんは、返しがていねいだな」

くすっと笑う律の声が、恵茉にはくすぐったい。

恵茉は部屋を見回した。さっきまでの寒さが嘘《うそ》のようだ。

徐々に上がる室温に、恵茉は帽子を取り、コートも脱いだ。

「しかし、恵茉さんの指は、不思議だな」

なにかを思うように、律が言う。

「今までは菓子を絵の前に置くと、希望する菓子だった場合のみ、光の粉が出てきて菓子を食べた。それでおしまいだった。だから、あんな風に絵の記憶に入るなんて経験に、ぼくは驚いたよ」

「戻って来られたからよかったですけれど。……怖かったです」

「嫌な経験だったかい？」

恵茉は少し考え、首を横に振る。

嫌ではなかった。まるで映画の画面の中に入ったかのような、不思議な体験だった。けれど、律まで巻き込み責任を感じた。

「怖いと思うのは、あたりまえの感覚だよ。ただ、ぼくとしては、絵のバックグラウンドを知ることができて楽しかったよ」

律の声には屈託がない。

恵茉のせいで迷惑をかけたのに、律は責めるような言葉を一言も言わない。

あのとき、律が恵茉の手を握っていてくれたおかげで、恵茉は一人にならずにすんだ。

もし一人きりで、あんな状況になってしまったら、パニックを起こしたに違いない。

律が隣で行きたい美術館の名を羅列しだしたため、恵茉は自分が動揺している場合じゃないと思えたのだ。

もしかして律は、わざとあんな話をしたのだろうか？

秋芳律とは、どういった男性《ひと》なのだろう。

「恵茉さん、心配することはなにもないよ。どんな場所にも、きみを一人では行かせないから」

律の穏やかながらもきっぱりとしたその声に、恵茉はお腹《なか》がもぞもぞとし、気恥ずかしくなった。

「……恐れ入ります」

「やっぱりていねいだな」

律が笑う。彼のその朗らかな笑い声は、恵茉に祖父を思い出させた。

二・恋する画家と二枚の絵

秋芳《しゅうほう》家の朝は、五十鈴《いすず》が作る鰹出汁《かつおだし》の匂いで始まる。ふくよかな香りがする黄金色の出汁には、ごくごくと飲み干せるほどのうま味があるのだ。

(うーん。匂いを嗅いでいるだけで、口の中においしさが広がってくる)

恵茉《えま》はベッドから起き上がり、眠い目をこすりながら部屋の隣にある洗面所へと向かった。そして、秋芳家に来るまでの朝の匂いについて思い出す。

恵茉の朝は、菓子の甘い匂いで始まった。

祖父だけでなく、恵茉の父も菓子職人だったため、物心がついたときからずっと、恵茉は甘い匂いで目が覚めたのだ。

甘い匂いといっても、その匂いには実にさまざまな種類がある。

餡《あん》を炊く豆と砂糖のほのかな匂い。米を蒸す微《かす》かな匂い。芋を蒸す匂いだってある。

香ばしく甘いバターたっぷりのケーキの匂い。焦がした砂糖のカラメルの匂い。卵が入ったふかふかのパンケーキの匂い。チョコレートは、どの匂いよりも強くすぐにわかってしまう。

今日のお菓子は、なんだろう？

ぬくい蒲団《ふとん》に包《くる》まりながら、恵茉はあれこれと想像するのが大好きだった。

そんな恵茉の穏やかな世界が変わったのは、五歳の誕生日の少し前だ。雨の中、交通事故で両親が亡くなったのだ。

恵茉は大きな目が涙で流れてしまうのではと思うほど、毎日毎日泣いた。

両親がいなくなったのは夢だったのかもしれないと、眠りから覚めるたびに淡い期待を抱いた。そして、その期待が外れたと知ると、また泣いた。

泣いても泣いても涙が止まらない幼い恵茉に、ある日祖父が渡してきたのは、ハンカチではなく小さな子ども用の桜色のエプロンだ。

「恵茉、父さんに代わってじいの菓子作りの手伝いをしてくれないか？　じいも、恵茉の父さんや母さんがいなくなったのが悲しくて淋《さみ》しくて、元気が出ないんだ。だから、ヘラを引き出しから出したり、砂糖を秤《はかり》にかけたり。そういったことを、恵茉に手伝ってもらえると本当に助かるんだけどな」

心底困った祖父の声に、恵茉は涙でべちょべちょの顔を上げた。

祖父は大きな体を丸め、目線を恵茉に合わせてしゃがんでいる。そして、細い目をさらに細くして恵茉を見ていた。

祖父の表情は優しかったけれど、恵茉にはその顔が泣いているように見えた。恵茉も悲しいけれど、祖父だって同じように悲しいのだと思った。

「……わかった。恵茉がじいじを助けるよ」

恵茉は服の袖で涙を拭うと、エプロンを受け取った。祖父の目尻に皺《しわ》が寄る。

「小さな菓子職人さんの誕生だ。じいの跡取り孫娘は頼もしいな」

祖父が皺のある大きな手で恵茉にエプロンを着ける。

腰で紐《ひも》をキュッと結ばれると、恵茉はなんだかお姉さんになった気がして、自分が誇らしく思えた。

そうして始まった恵茉と祖父の二人暮らしだった。

年の離れた二人だったけれど、菓子作りを通して、祖父と孫というよりは師弟のように絆《きずな》を深めた。

祖父の作る菓子は、和洋中と多岐に亘《わた》り、そのすべてを代官山《だいかんやま》の秋芳家に卸していた。

そのため、自宅に菓子店の看板はなく、小売りもしていない。

そうはいっても、毎日のように家から漏れる甘い匂いが隠せるはずもなく。

また、祖父を菓子職人と知る近所の人々もその匂いに誘われるように、菓子を売ってくれないかと時折家を訪れた。けれど、その一人一人に祖父は頭を下げ「相手様との契約でそれはできないことになっているのです」と、判で押したようなセリフを言い、断っていた。

恵茉が小学校に入学した頃、ある一組の親子がやって来た。

ふわりとしたくせ毛の若い母親とよちよち歩きの娘だ。その日、祖父が作っていたのはチョコレートチップがたくさん入ったクッキーだった。チョコレートとバニラの匂いが家中に満ちていたので、外にも同じような甘い匂いが漂っていることは安易に想像できる。

若い母親の申し入れを祖父はいつものように断った。母親はすぐに諦めて去ろうとしたけれど、女の子はぐずり、なんども振り返っては祖父の隣にいる恵茉を恨めし気に見ていた。

恵茉は祖父を見上げた。けれど、その顔にはなんの表情もない。

胸の中にもやもやとした思いが広がった恵茉は、祖父の脇をすり抜け厨房《ちゅうぼう》に行くと、焼き上がったクッキーを二つ手に取った。そして、親子を追いかけようと厨房にある裏口から祖父の茶色いサンダルを引っかけて走り出した。

サンダルは大きく走りにくい。なんども躓《つまず》き脱げそうになった。

それでも恵茉は表までなんとかぐるりとまわると、左右に分かれた小道の右を歩く母と子の背中を見つけることができた。

よし、と思って足を踏み出した瞬間、恵茉の体は持ち上げられた。両足からサンダルがするりと脱げる。

「ダメだ、恵茉！」

祖父だった。

恵茉の視界にある二人の背中が、どんどん遠くなる。

「どうして？　だって、クッキーはたくさんあるんだよ。二つくらいあげてもいいでしょ？」

恵茉の話に耳を貸そうともせず、祖父はサンダルを拾うと恵茉を抱えたまま家に戻った。

恵茉は厨房に置かれた椅子に座らされた。

握ったままの手を祖父に促され開くと、溶けたチョコレートで手はべとつき、クッキーは割れ、ところどころ粉状となり形を崩していた。祖父が恵茉の手からクッキーを取る。

そして、視線を合わせるように屈《かが》んできた。

「恵茉、世の中には破ってはいけない約束があるんだ」

「でも、たった二つだよ」

「数の問題じゃない。約束は、約束なんだ。じいの作る菓子は、すべて秋芳家に納める。そういった約束なんだ」

恵茉はおもむろに口をへの字に曲げた。

「約束っていうけどさ、じいじだって約束を破ったよ。恵茉の小学校入学のお祝いに遊園地に行こうって言ってたのにダメになったもん」

当日、恵茉が玄関で靴を履いているとき秋芳家から電話が入り、祖父は菓子を作ることになった。前の日から楽しみでろくに眠れなかった恵茉はがっかりしたのだ。

祖父が困ったように眉を下げる。

「あれは悪かった。また、今度ちゃんと約束しよう」

「約束しても、お菓子の注文が入ったら破るくせに」

「そうだな。破るだろうな。でも、仕事とはそういうものなんだよ」

同意できない恵茉は、ふくれっ面で祖父を見た。

「そんな顔をしないでおくれ。それに、じいだって、できたらあの女の子に菓子を売ってあげたいと思うよ。でもね、あの子よりももっと強い思いで、そしてずっと長い間、じいの菓子を待っているお客様がいるんだ。あの子は別の店で菓子を買うことができるけれど、じいのお客様は、じいの菓子しか食べられない。じいがお菓子を作るまで、待つしかないんだ」

初めて聞く祖父の話に恵茉は目を丸くした。

「ずっと、ずっと待ってるの？」

「待つのは辛《つら》いだろうな」

祖父の菓子を待っている人を想像して、恵茉はしゅんとした。

手のひらに残るクッキーの粉を見る。たった二つなんて思ったけれど、待っている人にとっては大切な二つだったかもしれない。恵茉は、そのずっと待っている人に申し訳ない気持ちになった。

「わかった。恵茉も約束守るよ。それで、じいじのお手伝いをたっくさんして、早くそのお客様がお菓子を食べられるようにがんばるよ」

笑顔だった祖父の顔がふと曇る。

「恵茉、ちょうどいい機会だから大切な約束をじいと結ぼう」

「どんな約束？」

「菓子の約束だ」

「なに、それ？」

恵茉は首を捻《ひね》る。

「恵茉は、じいの跡取り孫娘だ」

「そうだよ。お父さんの代わりに恵茉がじいじの跡を継いでお菓子職人になるんだもん」

恵茉が弾むように答えると、祖父が恵茉の頭を撫でた。

「そうだ。だから、もし、じいが死んだら恵茉は代官山の秋芳家へ行き、そこで暮らしながらじいの跡継ぎとして菓子を作り続けるんだ。代官山の秋芳さんだ。いいね」

「……嫌だ」

恵茉は大好きな祖父が死ぬなんて考えたくなかった。

「お願いだ、恵茉。秋芳家には、恵茉が作る菓子をずっと待っているお客様がいる。恵茉の菓子で助かる人もいる。さっき恵茉は、そんなお客様のために菓子を作るって言っただろう？」

「お菓子は作るよ。でも、じいじが死んじゃうなんて嫌なんだもん。それに、知らない人の家に行くのも嫌！」

「そりゃそうさ、わかっているさ。じいだって、そう簡単には死なないさ。恵茉が大人になるまでがんばって生きるさ。それならいいだろう？　恵茉、約束だ」

「それなら約束してあげてもいいよ」

小学校に入学したばかりの恵茉にとって、大人になるまでの時間とは、永遠に等しい時間だった。祖父はその場で、『じいと恵茉のやくそく』で始まるメモを書いて恵茉に渡してきた。

「いいかい、ここに書いた電話番号に必ず連絡をするんだ。連絡さえすれば、あとはどうにかしてくれる」

祖父は恵茉にというよりは、自分自身に言い聞かせるような話し方をした。

「さて、恵茉が早く一人前になれるように、ビシビシ鍛えないといけないな」

「恵茉もがんばる！」

その言葉どおり、恵茉はますます祖父の手伝いに精を出した。

古い借家からは、甘い匂いだけではなく、祖父と恵茉の熱心な話し声や、楽しそうな笑い声が聞こえた。

恵茉は学校にいるよりも、家で祖父と過ごすのが好きだった。授業が終わると、走って帰った。見慣れた路地を曲がり、家が見えると嬉《うれ》しくなった。

恵茉はこの家も好きだった。特に庭はお気に入りだった。

狭くはあったものの、両親との思い出にあふれていたからだ。

春から咲き始めるカモミールは、恵茉と母で一緒に植えた。雨の日、濡《ぬ》れるスズランに傘を差していたら、父が花の上に屋根を作ってくれた。

そして、夏に白い花を咲かせる茉莉花《ジャスミン》。夏生まれの恵茉の名前は、この白い花からとられたものだ。

庭には生き物もたくさんやって来た。春にひらひら飛ぶモンシロチョウ、夏の洗濯物にはカマキリがつき、夜になると鈴虫が鳴いた。

父が作った巣箱で子育てをする四十雀《シジュウカラ》。庭に置いたままだった大きな空の植木鉢では、母猫が仔猫《こねこ》を産んでいたときもある。

そして、白い犬。あれは、両親が亡くなったあとだ。恵茉は庭でフカフカの毛の白い犬を見つけたのだ。

犬はどこかで喧嘩《けんか》でもしたのか血が出ていた。幼い恵茉が、自分と同じくらいの大きさのその犬を抱き上げ祖父のもとに連れていくと、祖父がとても驚いたのを覚えている。

また、恵茉には優しいお隣さんがいた。恵茉が暮らす借家の大家で老夫婦の関《せき》夫妻だ。

夫妻は大きな家に、二人暮らしだった。

両親を亡くした恵茉を元気づけるように「おいしいリンゴが届いたから」「とうもろこしを多く茹《ゆ》でたから」と、なにかと気にかけ、かわいがってくれた。

夫妻には遠くで暮らす息子家族がいて、恵茉と同じ年の孫娘もいるそうだ。息子は仕事が忙しいようで、もう十年以上も実家に帰って来ないらしい。

老婦人は時折恵茉の名を別の子の名前と呼び間違えた。尋ねると、孫娘の名前だった。

初めのうちは一々訂正を入れていた恵茉だけれど、そのうち、気にしなくなった。

そんな恵茉の楽園ともいえる暮らしに影が差し始めたのは、小学三年生の五月だ。

大家の老主人が亡くなったのだ。

それを機に、遠くに住んでいた大家の息子家族が老婦人との同居を始めた。

「孫も来て賑《にぎ》やかになって嬉しいわ」

優しい老婦人は喜んでいた。

だから、恵茉もよかったと思ったのだけれど——。

「恵茉の家って、なんか変だよね」

今でも生々しく蘇《よみがえ》ってくる声に、恵茉は強制的に記憶を閉じた。

あの子のことなんか思い出したくない。

あの子が来てから恵茉は……。

恵茉は洗面所の蛇口を捻ると、嫌な思い出を無理やり消すかのように、勢いよく顔を洗った。


恵茉が秋芳家で迎える三日目の朝食のメニューは、ナスの味噌汁《みそしる》と土鍋ご飯。胡瓜《きゅうり》やトマトといった夏野菜のマリネに、煮豆に野菜の煮物。牛蒡《ごぼう》のきんぴらに鶏肉《とりにく》の塩麹《こうじ》焼き。そして、出汁《だし》が染みる玉子焼きだ。

小ぶりの土鍋で炊いた白米はつやつやと光り、蓋を開けたときの湯気の甘い匂いには思わずお腹《なか》が鳴ってしまう。

そして、黄金の出汁で作ったナスの味噌汁には、縦に細く切ったミョウガも入っていた。

以前から、家庭料理を習いたいと思っていた恵茉にとって、五十鈴の作る食事は理想そのものだ。

けれど、ここで五十鈴に「お料理を教えてください」と言えるほどの気安さが、恵茉にはまだない。水引で作られた箸置きやコースターを置き、食器を並べたり下げたり。そんな、小学生並みの手伝いしかできない自分が情けなかった。

律《りつ》がテーブルについたタイミングで、朝食は始まった。

味噌汁を飲んだ律が、うまいなぁとつぶやく。

「ナスの味噌汁にミョウガか。恵茉さん、ミョウガは大丈夫かい？」

「はい。祖父も好きなので夏はお素麺《そうめん》の薬味としてよく使いました。お味噌汁に入れてもおいしいんですね」

すっきりとしたミョウガと温かな味噌汁の思いがけないマッチングが楽しい。

五十鈴が、嬉しそうに話し出す。

「お二人のお口に合い、ようございました。特に律様は、放っておいたらお酒しかお飲みにならなくて、どんどんお痩せになってしまいますでしょう？　なんとかしてお食事を召し上がっていただこうと、わたくしあれこれ知恵を絞っているんですよ」

「そんな苦労をかけていたとは、気づかなかったよ。しかし、五十鈴さんの料理はうまいから、ぼくはなんでも食べていると思うのだけど。そうだろ、恵茉さん」

返答に困る律の振りに、恵茉は味噌汁をこぼしそうになる。

「律様、恵茉様を困らせないでくださいませ。律様は、目にしただけで食べたつもりになっているんです。意識としては召し上がったことになっているんでしょうけれど、しっかり残していらっしゃいますから。そもそも、律様はつもりが多すぎます。自分の思いや考えに、現実の行動が伴っていないんです」

たしかに、祖父と比べると律は少食だ。そして、アルコールが好きらしく夕食のときは必ずなにか飲んでいる。

初日は日本酒、昨日はワイン。律はグラスを傾けながら、恵茉にあれこれと菓子についての質問をしてきた。

祖父は下戸だったため、恵茉は普段の食事で酒を嗜《たしな》む大人がいることを珍しい思いで見ていた。ただ、律はアルコールに強いようで、飲んでも飲まなくてもその口調も態度も変わらない。

もしかすると、律にしても顔くらいは赤くなっていたかもしれないけれど、恵茉の目には彼の狐面《きつねめん》しか見えないのでわからない。

また食事の際も狐面はびくとも動かない。食べ物が面の口元に近づくと、そこからすっと消えていくのだ。

恵茉はそっと律の顔を見る。律の狐面は、今日も白く妖しく健在だ。

多くの人にとっては、顔に面のある人との会話はしづらいものだろう。面により隠れた表情が気になり、不安になるからだ。

恵茉にしろ、初めて見たときは奇妙に感じたものだ。

けれど、どうしてだろう。恵茉はさほど律の狐面が気にならなくなっていたのだ。

律の心に触れたからだろうか？

絵のための菓子を探る中で、そして絵が見せる記憶に入ったときの律の言動に、恵茉は学び、人として惹《ひ》かれた。

彼の考えの深さや、恵茉を守るきっぱりとした態度に心が動かされた。

そうなると、顔など別にどうでもいい気がしてきたのだ。逆に顔の情報がない分、余計な先入観を抱かずに、彼自身を見ることができるような気がする。

「律様、スーツをお召しになっていますが、本日はどちらかにお出かけでございますか？」

五十鈴の問いかけに誘われるように、恵茉も彼の服を見た。

律はいつもの襟のない黒いシャツにズボンではなく、黒い麻のスーツを着ていた。腕にはめた光沢のある深い青の時計も似合っている。いかにも都会の大人の男性といった、スマートな装いである。

そして、恵茉はといえば、髪こそ茉莉花の髪飾りで留めたものの、着古したブラウスに中学生時代に買ったスカートといった、代わり映えのしない格好である。

（わたしも、新しい服を買った方がいいのかな……）

「恵茉さん。ぼくのスーツ、変だろうか？」

「えっ。あの、いえ、そうではなく……。祖父はスーツを着なかったもので、つい」

苦し紛れの理由だったのだけれど、律は「たしかにそうだね」と相槌《あいづち》を打ってくれた。

「そうそう。今日の予定の話だったね。ぼくはこれから恵比寿《えびす》方面に向かう予定だ。その前に、画廊と波留田《はるた》の店に寄っていく」

そうか、律は出かけるのか。なんとなく、淋《さみ》しい……。

えっ？　なに、今の気持ち。いやいや、子どもじゃないんだから、淋しいなんておかしい。今のはナシ！　恵茉は自分の気持ちを誤魔化すようにお茶を飲む。

「恵茉さんも一緒だよ」

「……わたしも、お仕事に？」

律と一緒にお出かけだ。

「そうだよ、相棒さん。よろしく」

「はい！」

恵茉が元気よく答えると
「あぁ、もう、恵茉様ったら」五十鈴がふくよかな体を左右に揺らした。

恵茉は律とともに、主屋の離れに建つ代官山画廊の前にいたのだが。

「『ガレット』のときとは違う入口ですね」

前回、画廊には主屋の裏口から歩いてすぐの場所にあった鉄の扉から入った。けれど、今朝はその扉の前を通り過ぎ、コンクリートの建物をぐるりと回った反対側にある入口へと、律は恵茉を招いたのだ。しかも、扉はガラスである。

「ここは、この間の入口のちょうど反対側にあたるんだ。実は、代官山画廊の仕事には、表と裏の二つの顔があってね。絵に菓子を捧《ささ》げる仕事を裏とすると、これから案内するのは、表といわれる方の顔かな」

律が画廊のガラスの扉を開けた。そして、どうぞとばかりに恵茉に道を譲る。

前回の「ガレット」での冷気があったため、恐る恐る足を踏み入れた恵茉だったが。

「……普通な感じです」

「普通の画廊です」

恵茉に応えるように律が笑う。

むしろ暑くもなく寒くもなく快適な温度だ。安心した恵茉は、周りを見回した。エントランスホールには受付が置かれ、その先には扉のない細長い部屋が左右に並んでいる。

「あの二つの部屋の間の壁は間仕切りで、奥まで行くと両方の部屋へ行き来できるようになっている」

律はそう説明すると、今度はリモコンを使い窓のブラインドを開けた。一気に部屋が明るくなる。

「絵は紫外線に弱いんだ。だから、画廊の窓には紫外線カットの加工を施したものを使っている。とはいえ、作品を置く奥のスペースに、窓はないよ。作家さんからの大切な預かりものだからね。でも、入口付近まで暗くするのはどうかなぁと思って窓をつけたわけだけれど。まぁ、いろいろと悩ましいものだよ」

律の話を聞きながら、恵茉は受付に置かれた「絵についての困りごと引き受けます」の札に目がいった。

「この『絵についての困りごと』とは、絵に菓子を捧げる仕事ですか？」

「蛇の道は蛇ではないけれど、絵に関する悩みは絵がある場所に集まるものだよ」

律が左の部屋の奥に進んでいくので、恵茉もそのあとに続いた。律が、ある二枚の絵の前で足を止めた。

「恵茉さん、額装って言葉を聞いたことがあるかい？」

恵茉は首を横に振る。

律が壁に飾られた二枚の絵を恵茉に指す。

「この二枚の絵を見てほしい。どちらも同じ画家の作品で、縦横の違いはあるが大きさも同じだ」

絵の大きさはA３くらいだろうか。けれど、そこに描かれた絵はまるきり違う。

右の横長の絵の季節は春だろう。青空に白い雲。菜の花畑の向こうをクリーム色に赤といったツートンカラーの電車が走っている。

左の縦長の絵は雪道だ。誰もいない街。教会の十字架が見えるので、もしかすると、日本ではなく外国かもしれない。

「次に、この二枚の絵の額縁を見てほしい」

「……あっ」

思わず声が出る。さっき絵を見たとき、恵茉の目に額縁は入っていなかった。つまり、額縁も絵の一部として捉えていたのだ。

「作品の本質を見抜き、それに沿う額縁とマットをつける。これが額装だ」

マットとは、絵の周りにある台紙のことだそうだ。

菜の花の額縁はすっきりと白い。マットと呼ばれる台紙も白で、それが白い雲ととけ合い絵に広がりと奥行きを感じさせた。

雪道の額縁も白だけれど、そこには彫刻が施された立体的な装飾がされている。

こんなにも個性的な額縁なのに、描かれた雪の街と見事に調和していたため、額縁だけが浮くといったことはなかった。

「今回、絵の困りごとの依頼をしてきたのは、この絵の額装を担当した男性だ。男性は、代官山で額装店を営んでいる。この絵を描いた画家を通して、うちのことを知った。これから、問題の絵を見に行くのだけれど一つ弱ったことがある」

そこまで話すと律は考えるように黙った。恵茉は緊張しながら、律の言葉を待つ。

「酔うそうだ。半年ほど前から、問題の絵が飾ってある部屋に入ると、そういった症状になり、今では泥酔してしまうそうなんだ」

恵茉は絶句した。

「ぼくはまぁ、酒には強いわけだけれど。恵茉さんは、ねぇ」

菓子作りで洋酒を使うことはあるけれど、泥酔となるとレベルが違う。

絵を捧げるときは、工夫次第で絵との接触時間を短くできるだろうけれど、絵を見るとなるとそれなりの時間が必要だ。

「酔ってしまう絵を見るのは、律さんのおっしゃるとおり無理だと思います」

恵茉はそう答えながら、果たしてそれでいいのだろうかと考える。

「でも、額装店には行きたいです。ご依頼の方から絵についてのお話を直《じか》に伺うのは、菓子を探るためには大切だと思います。絵も……たとえば、律さんに絵の写真を撮っていただき、それを見せていただくとか」

「……そうか。ありがとう。幸い依頼者である店主からは、泥酔してしまうのは、絵のある部屋だけだと聞いている。だから、恵茉さんには別の部屋で待ってもらい、そこで店主から話を聞いたり、ぼくが撮影した絵の写真を見せたりできると思う」

律の声が明るい。

「そうだ、恵茉さん。一つ、承知しておいてほしいことがある。ぼくたちのこの仕事について、多くのお客様は、『お祓《はら》い』といった言葉を使われる」

「絵のお祓いをしてください、ということですか？」

恵茉は戸惑う。絵に菓子を捧げ、妖力を鎮める。恵茉にとってそれは、祓うという行為とは少し違う気がするのだが。

「通りがいいんだろうな、お祓いという言葉は。たとえば、事故や病気といった不幸が重なったとき。たとえば、説明のつかない不思議な現象に出遭ったとき、お祓いをしてもらおうと、神社に行く人はいるだろう? そんな感じで、絵に妙なことが起きた。お祓いをしてもらおうといった発想になるのだと思う」

「そう言われると、そうですね」

「ぼくはそれでいいと思っているんだ。お祓いという言葉の気軽さと、言葉の持つ包容力というのかな。ぼくたちの仕事を円滑に進めるための助けになる言葉だと思い、ありがたく使わせていただいている」

大切なのは、絵の妖力を鎮め、もとの絵に戻してあげることだ。

「では、行こうか。まずは買い物だ」

律は恵茉の背中に手をあてると、画廊の出口へと歩き出した。

「あのっ、どこに?」

「波留田の店だ。正確に言えば、彼の母親の店か」

「そこで、なにを買うんですか?」

律がピタリと立ち止まる。

「恵茉さんの服だよ。服だけじゃなくて、靴に鞄《かばん》。夏だから帽子もいるのか？　女性の服装はよくわからないなぁ。ともかく、波留田に相談しよう。依頼者のところには、きみの買い物が終わり次第行くことにしているよ」

「そんなの困ります」

たしかに、服を買おうかなと思わなくはなかったけれど、代官山で買うお金はない。

仕事先に着ていく服は、制服ではダメだろうか？

「遠慮はいらないよ。婚約者に服を買うのは、当然のことだ。それにこれは必要経費ともいえる。ビジネスは第一印象が大事だからね。さぁ、おいで」

すこぶる機嫌のいい律に引っ張られ、恵茉は朝の代官山の街へと繰り出した。

それにしても、まだ朝の九時前である。律は歩きながら連絡を入れていたようだが、こんな朝早くから開いている洋服屋があるのだろうか。

通勤途中の人を横目に、恵茉は律のあとに続き代官山を歩いた。

カフェにパン屋にレストラン。カジュアルからラグジュアリーまで揃った洋服屋。インテリアショップに大型書店。そして、画廊。どこを切り取っても、すてきな街である。

職場に向かう人々の服装も、恵茉がイメージするお堅いスーツを着た社会人とは少し違う。夏という季節もあるかもしれないけれど、白や青、赤に黄色、水色にピンクと色とりどりの花のようだ。

それにしても、代官山は空が高い。スパッと抜ける夏の青空が気持ちいい。高いのは空だけでない。街灯は、槐《えんじゅ》の木よりも信号機よりもとても高い位置にあった。

代官山は、渋谷《しぶや》と恵比寿と中目黒《なかめぐろ》を結ぶ場所に位置している。賑《にぎ》やかな街に囲まれながらも、緑が多く長閑《のどか》で落ち着いた雰囲気があった。

それ故か夜の闇も深い。あちこちにある路地や小道の暗さは恵茉にとって怖いくらいだ。

外国の大使館もいくつかあるそうだ。昨日、律に連れ出され、街案内という名の散歩をしたときに見たエジプト大使館は凄《すご》かった。門に、小さなスフィンクスがいたのだ。

「恵茉さん、朝は四脚、昼は二脚、夜は三脚で歩く動物はなんだ？」

そんな律の問いかけに、恵茉はぼそぼそとした声で答えた。

このなぞなぞは、恵茉が小学生のときに読んだ本に出てきた言わば鉄板ネタなのだ。律は恵茉をかなり小さな子として見ているような気がする。

恵茉と、愛や恋ではなく家族のような関係を築きたいと言ってくれたのも、そもそも律が恵茉をそういった対象として見られない思いからきた言葉なのかもしれない。

愛や恋のない、家族のような関係。

律は恵茉にそう言ったけれど、果たして律はそれでいいのだろうか。

律は二十六歳だ。恵茉と違って立派な社会人で大人の男性である。

はなから恋愛や結婚などといったものとは一線を画している、恵茉とは違う。

それに、休み時間などに高校のクラスメイトたちの会話を漏れ聞く限りでは、恋愛というものはとても楽しく心が浮き立ち、人生に喜びや彩りを与えてくれるもの……らしい。

言うなれば、恵茉にとってのお菓子のようなものだ。

そんなお菓子のようにすばらしい恋愛を、律はしたくはないのだろうか？

律はかなりの美形だそうで、こうして一緒に街を歩くと「モデル？」「芸能人？」と探るような声が必ず聞こえてくる。

しかも、律は優しく親切で頼りにもなる。絵の記憶に入り、それが怖かったと恵茉が不安を口にしたときだって「心配することはなにもないよ。どんな場所にも、きみを一人では行かせないから」と言ってくれた。

恵茉は、自分の不思議な指の力を一人で背負わなくていいと言ってもらえたようで、心底ほっとしたのだ。

また、律について五十鈴は、絵に囲まれた仙人のような生活を送っていると話してくれたけれど、今のところ恵茉には気にならない。

それを言うなら恵茉だって、四六時中、菓子の本を開いている。

つまり、恵茉にとっての律は、五十鈴が心配するほどには心配のいらない人物なのだ。

律さえその気になれば、恋人の一人や二人、簡単にできると思っている。

むしろ、問題は恵茉である。財産らしい財産も持たず、菓子を作るしか取り柄がない。どこからどうみても、お荷物だ。

律は恵茉との婚約を後悔しているのではないだろうか。

律と会いまだ三日しか経っていないが、すでに恵茉はそう思っていた。

「恵茉さん、行きすぎ。ここが波留田の店だよ」

恵茉は慌てて戻り、律が指をさす店を見た。

そこには、白い木造の二階建ての一軒家を改築した店があった。

店の前には、金髪頭の背の高い男性が仁王立ちをしている。この人が波留田だろうか。

男性は大きなサングラスをかけ、黄色や緑の派手な花柄のシャツを着ていた。

目がちかちかしそうな男性から、恵茉は慌てて視線を外す。じろじろ見てしまうのは、あまりにも失礼だ。男性が鼻を鳴らす。

「だからさ、朝だからね。まだ九時だよ、寝てたからね。うちの店開くの十一時半だから」

「早朝料金を払うよ」

「金持ちは言うことが違うね。で、この娘が律の嫁か」

嫁……。この言葉に反応していいのかわからず、恵茉は固まる。

「恵茉さん、彼はぼくの幼馴染み《おさななじ》の波留田和成《かずなり》だ。彼は多才でね、本業は木版画を制作する画家だ。今度うちで開く展示会にも参加予定だよ。他にも服のデザインだとか、母親が経営するこの洋服店にも顔を出している。また、秋芳家の家業についても知っている。彼はよき理解者であり、協力者でもあるんだ」

律の紹介に波留田は満足そうな顔をした。

「波留田、こちらは小島《こじま》恵茉さん」

律の紹介で、ようやく恵茉は波留田にぺこりと挨拶ができた。

波留田が恵茉の頭から足もとまでじっと見ている。

「律、時間は？」

「三十分で」

「ラジャー」

波留田はおどけたように敬礼をすると、恵茉と律を店に招き入れた。

恵茉と律が座るソファーのそばのハンガーラックに、波留田が次々と服を掛けだす。

「嫁はさ、昭和の古い映画とか好きなわけ？」

「特にそういったことはないです」

「いやさ、最近見た映画で、女優さんがきみみたいな服装をしていたんだ。清貧っていうのか？　俺もそういったコスプレ、嫌いじゃないけれど。あぁいった服装は、女優だからこそ萌《も》えるというか、着てなんぼだから」

波留田からの、ダイレクトな服装へのダメ出しに落ち込む。

「恵茉さんは、なにを着てもかわいいと思うけれど」

「律さん……」

今度は律の斜め方向からの援護ともいえない射撃がきた。

「だったら、なんでうちに嫁を連れてきたんだよ」

「婚約者に服を買うといったことを、してみたかったんだ」

「イベントか！」

「それに、なにを着てもかわいい恵茉さんだから、もっといろんな服装を見てみたいじゃないか」

律のとんでもないセリフに恵茉は赤面し、波留田もゲラゲラと笑い出す。

「アオハルか！　律、おめでとう」

波留田が律の肩をぽんとたたく。

「そうなると、手は抜けないな。嫁、立て」

恵茉は素直にソファーから立ち上がった。恵茉の前には大きな姿見がある。

「嫁よ。服を選ぶということは、自分を知るということだ」

波留田が、胸や背中の開いた白いワンピースを、恵茉にあてた。

「これは服が悪いわけでも、嫁が悪いわけでもない。相性だ」

次にあてられたワンピースは、同じ白でも襟の詰まったレース地のものだった。袖は肘まであり、裾も膝下まである。今まで見たことがない自分の姿に、恵茉は瞬きをした。

律が身を乗り出す。

「これを買おう」

「まてまて。決めるのは試着してからだよ。それに、まだまだこれは序の口」

波留田が服を恵茉にあてだすと、律まで恵茉の服を選び出した。

「恵茉さんのエプロンと同じ色のワンピースを見つけたよ」

律が選んだのは、桜色のワンピースだ。袖が丸く膨らみ、膝丈だ。袖と身ごろで生地が違うようで、ともかくガーリーだ。

けれど不思議なことに、恥ずかしいと思うよりも、心が浮き立った。なんだか、とても女の子になった気がしたのだ。

「律、ナイス。っていうか、うちの店の品揃えがいいのか」

「女性の服は、波留田のお母さんが仕入れているんだろう?」

「ばれたか。でも、メンズは俺だぜ。律の服を選んでいるのだって俺。おまえが女の子に『律さん、ステキッ！』なんて言われる四十二％くらいは俺が選んだ服のおかげだから」

そういえば絵の記憶に入ったとき、シャツは幼馴染みの波留田が選んだと律は言っていた。

「そうだな。これからも、ぼくの服は波留田に頼むよ」

「素直でよろしい」

五十鈴といい、波留田といい、律は心を許す相手とは気安い。

服をどっさり持って来た波留田と目が合う。

「嫁よ。服の古さをけなしているわけじゃない。今着ている服と嫁の顔が合ってないと言いたいんだ。いいか、嫁。迷ったらガーリーだ。はい、復唱」

恵茉が素直に復唱すると「嫁はもとがそこそこいいんだから、がんばれ」と、波留田に応援された。

その後、試着を済ませた恵茉は、いくつかのワンピースにシャツにスカート。靴やカーディガンに鞄《かばん》に帽子といった小物まで波留田の店で揃《そろ》えた。品はあとで波留田が届けてくれるそうだ。

「毎度あっりー」

ほくほく顔の波留田に見送られ、律と桜色のワンピースを着た恵茉は、額装店へ行くためにタクシーに乗った。

「律さん、すてきな服をありがとうございます」

恵茉が感謝を伝えると「こちらこそ」と、晴れやかな返事が戻ってきた。

依頼主が店主を務める井ノ口《いのぐち》額装店は、代官山から恵比寿方面へ向かった路地裏に建つ、レンガ色のビルの一階と二階にあった。

店主の井ノ口修二《しゅうじ》は四十代で、人のよさそうな顔をした、体格のいい男性だ。店は開店前のようで客はいない。律が井ノ口に名刺を渡す。

「ご連絡いただき、ありがとうございます。わたしは代官山画廊店主の秋芳です。彼女はわたしの助手で小島です」

律の紹介に恵茉は頭を下げた。律からは、恵茉を助手として紹介すると言われていた。

「井ノ口です。電話でも伝えましたが、妙な絵がありましてね。その絵のお祓《はら》いをお願いしたいんですよ」

「承知しました」

律と井ノ口は恵茉を一階に残し、早速、問題の絵がある二階へ上がる。律の手には絵を撮影するためのタブレットがあった。

一人待つ恵茉はソファーに座り、井ノ口額装店の店内を見回した。

壁に飾られるようにして展示されているのは、額縁の一部を切り取った見本のようだ。

額縁の見本は壁だけでなく、店のあちこちに置いてある。その形は、額縁の一部を切り取ったようなL字形もあれば、まっすぐな棒状のものもあった。

店の中央には作業用の大きなテーブルがあった。あそこに絵を広げて、額縁の見本と合わせるのだろうか。

額縁は、絵に合わせて額装家が選んでくれるものだと思っていた。けれど、ここにこれだけの見本が置いてあるということは、自分で選んでもいいのかもしれない。しかし、多くの種類からなにをどう選んでいいのか。恵茉なら迷ってしまいそうだ。

十分もしないうちに、律と井ノ口が二階から戻って来た。

井ノ口の顔は、絵の妖力のせいか微かに赤くなっている。律は大丈夫だろうかと心配するが、狐面《きつねめん》のため恵茉にはわからない。

井ノ口が「まいりましたなぁ」と首の後ろを掻《か》いた。

「いやはや、あの絵には困ったものです。コーヒーでも飲んで頭をすっきりとさせましょう。小島さんは、食べ物のアレルギーはありませんか？」

「わたしはありませんが、り……秋芳さんは？」

井ノ口の前で、つい「律さん」と呼びそうになったので慌てて言い直す。

「ありがとう。ぼくもないと伝えたよ」

恵茉の返事を聞いた井ノ口が奥へと行く。

律が恵茉の隣に座り、タブレットで写した絵を見せてきた。

色合いの柔らかな、優しい絵だ。描かれているのは母と子だろうか。生まれたばかりの赤ちゃんを女性が抱っこしている。律が画面を見せながら説明を始める。

「タイトルは『祝福』、絵のサイズは0号。0号の大きさとは、十八センチ×十四センチで葉書二枚を並べたよりも小さい。絵はフレスコ画。額装は、厚みのある作品に合わせた箱型の仕様になっている」

律は絵の説明をしだしたが、恵茉はそれよりもまず、気になることがあった。

「律さん、酔いは大丈夫ですか？」

「ぼくがかい？　恵茉さんに心配されるほど、ぼくの顔は赤いのかな？」

恵茉はじっと律を見つめる。でも、いくら目を凝らしても、律の顔は狐面だ。

実は、あなたの顔は見えません、とは言えない。

「心もち……赤い、ような？」

「井ノ口氏に『秋芳さんはお強いですね』と言われたから、安心していたのだが」

律の顔が見える井ノ口がそう言ったのなら確かだろう。恵茉はほっとした。

「恵茉さんは、ぼくを心配してくれたのか」

「それは、やっぱり……そうです」

律は酒に強いと言ってはいたけれど、なんといっても相手は妖力を宿した絵だ。なにが起きるかわからない。律がソファーに背を預ける。

「いいもんだね。心配されるというのは」

律の声は少し楽しげだ。その声が、恵茉にはこそばゆい。

「お待たせしました。お口に合うといいのですが」

井ノ口が持って来たコーヒーの上には、クリームが載っていた。食物アレルギーについて尋ねてきたのは、こういうことだったのか。

井ノ口は、律と恵茉の前にカップを置くと、向かいの席に座り自分の前にもカップを置いた。井ノ口がティースプーンでクリームをなんどかすくい食べたあと、コーヒーを飲んだ。それに倣うように、律もスプーンを手に取り、コーヒーを飲みだす。

ここで初めて恵茉は、ハンカチを忘れたことを思い出した。波留田の店で着替えたとき、穿《は》いてきたスカートのポケットから出すのを忘れたのだ。恵茉は桜色のワンピースを見下ろす。服の値段はいくらか、律も波留田も教えてくれなかったけれど安いはずがない。服をハンカチでガードしないままコーヒーを飲み、万が一シミでもつけたらと思うと、とてもじゃないけれど手が出せない。

律がコーヒーカップを置く。

「では井ノ口さん、絵についてご存じのことを教えていただけますか？」

緊張感のある律の声に、恵茉は背筋を伸ばした。そして、井ノ口の話を聞くために、買ってもらったばかりのバッグから、筆記用具を取り出す。

井ノ口は頭を掻きながら、口を開いた。

「少し長くなるのですが、まずこの店についての話をさせていただきます。この店は、わたしの年の離れた兄の井ノ口淳一《じゅんいち》が始めました。それには、わたしたちの父が大きく関係しています。父は額縁を作る職人でした。手が込んだていねいな仕事をする人でしたが、なにせ人づき合いが苦手でトラブルも多く。父を尊敬していた兄は、なんとか父の仕事を助けたい思いで、この店を始めたと聞いています。兄はわたしより十歳年上でしてね。わたしからすると、父と兄といった大人が二人でなにかをしているな、といった感覚でしたね」

そこまで話すと井ノ口は一旦言葉を切り、コーヒーを飲んだ。

「しかし、そんなわたしもやはり額装に興味を抱き、結局、大手の画材店で額装の仕事に就きました。本当は兄と一緒にこの店で働きたかったのですが、兄から、他で仕事を覚えたほうがおまえのためになると言われましてね。ところが、今から四年、いや五年前かな？　兄からこの店を手伝ってほしいと突然連絡がありましてね。事情を聞くと、どうやら二十年近く前に患った病と同じ病が、今度は別の場所で悪さを始め、どうにもしんどいとのことでした。すでに父も亡くなっていましたので、ここでの仕事は大手のそれとそう変わりなく。わたしはすんなりと仕事を引き継ぐことができました。兄は、今年の一月の末に亡くなりました。五十四歳でした」

「そうでしたか……。お兄様がお亡くなりになったのが一月末ということは、半年前。絵に妙なことが起きたのもその頃だと、お聞きしていましたが」

律が問う。井ノ口の兄が亡くなったことと絵の暴走は、関係しているのだろうか？

「そうなんですよ。兄が亡くなったあと、さきほどご案内した二階の仮眠室で休んでいると、ほろ酔いっていうんですかね。少し気持ちのいいくらいの」

「なるほど」

「妙だなと思ったのですが、あの頃は兄が亡くなった悲しみや、淋《さみ》しさで、わたしも感覚がおかしかった。これは一種のストレスや疲れだろうって、そう楽観的に捉えていました。それが三か月を過ぎたあたりから、二日酔いのような気持ち悪さに変わり。いよいよ、これは自分がおかしくなったと自覚し始め。と同時に、もしやこの部屋に問題があるのではないかと思い始めたのです」

井ノ口が、視線をちらりと律のタブレットに写る絵に向けた。

「仮眠室は、体を壊した兄のためにわたしが作った部屋です。部屋といっても簡単な内装工事で仕切ってドアをつけたような、スペースともいっていい場所です。そこに、兄が横になれるようなベンチソファーを置き、兄の希望で、店の奥に飾ってあったあの絵も掛けました。兄はあの絵をとても愛していました」

「愛、ですか？」

律の声にわずかだが困惑の色がある。

「はい、愛です。兄はその絵とたびたびデートに出かけていたのです」

絵とデート？　違和感のあるその表現に、恵茉は「ガレット」で自分が体験した、絵の記憶に入る様子が浮かんだ。店主の兄にもそんな力があったのだろうか？

わずかな間のあと、律が口を開く。

「井ノ口さんがおっしゃるデートとは、具体的にどんな内容でしょうか？」

「絵を持って、というよりも連れてといったほうがいいのでしょうか。外出するのです」

井ノ口が絵を鞄にしまう仕草をした。

「なるほど。あの絵は小さいので、持ち運びしやすいですよね」

井ノ口の兄と絵のデートは、恵茉の考えるものとは違ったが、それでも絵を持ちたびたび出かけるというのは珍しいのではないだろうか。

律が少し考えるように顎に拳を置くと、再び口を開いた。

「お兄様の行き先はご存じですか？」

「わかりません。でも、時間はせいぜい一時間程度なのでそう遠くには行ってないと思うんですよ」

「では、お兄様が絵を持ち出されるようになったのは、いつ頃からですか？」

井ノ口が、太い腕を組み天井を見上げる。

「わたしが気づいたのは、この店に移ってからですが。兄の手慣れた様子を見る限り、随分前から絵を持ち出し、外出していたのだろうと想像できました」

「あの絵を描かれたのは、画家の佐伯奈津子《さえきなつこ》さんですよね？」

井ノ口が、あぁと言いながら頭を抱えた。

「そうです。おわかりになりましたか」

しかし、恵茉にはその名前がなにを意味するのかわからない。

「佐伯奈津子さんは、勉強のために訪れたイタリアで、若くして亡くなったと記憶しています。評価は高いものの、作品のほぼすべてはご家族が所有し、市場に出ている作品も、ほぼないといってもいいでしょう」

そんな希少な作品だったのか。律の説明に恵茉は驚いた。

「おっしゃるとおりです。うちみたいな個人経営の店に、まさか佐伯さんの作品があるとは。あの作品の額縁は父が作ったものでした。絵に合った、優しい雰囲気に仕上げていました。ですので、わたしは兄が個人的に気に入った絵を購入し、父にその額装を頼んだのだと思い、作者が誰だとは気にしていなかったのです。しかし、こんな妙なことになって。絵に近づきサインを見たとき、もしやと。しかし、佐伯奈津子といえば、油絵の風景画が有名です。一方、この絵はフレスコ画の人物画。混乱しました」

律が恵茉に見せるように、タブレットで絵のサイン部分を拡大した。

ローマ字で書かれたかわいいサインと、制作された年と月が記してあった。

「しかし、興奮もしたのです。父の額縁が、あの佐伯奈津子の作品に使われたのかと思うと、誇らしいような、感謝したいような」

「つまり、お兄様と佐伯さんには、個人的な交流があったということなのでしょうか？」

「わたしも気になりまして。悪いとは思いつつ遺品整理の意味もあり、兄に届いた手紙を調べましたが、それらしきものは一切ありませんでした」

額装店店主と画家といった間柄だったのか。

しかし、困ったことに井ノ口の話には菓子に触れるような内容が出てきていない。

「あの……わたしからも質問させていただいてもいいですか？」

「あぁ、どうぞ」

「お兄様が好まれたお菓子がありましたら、教えてください」

恵茉の質問に、井ノ口は当惑した表情を見せたものの、はたと思い出したかのように頷《うなず》いた。

「そういえば、お祓《はら》いには菓子が必要なんですよね。お供えするんでしたっけ。兄が好きな菓子といえば、酒のつまみの柿の種やナッツ類とかですかね」

「和菓子や洋菓子といった甘いものは、あまりお好みではなかったのですか？」

「饅頭《まんじゅう》やケーキってことですね？　記憶にないなぁ。兄はわたしと違って、しょっぱい系が好きな人でしたから」

井ノ口はスプーンを持つと、申し訳なさそうにコーヒーに載ったクリームをすくって食べた。

「では、ご家族の思い出のお菓子などはありませんか？」

「うちは男兄弟で、父もいかにも職人で無口な人で。家にある菓子といってもせいぜい煎餅の類でしたね。しかも、ザラメは残ってしまって、全部わたしにくるような」

「お誕生日ケーキは？」

「ないない。誕生会すらしてませんよ」

「そうなのですね……」

どうしたらいいだろう。そう焦るけれど、井ノ口への質問がこれ以上見つからない。

黙っていた律が口を開く。

「あの絵はお兄様が所有される前に、どなたかがお持ちだった可能性はありますか？」

「これはわたしの勝手な想像ですが、兄がずっと持っていたのではないかと思うのですよ。

と、いいますのも。どうも、あの母子《おやこ》が座る椅子が、今お二人が座っているソファーなんじゃないかと思うわけでありまして」

恵茉は絵と、自分が座るペパーミントグリーンのソファーを見比べる。

「なるほど。そうなりますと、この『祝福』は井ノ口額装店さん、または、淳一さんを意識して描かれた、個人的な絵にも思えてきますね」

井ノ口が大きなため息を吐く。

「どういった経緯で兄が佐伯奈津子の絵を持っていたのかはわかりませんし、彼女の作品が希少価値の高いものだともわかっています。しかし、なんと言ったらいいんでしょうね」

井ノ口が律のタブレットに写る『祝福』に目を向けた。

「兄はわたしとは違い細身で。そりゃ、秋芳さんには及びませんが、それでもなかなかの男前でした。縁談の話もいくつかあったのです。ただ、病気のこともあり、結局、生涯独身でしたが。兄が亡くなり、あの絵に妙なことが起こりだした。父が佐伯奈津子の絵の額装を担い嬉《うれ》しかった気持ちに嘘《うそ》はないです。……しかし、わたしは兄が独身だったのは、あの絵のせいではないかと思い始めたんですよ。兄はあの絵に魅せられて、絵の虜《とりこ》になったんです。そうでなければ、いい年をした男性が絵と一緒に出かけますか？　わたしも絵の世界にそこそこいますが、そんな奇妙な話は聞いたことがないですよ。あの絵はいかにも清らかな母子像ではありますが、兄の人生を狂わせた魔性の絵なんです！」

井ノ口額装店の絵の引き取りは、井ノ口の都合により明日となった。律も運送業者にそのように手配をした。妖力を宿した絵には専門業者がいるようで、その業者とは恵茉の引っ越しを担当してくれたあの運送業者だそうだ。

その後も、井ノ口との話は続いたが、菓子に繋《つな》がる情報はなかった。

律とともに店から出た恵茉は、この先どうやって絵が求める菓子を探せばいいのだろうかと、考えあぐねた。

「ちょっと歩こうか」

律に誘われ歩きながら、恵茉は佐伯奈津子の絵に関するある言葉を思い出した。

「律さん、フレスコ画ってなんでしょうか？」

「教会などの壁や天井に描かれた絵だといえば、イメージしやすいかな」

律はバチカン宮殿にある礼拝堂の名を挙げてきた。その天井には、とても大きなフレスコ画があるそうだ。

「フレスコ画の『フレスコ』とは、英語に直すとフレッシュという意味なんだよ。フレッシュとは、漆喰《しっくい》を塗った壁が濡《ぬ》れている状態を指している。フレスコ画には大きく分けて二種類ある。一つ目は、真性のフレスコ画と呼ばれる、フレスコ・ブオーノ。これは、濡れた漆喰に水で溶いた顔料で絵を描く技法だ。二つ目はフレスコ・セッコ。乾いた漆喰に定着材を混ぜた顔料で描く。一般的にフレスコ画として紹介されるのは、前者のフレスコ・ブオーノで、その礼拝堂の天井の絵もそうだ」

「濡れた壁に絵を描くのですか？」

その様子が恵茉にはぴんと来ない。

「簡単に説明すると、漆喰で濡れた状態のときに描いた絵が、その漆喰が乾くことで定着していくんだ。逆に言えば、壁が乾く前に絵を描ききらないといけない」

それは随分と忙《せわ》しない。

「広い天井を、そんな制約のある方法で描くなんて、さぞかし大変だったのでしょうね」

「だから、少しずつ描いていったらしいね。しかも、壁ではなく、天井という高い場所に描いたわけだから。上を向いて描いたのだろうし、そうなると顔料が顔に落ちてきただろうし。苦労は多かったと思うよ」

足場を組んで上を向き……。恵茉はその様子を想像する。

「首が痛くなりそうです」

「そんな苦労はあるけれど、フレスコ画の作品は劣化が少ない。たとえば、紀元前に描かれた『ラスコーの壁画』」

「……その名前、美術か歴史の教科書で見たような？　動物の絵でしたっけ」

「そうだ。あれは、石灰岩の洞窟に描かれたため、天然のフレスコ画となった。そのおかげで、昔の人が描いた絵を、ぼくたちも目にすることができる」

普段は油絵で風景画を描いていた佐伯奈津子が、フレスコ画で人物画を描いた。

「長いこと保つことができるから、佐伯奈津子さんも『祝福』を描くときにフレスコ画を選んだのでしょうか？」

か？」

「時を経ても続く祝福。彼女が井ノ口淳一氏に向けた祝福とは、なんだったのだろうか？」

それがわかれば、菓子もわかるのだろうか？

しかし、井ノ口の話によると、淳一は甘いものを好まなかったという。絵からのSOSから推察すると、酒やワインといったアルコール全般に関係がありそうだが。

「お菓子ではなく、お酒ということはないのでしょうか？　お酒も薬や神仏への供物として使われていると思うのですが」

泥酔する絵と酒好きな井ノ口淳一。

菓子よりも酒を好む人だっているのだから、絵だってそうかもしれない。

「そうだね。過去に秋芳家の面々も試してみたそうだ。酒だけでなく、舞や歌。絵が欲するのは本当に菓子だけなのかと」

「それで、どうだったのですか？」

「絵の妖力を鎮められたのは菓子だけだった。そうぼくも父から聞いていた。……しかし」

律が言葉を濁しつつ続ける。

「本当にそうだろうか？　中学生のぼくは疑問に思った。そして、菓子ではなく自分が正解だと思うある酒を絵に捧《ささ》げた。その絵は人を部屋に閉じ込める絵だった。扱う際には十分に注意をして臨んだ。けれど、ぼくはしくじった。異変を感じた父親が松造《しょうぞう》さんに連絡をした。ぼくは松造さんが正解の菓子を見つけてくれるまでの三日間、絵とともに閉じ込められた」

律が肩をすくめる。

「自分を過信した。最悪なガキだ。当然、父親には叱られ、松造さんには心配をかけた。といったぼくの未熟なる経験をふまえ、菓子以外は勧めない」

恵茉からすると、八歳も年が上の律は大人で、こと絵に関しては、間違った判断をしたことがないと思っていた。けれど、律にもそんな失敗があったのだ。

部屋に閉じこめられたのは大変だったと思うけれど、そんな失敗をした律を恵茉は身近に感じた。

「だったらやっぱりお菓子ですね。では、お酒を使うお菓子でしょうか？」

「そこから攻めてみるか」

恵茉は頭に浮かんだ菓子を挙げ始める。

「お酒のお菓子といえば、ウイスキーボンボンでしょうか。ウイスキーを砂糖やチョコレートでコーティングしたお菓子ですが、チョコでしたら甘さの調節ができますし、このお菓子はかなり直接お酒を感じることができると思います」

「洋酒と菓子は相性がいいよね」

「はい。サバラン、ブランデーケーキにカヌレ。洋酒漬けのドライフルーツを入れたケーキもあります」

「日本酒や紹興酒の入った菓子もあるだろうか?」

　恵茉は考える。

「日本酒を使った生チョコレートに、餡《あん》に酒を入れた饅頭に、ブランデーの代わりに日本酒を浸したケーキ。酒ではなく、酒粕《さけかす》まで広げるのなら、もっとあります。他にも、紹興酒を使ったチョコレートケーキがあるといった記事も、最近読みました」

「洋酒の代わりに、日本酒や紹興酒を使ったレシピを考えると、果てしないな。酒に関する菓子だけでも、これだけの種類が出てくるのか」

　話しているうちに、恵茉と律は代官山駅まで戻ってきた。秋芳家に戻るのかと思っていた恵茉は、改札のほうへと歩き出す律に戸惑う。

「今出た菓子はとりあえず頭の片隅に置いて。さらなる情報を求めないといけないな」

「これから、どこに?」

「絵を描いた佐伯奈津子の実家に行ってみよう。井ノ口淳一氏について、なにかご存じかもしれない」

「律さんは、佐伯さんのご家族と、お知り合いなのですか?」

「いや、これから知り合いになるよ」

そう答えながら律が携帯電話で素早く検索をしだす。

「佐伯奈津子の実家は、神奈川県横浜《よこはま》市大倉山《おおくらやま》だ。運よく商いをされているので連絡先もわかった。大倉山駅は代官山駅から東横《とうよこ》線で一本だ」

言い終わるや否や、律は奈津子の実家に電話をかけ、そしてすんなりと約束を取りつけてしまった。

「では、行こうか」

その律の声に被《かぶ》るように、彼の携帯電話が鳴りだす。

「はい、さきほどは――。そうですか。わかりました。すぐに向かいます」

恵茉さん、と呼ぶ律の声が硬い。

「井ノ口氏からの電話だった。絵の暴走がひどくなり、一階まで影響がでてきたそうだ。ぼくはこれから彼のところに行くよ」

「わたしも行きます」

「恵茉さんが来るのは危険だ。このあと運送業者に連絡して予定を早めてもらう。今日中には搬入したいと思うから、きみは家に戻り待機してくれ」

「佐伯奈津子さんのご実家へは？」

「そうだな。これからキャンセルの連絡を入れよう」

佐伯奈津子の絵の暴走が増幅したというのに、恵茉には菓子の目当てすらついていない。

「わたしが行ってもいいですか？」

「え？」

電話をかけようとしていた律が、その動きを止めた。

「わたし一人で佐伯さんのお宅に行ってもいいでしょうか？」

「一人で、大丈夫かい？」

「お菓子のヒントが欲しいんです。このままでは、わたし、どこに進んでいいのかわかりません」

絵の暴走の事象から酒と関係する菓子の羅列はしたものの、その中に絵と繫がる菓子を見つけたわけではない。

佐伯奈津子の家に行ったからといって、佐伯奈津子と井ノ口淳一との繫がりが見つかる確証はない。けれど、なにもしないまま秋芳家で待機するのは、違うと思った。

自分ができる限りのことをしたい。

「しかし、初めて会う方に、亡くなった娘さんの話を伺うんだよ。簡単ではないはずだ」

律の声に含まれる心配の色は、恵茉だけでなく佐伯奈津子の両親に向けてもあるように思えた。恵茉の心がふっと和む。

律は、人の心の機微がわからないと言っていたけれど、そんなことはない。彼は優しい。

「絵が暴走するのは理由があってのことです。その暴走だけ見ると、本当に困ってしまうし、恐ろしいです。でも、『ガレット』もそうだったように、絵は暴走したくてしているわけじゃないんですよね。そこには、ちゃんと理由があって、絵自身でもどうにもならないなにかがあふれてのことで」

秋芳家を、夏とは思えない冷気で包んでしまった「ガレット」だったが、そこには作者とモデルとなった妻の愛情があった。絵が処分されてしまう恐怖から、妖力を宿し暴走したのだ。

しかし、律は黙ったままだ。

「律さんの不安は当然です。律さんのように適切な質問ができるかと問われると、自信はありません。でも、どうしてか、心の奥底から菓子を探りたい、正解の菓子を絵に捧げたいといった気持ちが湧き上がってきてしまうんです」

まるで恵茉の心にこそ妖力が宿り、暴走しているかのようなのだ。

「……ありがとう、恵茉さん。よろしく頼む」

「はい」

「心配は不要だな。きっと、佐伯さんにも恵茉さんの熱意は伝わるさ。一生懸命であろうとする人は、見る人が見ればわかるものだから」

狐面《きつねめん》の律が恵茉を見下ろすように立っている。律の顔を恵茉は見ることができないが、彼が恵茉を信じ応援してくれる気持ちは伝わってきた。

「佐伯家までの地図や連絡先、ぼくが考える質問内容を恵茉さんの携帯電話に送るよ」

律がタブレットを渡してきた。ここには、佐伯奈津子の絵のデータがある。恵茉はそれを自分のバッグに入れると代官山駅の改札へと向かい歩き出した。


佐伯奈津子の実家は、大倉山駅から歩いて五分ほどの場所にあるパン屋だ。

店の名は「佐伯ベーカリ」。外観は昔ながらのパン屋さんといった風情があり、庇《ひさし》のオレンジと白のストライプがレトロかわいい。恵茉は、店のガラス戸に描かれたフランスパンに目を留めると、気を引き締め店のドアへと向かった。

恵茉が店の自動ドアから入ると、レジには白い三角巾をした、白髪で痩せ気味の女性が座っていた。

「代官山画廊から参りました、小島恵茉と申します」

緊張で震える声が悟られないように、一言一言言葉を切り挨拶をした。すると、女性は立ち上がり右の眉をピッと上げ、自分は佐伯奈津子の母の房枝《ふさえ》だと名乗った。

パン屋は佐伯夫妻で経営しているそうだ。この時間、房枝の夫の鉄二《てつじ》は近所の将棋クラブに行っていると説明された。

恵茉が通された和室には仏壇があった。写真立てには、若い女性の姿がある。房枝が恵茉の視線に応えるように、「娘の奈津子です」と紹介してくれた。

恵茉は写真に向かいお辞儀をする。明るい人柄を表すような、ふっくらとした満面の笑みの写真だった。

恵茉が勧められるままに座布団に座ると、房枝が纏《まと》っていた硬い雰囲気がふいに和らぐ。

「正座姿がきれいね。お父様、お母様がしっかりされた方なのね」

恵茉は頭を下げた。正座や箸遣いといった日常生活の所作は、祖父にしつけてもらったものだ。恵茉は自分を通して、祖父が褒められたような気がした。

房枝が茶とともに出してくれた菓子には、かわいい雷小僧のイラストが描いてあった。見たことのない菓子に興味が湧いたが、今はそんな場合じゃないと気持ちを切り替える。

恵茉は和室を見回した。壁のいたるところに色鮮やかな絵が飾られている。絵は大きさも題材もさまざまだけれど、どれもにどこかの森や山、花畑や街といった風景が描かれていた。

「すべて奈津子の作品よ。娘の絵はこの部屋だけに収まりきらなくて、この家《うち》のあちこちに飾ってあるの」

客観的に見ると一つの部屋には多すぎる数の絵ではある。けれど、大切な家族が遺《のこ》したものを手元に置いておきたいと思うのは、当然の感情だと共感できた。

恵茉にしても、アパートから持ってきた製菓用の道具と秋芳家の厨房《ちゅうぼう》にある道具がだぶついているとわかっていても、捨てる気にはならない。

たとえ串の一本でも、そこには祖父の魂が宿っているような気がするからだ。

「奈津子の絵について、話を聞かせてほしいと伺っているけれど。その前に一応確認させてちょうだい。奈津子の絵が欲しいとか売ってくれとか、そういった理由で来たわけじゃないわよね？」

鋭い口調の房枝からの問いに、恵茉はとりあえず頷《うなず》いたものの、その先、どんな言葉を繋《つな》いでいいのかわからない。絵を売ってほしいなんて、考えてもいない。それを失礼のないような言い回しで、どう説明したらいいのか。

祖父との会話はつうかあで、時には言葉さえいらなかった。そんな生活に慣れていたけれど、他人が相手となるとそうはいかない。

一人で大丈夫かと心配する律に、恵茉は正解の菓子を絵に捧《ささ》げたいと、偉そうなことを言いやって来た。それなのに、房枝を前にだんまりを決め込む自分がふがいない。

俯《うつむ》いたままの恵茉に向けて、房枝が話し出す。

「娘の奈津子は、とても明るい子だったの。よくしゃべって、ころころと笑って、誰からも好かれて。……わたしはね、不思議だったの。わたしみたいに愛想がない、客商売には向かないって散々言われた母親からあんな子が生まれるなんて。そんな、客商売には向かないって言われたわたしだけど、夫と二人でもう何十年もここでパン屋をやっているわ」

突然の房枝の話に、恵茉は戸惑った。

「代官山画廊の小島さん。あなた、人と話すのがあまり得意じゃないのね。挨拶の声も震えていた。わたしは商売柄、毎日多くの人と接するの。そうするとね、なんとなくだけれど初めて会った人でもどんな人かって想像できる」

「……申し訳ございません」

「それでもここに来た。その理由があるんじゃなくて？　聞くわよ」

――「一生懸命であろうとする人は、見る人が見ればわかるものだ」

律の声が恵茉の胸に広がる。房枝が恵茉のなにを認めてくれたのかはわからない。けれど、帰れとも言わず、話も聞くとまで言ってくれた。恵茉は、腹に力を入れ話し始めた。

「わたしたちの店に、井ノ口額装店さんから絵についてのご相談がありました」

「井ノ口ですって？」

房枝が棘《とげ》のある声を出す。

「ご存じですか？　場所は――」

「知っているもなにも、忘れるものですか。井ノ口額装店の井ノ口淳一さん。奈津子の恋心を散々利用して、仕事を取るだけ取って。あの方、奥様とお子様に囲まれて、さぞかし幸せな暮らしをなさっているんでしょうね」

予想すらしなかった房枝の話に、恵茉は目を丸くした。

恋心？　奥様？　お子様？

「なにか誤解があると思います」

「誤解？　今さら弁明されても困るわ」

「井ノ口淳一さんは、ご結婚されていません」

絞り出すように恵茉が声を出すと「どういうこと？」と聞き返された。

恵茉は唾を呑《の》む。

落ち着いて慎重に、知っていることだけをしっかり話すのだ。

「半年ほど前に、病気でお亡くなりになりました」

「井ノ口淳一さんが、亡くなった？」

房枝の声には、恵茉の話を疑うような色があった。

「淳一さんは奈津子さんの作品をお持ちでした。そして、闘病中もその絵に大変励まされたそうです。そのことに、現在の井ノ口額装店の店主である弟さんが感謝され、奈津子さんに縁《ゆかり》のお菓子があればそれをお供えしたいとわたくしどもにご相談されたのです」

これは律が考えてくれた文章だ。東横線に揺られながら、恵茉は小さな声で繰り返し、覚えた。

「その話は嘘《うそ》だわ」

房枝が恵茉を睨《にら》みながら続ける。

「あの子の絵を持っているなんて、そんなの……偽物に違いないわ」

「佐伯さん……」

「そんな胡散臭《うさんくさ》い絵を本物だと言うなんて。うちに来て、奈津子の絵を売ってほしいと言ってくる人たちより質《たち》が悪いわね」

話はおしまいとばかりに立ち上がろうとした房枝に「待ってください！」と恵茉は押し止《とど》めるよう、律から渡されたタブレットを出し、机に置いた。

「奈津子さんの絵です」

指でタブレットをタッチし、画面を房枝に向ける。

「……人物画？」

房枝が惹きつけられるように、映し出された奈津子の絵に触る。淡くクリーム色主体の絵には、優しい顔をした若い母親と眠る赤子の姿があった。房枝が声もなく短く切った爪の指先で、愛《め》でるように絵の母子をなぞる。その姿に、恵茉はたまらない気持ちになった。

「タイトルは『祝福』です」

「……『祝福』」

しばらくすると、房枝は絵の隅に描かれた奈津子のサインを見た。

恵茉はサインの部分を拡大する。

「佐伯ベーカリーさんのガラス戸の絵は、奈津子さんが描かれたのですね。奈津子さんのローマ字のサイン、Ｓａｅｋｉのｉの字は、ｉではなく、お店のガラス戸に描かれたものと同じフランスパンでした。またサインの横に書かれた年と月から、この絵は、奈津子さんがイタリアに行く直前に淳一さんに渡されたのではないかと思われます」

奈津子と淳一の間に、どんなやり取りがあったかはわからない。

でも、淳一の病気発症と、奈津子の留学の時期が近いことから、推察できることはある。

失恋した奈津子が、どんな思いでこの絵を描き始めたのかもわからない。

房枝の話が本当ならば、奈津子はこの絵を描きながら、いろんな感情に心が乱され揺れたのだろう。ただ、作品としてこの絵から受ける感情は、愛しかなかった。

どんな思いがあったとしても、それを奈津子は作品として昇華させたのだ。

そこに、画家、佐伯奈津子のすごみを感じた。

房枝がすっと立ち上がり、部屋の奥へ下がった。

そして、戻ってきた房枝は一枚の絵を手にしていた。房枝は恵茉に見せるように、絵を机に載せた。

「わたしが今日、突然にもかかわらず代官山画廊さんからの訪問を受けたのは『絵でお困りのことはありませんか？』って聞かれたからよ」

たしかに律はそう言っていた。ただ、恵茉はそれを仕事の決まり文句として聞き、深い意味を感じてはいなかった。

しかし、房枝にとっては違ったようだ。

房枝が持ってきた絵には、恵茉も知る井ノ口額装店の店内が描かれていた。背中を向けて立つ背の高い痩せた男性の前にはテーブルがあり、彼はなにか作業をしている。

男性の姿は、井ノ口修二が語った淳一そのものだった。

恵茉は鳥肌が立った。

「この絵は、奈津子が留学先で描いた絵よ。お友だちの話だと、あの子はこの絵を部屋に飾っていた」

奈津子と淳一は離れた場所で、同じように絵を見つめ、相手を想《おも》っていた。

「困りごとっていってもね、困りごとともいえない、妙なことなのよ。夫に話したら、そんなの年をとって嗜好《しこう》が変わっただけって噴き出されたんだけれどね」

房枝の話を聞いているうち、恵茉は急に喉が渇き、コーヒーが飲みたくなってきた。

恵茉は、自分でコーヒーを淹《い》れて飲むことはほぼない。

どちらかといえば、紅茶や日本茶が多かった。

「もしかして、コーヒーが飲みたくなるってことですか？」

「不思議でしょう？　わたしなんて根っからの紅茶好きで、毎朝、今日の一杯目はなにを飲もうかしらって、そんなことを考えているのに。ここ最近、この絵のある納戸に行くと、無性に甘ったるいコーヒーが飲みたくなるのよ」

房枝の言葉に恵茉も同意する。恵茉も同様に甘いコーヒーが飲みたくなっていたのだ。

恵茉はすぐさま律に、奈津子のもう一枚の絵について連絡をした。絵は律が手配する運送業者が今日中に取りに来ることとなった。

房枝に招かれ、恵茉はパン屋の店内へと足を踏み入れる。

食パンにロールパン。ブリオッシュにフランスパン。ころんと小さめの餡《あん》パンにグローブのようなクリームパン。こんがり揚がったコロッケがおいしそうなコロッケパンに紅しょうがのアクセントの効いた焼きそばパン。

どれもこれも見ているだけで楽しい気持ちになってくるパンが並んでいる。値段設定も良心的だ。

その商品棚の一角に冷蔵ショーケースがあった。牛乳やいちご牛乳といった紙パックの飲み物の隣に置かれた透明のカップを、房枝が一つ手に取る。

サバランだった。

恵茉の目は、房枝が手にしたサバランに釘付《くぎづ》けになる。

「サバランは、ブリオッシュ生地から作れるそうなの。うちの店のパンは、子どもさんが喜ぶ品が多いでしょう？　大人向けにもなにか商品はできないかって夫とあれこれ調べているときに本で見つけて『これだっ！』って。今ではうちの人気商品よ。そんなサバランを奈津子は、井ノ口さんに食べさせたいって持っていったわ」

　奈津子と淳一とサバラン！

　絵と人と菓子が繋がった？

「奈津子は、これを井ノ口さんと一緒に食べるんだって、嬉《うれ》しそうに持っていったわ。それが、あの子のささやかな望みだった。でも、それは叶《かな》えられず、あの子はそのまま持ち帰ってきたのよ」

　房枝は淡々と語ろうとしているが、その端々には悲しみがあった。房枝が続ける。

「井ノ口さんが結婚するだの、子どもが生まれるだの。奈津子はそんなの知らなかったって言ったわ。そりゃ、単なる一顧客に自分の私生活なんか話さないでしょうよ。でもね、隠し事のできないあの子の気持ちは、井ノ口さんにもわかったはずだと思うの。あなたの言うとおり結婚が嘘だとして。井ノ口さんがどんな理由で奈津子を拒否したかわからないけれど、一緒にケーキを食べるくらい、せいぜい十分程度の時間ぐらい、恋をする女の子のために使ってくれてもいいじゃないの。そうしたら、それを思い出にできるじゃない」

「……そうですね」

　あれだけ奈津子の絵を大切にしていた淳一だ。奈津子に対しての想いはあったのだろう。ただ、一方で、それさえするのをよしとしなかった淳一の決意も感じる。

「わたしは恨んでいたわ、井ノ口さんを。でもね、あなたが見せてくれた奈津子の母子像を見て、そして改めて奈津子が描いた井ノ口さんの絵を見て考えが少し変わったの。あの子は、あの子なりの方法で自分の恋を乗り越えたんだと思えたのよ。立ち止まっていたのは、母親であるわたしだったのね。娘の早すぎる死さえ、どこか井ノ口さんのせいにしていた。だから、縁《ゆかり》のお菓子といえるかわからないけれど、奈津子がサバランを井ノ口さんに食べさせたいと思ったことを伝えようと思ったの」

「ありがとうございます」

恵茉は深々と頭を下げた。菓子を見つけた興奮と絵を助けられるかもしれないといった安堵《あんど》感と同時に、離れ離れになった奈津子と淳一の人生を考え、胸が苦しくなってしまう。けれど、しんみりとしている場合ではない。恵茉はまだ房枝にお願いしないといけないことがある。

「レシピを教えてください！」

ダメもとでお願いすると、房枝がレジの下の棚から一枚のプリントを出してきた。

「近所の公民館で年に何回かパン作り教室を開いているの。そのときのレシピよ」

「ありがとうございます」

「うちのサバランは病みつきになるそうだから、小島さんも覚悟してね」

房枝のその声には、柔らかさとともに誇りがあった。

恵茉は、サバランに必要な材料を購入してから帰宅した。

出迎えてくれた五十鈴に、お土産として佐伯ベーカリーで購入したパンを渡すと予想以上に喜ばれ、恵茉は照れくさい気持ちになった。

肝心の律は、別件の仕事にかかりきりで、夕食もいらないそうだ。

「五十鈴さん、井ノ口額装店の絵がどうなったか、ご存じですか？」

「無事搬入されました。恵茉様から連絡をいただいた佐伯様の絵画も、夜遅くになりますが搬入される予定でございます」

二枚の絵が代官山画廊に揃う。

「律さん、お仕事ばかりですよね。お体、大丈夫でしょうか？」

「絵のこととなると、律様は自分の体など擲《なげう》ち没頭し、尽くされますからね……。でも、恵茉様もでございますよ。今日一日お疲れ様でございました。明日に備え、ゆっくりお休みくださいませ」

夕食が終わりしだい、恵茉は菓子を作り始めるつもりだった。けれど、客観的に自分の今日の一日を振り返ると、たしかに一度頭を冷やしたほうがいいかもしれないと思えてきた。

「さて、恵茉様。今晩は、トマトにナスにオクラにズッキーニといった夏野菜たっぷりのポトフでございますよ。佐伯ベーカリーのロールパンにもぴったりです」

ポトフと聞いて、お腹がぐうとなる。恥ずかしくなった恵茉は思わず俯《うつむ》いた。

ベッドに横になりながら、恵茉は佐伯ベーカリーのサバランについて考えていた。

佐伯ベーカリーのサバランは、オレンジサバランだ。輪切りにしたオレンジの砂糖漬けの半分に、チョコレートがかかったものが載っている。

サバランといってイメージするのは、洋酒の入ったシロップがしみ込んだ生地に、ホイップクリームやフルーツが載ったものだろう。

もちろん、オレンジが載っているものもあるけれど、これだけオレンジが強調されたサバランを恵茉はあまり見たことがない。しかも、チョコレートまでかかっているのだ。

あのサバランに、恵茉は一目で恋をした。

恵茉はベッドで寝返りを打ちながら、果たしてこのオレンジサバランを井ノ口淳一は食べたのだろうかとも思う。

奈津子が淳一に食べさせたかった菓子は、間違いなくこのオレンジサバランだ。しかし、彼女はこの菓子を淳一には渡せなかった。

それに、弟の井ノ口修二が語った、淳一と絵のデート先がどこかも、まだわからない。

仰向けになった恵茉は、暗い天井を見つめた。オレンジサバランが絵の求める菓子だと決まったわけではないのに作ろうとしてしまった。

（わたし、なにやっているんだろう。これは遊びじゃないのに……）

恵茉は恥ずかしさのあまり、体を丸めて縮こまる。

奈津子の描いた絵はもう一枚、妖力を帯びていた。

そばに来た人に、甘いコーヒーを飲ませようとするのだ。

その現象が始まった時期は、淳一が亡くなった頃と重なっている。

手元に多くの事象が集まって来たけれど、それを繫《つな》ぐ決定的な線が見えない。

それがもどかしい。

だから、律に会いたかった。

恵茉のこんな疑問や、もやもやを全部聞いてほしかった。

それに、一緒にサバランだって食べたかった……。

律はまだ仕事だろうか。律を心配に思いつつ、恵茉は目を閉じた。


「――茉さん、恵茉さん」

誰かが呼んでいる？

恵茉がすっと目を開けると、薄暗い部屋のぼんやりとしたルームライトに照らされた白い狐《きつね》の面が浮かんでいた。

「!!!!」

うわっと起き上がり、そのまま思い切り壁に背をつけたら、ゴンと鈍い音がした。

「大丈夫か？」

狐面の人の腕が伸びてきて、恵茉の頭を撫《な》でる。

「夜遅くに驚かせたね。凄《すご》い音がしたけれど、冷やしたほうがいいかな」

律だ。そうだ、狐面の人は、律だった。

しかし、どうして律が恵茉の部屋にいるのか。

こんな夜に恵茉の部屋にやってくる理由なんて。――あっ。

恵茉の顔が赤くなる。

まさか、そんな。

普段は疎いくせに、どういうわけだかぴんと来た。

いや、ぴんと来たって表現はおかしい。

だって、律はまだなにも、そんなことを恵茉に言ってきたわけではない。

でも、そんなことを言ってきたら、どうしたらいいんだろう。

律は恵茉との関係を、急がないと言っていた。愛や恋ではなく、家族のような関係になりたいとも言っていた……はずなのだけれど。

「すまない、恵茉さん」

律が謝ってきた！

なにが、どうして謝るの？

恵茉はドキドキしながらも、じりじりと壁ぞいに動き、律から距離を置く。

「悩んだのだけれど、恵茉さんにも早めに経験してもらったほうがいいと思って」

「…………」

「一枚、『雷桜《らいおう》』という名の絵を消さなくてはいけない。『雷桜』とは、雷に桜という字を書く」

絵？

「えっ？」

白い狐面が頷《うなず》く。

『雷桜』は妖力が強く、暴走が止まらない。このままでは秋芳家の敷地《しきち》内でも収めきれずに、街へと広がってしまう。そうなる前に絵を消さなくてはならない」

「……あの、わたし。律さんがおっしゃっている意味がよくわかりません」

頭が回らない恵茉の前で、律は斜めに掛けていた布袋からなにか丸いものを出した。金属製のそれは両手で抱えるほどの大きさで、飾り紐《ひも》もついている。

「これは鏡で、妖力を帯びた絵を消す力がある」

絵を消す？

「待ってください！　消す前にわたしに、お菓子を作らせてください！　『雷桜』の絵を見せてください」

「菓子を作るのは無理だ。そのことについても道々話すから、ともかく一緒に来てほしい」

律に菓子作りを否定されたことに、恵茉はショックを受けた。

(絵のための菓子を作る職人として、わたしはここにいるのに)

それなのに、菓子を作るのは無理だなんて。どうして律は、そんなことを言うのだろう。

恵茉の心に納得できない思いが芽生えた。


服を着替えた恵茉は、律のあとに続き二階から一階へと下りた。

「雷桜」が保管されている場所は画廊ではなく、主屋に続いている蔵だという。

蔵へと向かう長い廊下には、足もとを照らすあかりが間隔を空けて置かれていた。屋敷《やしき》内は取り立てて変化もなく、律が話すようなトラブルが起きているようには思えない。

廊下の突き当りが左右に分かれ、その左へと律が進む。

「これから消す問題の絵は日本画で、作者は三年ほど前に亡くなった二十代の男性だ。彼は、この絵を描くために訪れた村で空き家を借り、絵の制作をしていた。完成間近のある日、彼は散歩中に雷の事故で亡くなった。村で描いていた作品が遺作になった。絵のタイトルである『雷桜』は、作者がつけたものかどうかは不明だ。調べてもわからなかった。

彼は亡くなる直前、応募していた日本画の公募展で大賞を受賞した。マスコミは彼を取り上げ、悲劇の画家としてその名は一躍有名になった」

律が淡々と続ける。

「遺作の『雷桜』には高値がつき、投資目的で売買された。絵が荒れるのは早かった。持ち主を次々と変え、絵はぼくのところへ運ばれた。最後の持ち主は、金を払うから処分してくれと泣きついてきた。ぼくと松造さんは菓子を探した。縁《ゆかり》の菓子に繋がる情報は皆無だったため、まずは、絵のタイトルと妖力の雷に関係のある線で進めた。日本から海外まで、雷に関係する菓子を調べたけれど、それよりも早いスピードで絵は画廊に置いておけないほどの状態になってしまった。ぼくは危険だと判断し絵を蔵にしまい、正解の菓子が見つけられないまま『雷桜』については保留とした」

「画廊に置いておけないとは、どういう意味ですか？」

律が拳を顎につける。

「恵茉さんには、まだ話していなかったね。秋芳家のこの敷地には、絵の暴走を外に出さない力が与えられている。そして、その力はぼくらが絵に菓子を捧《ささ》げる画廊ではさらに強く、そして今から行く蔵はより強固になっている。つまり、蔵は妖力を暴走させた絵が最終的に行く場所なんだ。その蔵をもってしても『雷桜』は限界だ」

「……絵に菓子を捧げた画廊と、律さんに額装について教えていただいた『普通の画廊』

の造りの違いには、ちゃんと理由があったのですね」

正解の菓子が見つけられなかった「雷桜」。

蔵に入れられた「雷桜」。

でも恵茉には、雷の菓子について調べた記憶はない。

「祖父が『雷桜』の菓子を調べていたのは、いつ頃ですか？」

「絵が届いたのは三か月前だ」

（三か月前？）

その頃について思い返すと、祖父が頻繁に外出し、夜遅くに帰ってきたと記憶している。

そして、同じときに恵茉は、祖父から桜の菓子を調べるよう言われていた。膨大な量だった。けれど、ある日突然、その作業を一旦中止するよう言われた。

おそらく、あのときの菓子が「雷桜」に捧げるためのものだったのだろう。

「『雷桜』については、現在もぼくの父親が調べている。その結果を待ち、もう一度、正解の菓子を恵茉さんとともに探したかった」

「絵は、どんな暴走をするのですか？」

「『雷桜』は、雷を落とす」

恵茉はびくりとした。

「ガレット」や「祝福」。そして、淳一がモデルの絵の妖力に対しては感じたことのない恐怖を、恵茉は「雷桜」に抱いた。この絵の暴走が外に出てしまったら……。

律がぽつりと「残念だ」と漏らす。律にかける言葉を持たない恵茉は、黙って彼のあとに続いた。

蔵の入口付近にも、廊下同様に足もとを照らすあかりが置かれていた。

蔵の白い漆喰《しっくい》がそのあかりに、妖しく浮かび上がる。

「律さん、消すのは妖力だけではなくて、絵も……ですよね？」

「そうだ。恵茉さんにも、求める菓子が得られなかった絵がどういった最期を迎えるのか知ってほしいと思った」

律はそう答えると、近くに置かれたあかりを持ちあげ、恵茉に渡してきた。

律がゆっくりと重そうな蔵の戸を開けた。恵茉はあかりでその戸の向こうを照らした。

蔵の中は天井が高いだけでなく予想外に広く、というより、むしろ広すぎるようにさえ思えた。中央に通路があり、その左右が部屋になっているようでいくつも戸が並んでいる。

ふいに、空気を切り裂くような稲光とともに、ドンと地響きがした。

「律さん……」

か細い声で恵茉が呼ぶと、律が無言で恵茉の手を握ってきた。冷たい律の手に、恵茉の心は少しだけ落ち着く。

並んだ扉の一枚を律が指す。

「恵茉さん、あの扉の向こうに『雷桜』がある。部屋に入ると五歩も歩かない場所に、透明な結界が張ってある。そこを越えなければ、とりあえず安全だ。きみはそこにいてくれ」

「律さんは？」

「ぼくはその中に入り、この鏡で絵を消さなければならない」

律と繋《つな》いだ手を恵茉はぎゅっと握る。

「……恵茉さん？」

「危ないです」

「そうだね。でも、それがぼくの仕事だ。暴走は、絵のＳＯＳだと話したよね？」

「はい」

「今の状態は、絵だって苦しいんだ。本当はこんなこと、絵だってしたくない」

恵茉は絵が菓子を食べる姿を見ている。キラキラとした光の粉が恵茉が作ったガレット・デ・ロワを囲むと、その光と混ざり溶けるように消えていった。

あの光には喜びがあった。絵は菓子を求めている。

「でも、絵を消してしまったら、この絵に込められた想《おも》いはどうなってしまうんですか？」

「世の中には、叶《かな》わないこともある」

律は静かにそう言うと恵茉の手を優しく解《ほど》き、「雷桜」が待つ扉を開けた。

ほのかな光が灯《とも》る部屋の奥の壁に、「雷桜」はあった。その絵を恵茉は透明なガラスのような結界越しに見た。

平野にある一本の桜の木。

桜の花はまだ三分咲きといったところだろうか。

桜の木は絵の左端にあり、そう大きく描かれているわけではないけれど、緑の少ない大地に訪れた春の息吹と、自然の力強さを感じた。

(この絵が、雷なんて)

絵から受ける印象と、絵の妖力のギャップを恵茉は感じた。

しかし、次の瞬間。結界の向こうが光り、続いてこの場が張り裂けるかと思うほどの稲妻が落ちた。

「ひゃっ!」

驚きと恐ろしさで恵茉は耳を塞ぐ。

「いいかい、恵茉さん。きみはここにいるんだ」

大丈夫だよとでも言うかのように、律の手が恵茉の背にそっと触れる。しかし、その手はすぐに恵茉から離れていった。律は見上げる恵茉に頷くと透明な結界にその手を置いた。

恵茉があっと思う間もなく、律の体が結界の内側へ入っていく。

律が絵に向かいまっすぐに進みだした。

雷は律を襲いはしないのか？

律は大丈夫なのだろうか？

心配と不安で、恵茉も鼻の頭がくっつくほど結界へと近づいた。

再び雷が落ちる。一瞬の光が、律と絵を鮮明に映し出す。

あれにあたったら、律は死んでしまう。ダメだ、そんなの！

律を一人で危険な目になんか遭わせられない。でも、どうしたらいい？

恵茉の頭に、厨房《ちゅうぼう》のガラス戸にお願いしたことが浮かんだ。恵茉は手に持っていたあかりを床に置き、両方の手のひらを結界にぴたりとつけた。

「お願いっ……！　律さんのところに行かせてください」

恵茉の手がぼわんと温かくなった。手のひらに感じていた硬質な冷たさがすっと消える。

体が後ろから押されるように前へと進み、振り向くと結界は恵茉の後ろにあった。

入れた！

律は、と思い彼を見ると、絵の正面に立ち、布袋から鏡を出していた。

律の近くに雷が落ちる。

しかし、律は逃げることなく、取り出した鏡を絵に向けた。

絵がぐにゃぐにゃと形を変え歪《ゆが》みだす。絵の周りで電気がショートするような、光と音がバチバチと鳴りだす。

これが絵を消すってこと？

助けられずに、消すってこと？

――「……ありがとう、恵茉さん。よろしく頼む」

恵茉が一人で佐伯奈津子の実家に行こうとしたとき、律は「ありがとう」と言った。

誰よりも絵を助けたい律が、絵を消したいはずがない。

律に絵を消させる仕事をさせてはいけない。

「……ダメ！」

恵茉が駆け寄り、律から鏡を奪い取る。

「恵茉さん！　なにを!!」

歪みだした「雷桜」が蒼《あお》い炎を上げだす。そして、その炎は急速に一つに纏《まと》まったかと思うと、恵茉が持つ鏡へと勢いよくぶつかるように吸い込まれ、消えていった。

しかし、その衝撃は強く、恵茉は鏡を持ったまま後ろに吹っ飛んでしまった。

「恵茉さん！」

律の叫び声を聞きながら、恵茉の記憶は途切れた。

出汁《だし》のいい匂いがする。焼き魚の匂いも。あれはアジの開き――。

「朝？　あれ？」

恵茉が目をぱちりと開けると、白い天井が見えた。

どれくらい眠っていたのだろう。恵茉は身支度を済ませると、一階へと下りた。

「まぁ、恵茉様！」

五十鈴が抱きつかんばかりにやって来た。

「お体の具合はいかがですか？　恵茉様が倒れたと律様から連絡があり、わたくし肝が潰れるかと」

「ご心配おかけしました……」

蔵へ行き律の持つ鏡を奪い。我ながら、凄《すご》いことをしてしまったと思う。

「恵茉様は、丸一日お休みになられていました。さぞかしお腹《なか》もすかれたことでしょう」

「わたし、そんなに寝ていたんですか？」

五十鈴が引いた椅子に、恵茉は座らされた。

「律さんは？」

五十鈴が表情を曇らす。

「律様も恵茉様をわたくしに託すと、そのままお倒れになりました」

「雷があたったんですか？」

「いえ、そういうことではないのですが」

五十鈴が言いにくそうな顔をする。

「それで、律さんは、今どこに？」

「自室でお休み中でございます。そろそろ目を覚まされると思いますが……」

五十鈴はそこで言葉を切ると、少し考え、話し出す。

「律様はおっしゃらないと思いますが、秘密でもないのでお伝えいたします。絵に関わる仕事は体力を消耗いたします。特にあの日は、佐伯奈津子さん関連の絵が二点運ばれ、『雷桜』もありましたから、いつもよりもお疲れになったのだと思います」

「そうだったのですね……」

五十鈴に教えてもらわなければ、知らないところだった。

「そうですわ！」五十鈴が手をぱちりとたたく。

「恵茉様、お食事がお済みになったら、律様の部屋にお見舞いに行かれてはどうですか？」

さもいい案だとばかり、五十鈴がはしゃぎだした。お見舞い！　たしかに、いい案だ。

「行きます！　お見舞いの定番商品といえば、なんでしょう？　果物、お花……」

律の好物は日本酒やワインだけれど、それはさすがにNGだろう。悩む。

「恵茉様、同じ家にお住まいなのですから、お見舞いの品なんて不要でございますよ。恵茉様が顔を出すだけで、きっと律様はお喜びになりますから」

「でも、なんとなく、手ぶらでは行きづらいような」

「でしたら、お庭の花はいかがですか？　今年はまだヤグルマギクが咲いていましたよ」

ユリにクレマチスに芙蓉《ふよう》。知る花を数えながら、恵茉は秋芳家の庭を歩いた。そして、五十鈴から渡された、ガーデニング用の小さなバッグを提げヤグルマギクのところへ行く。微かな風が青いヤグルマギクの花を揺らす。その花の青は律の時計の色とよく似ていた。

――「世の中には、叶わないこともある」

それを言わせたのは恵茉だ。恵茉が、消した絵の想いはどうなるのか律に尋ねたからだ。

（わたし、なにをやっているんだろう）

一番絵を消したくないのは律だ。その律にあんなことを言わせてしまった。恵茉は落ち込みながら、五十鈴に渡されたバッグから出したハサミでヤグルマギクを切った。

「花は摘めたかい？」

いつの間にか、恵茉の横に律がいた。恵茉は驚きつつ、律の狐面《きつねめん》の横顔を見る。

「青がきれいだ。自分の家の庭なのに、なにが咲いているのか無頓着だったな」

律が恵茉の持つヤグルマギクへと顔を近づけた。

「あの、律さん。お体は？」

「心配かけたね」

恵茉は首を横に振る。律が元気になって本当によかった。

「恵茉さんは、大丈夫かい？」

「食事もおいしくいただきました」

「それはよかった」

ふっと律の纏う雰囲気が変わる。

「一つ聞いてもいいかな？」

律の声は静かだ。

「あのとき、どうしてぼくから鏡を奪ったんだい？　あれはとても危険なことだよ」

律を見ていられず、恵茉は目を逸《そ》らす。

「……律さんに、絵を消してほしくなかったんです」

律が息を呑《の》む声が聞こえた。

「わたしがお菓子を大事に思うように、律さんも絵が大事だから」

律に絵を消させたくなかった。衝動的に動いたことだったけれど、その気持ちは今も変わらない。それに、望む菓子を得られず消えていかなくてはならない絵があるのは悲しい。

『ガレット』が菓子を食べる美しい光景を知るだけに、辛《つら》かった。ただ、あの経験をしたことで、恵茉は一層、正解の菓子を見つけることに責任を感じた。絵が望む菓子を捧《ささ》げたい。それは、叶わないことかもしれないけれど、追い求めていく気持ちは大事だ。

「……困ったな。言葉が見つからないよ」

「かえってご迷惑を――」

「ありがとう」

恵茉はびっくりして顔を上げる。

「恵茉さんといると、ぼくは自分がとても大切にされていると感じる」

「それは、わたしのほうこそです」

恵茉のほうが、律やそして五十鈴からたくさんの優しさをもらっている。

「ただ、そうだとしても、もう鏡を奪うなんてことをしてはダメだよ。恵茉さんが絵に捧げる菓子を作るように、絵を消すのがぼくの仕事なんだから」

律が恵茉の持つヤグルマギクを取り、くるんと回した。

「これ、ぼくへの花だよね」

その律の言葉に、恵茉はなぜだかドキドキした。

「亡くなった母が花が好きでね。あちこちいろいろと植えたみたいだよ」

律の母。

「わたしの母も同じです。花が好きでした。スズランにカモミール。そして、茉莉花《ジャスミン》。夏生まれの、わたしの名前、恵茉は、住んでいた庭に咲く茉莉花からとったそうです」

「そうか、素敵な名前をつけていただいたね」

律の優しい言葉が嬉《うれ》しい。

「さて、せっかくだから、もう少し一緒に庭を歩かないか？　そしてそのあとは、再びぼくらの仕事だ。佐伯奈津子がらみの二枚の絵と菓子にとりかかろう」

律が手を差し出してきたので、恵茉は躊躇《ためら》いつつも手を取った。

そして、十分庭を堪能《たんのう》したあと主屋に戻り、にこにこ顔の五十鈴に迎えられた。


食堂のテーブルで、恵茉はアイスティーを飲みながら、佐伯房枝とのやり取りについて律に話し、いただいたレシピも見せた。

「オレンジサバランか。うん、いいね。では、ぼくが調べた話をしよう」

律は、恵茉と代官山駅の前で別れ、井ノ口額装店に行った話を始めた。運送業者が来るのが午後になったため、井ノ口は一旦店を閉め近所にある自宅に戻ったそうだ。律は、運送業者が来るまでの時間を使い、井ノ口額装店の周りにある喫茶店や菓子店だけでなく、周辺にある美術関係の店も回ったと話す。

「井ノ口氏の話によると、淳一氏が絵を持ち出し外出する時間は一時間ぐらい。しかも、自動車ではなく徒歩だ。そうなると、目的地はあの周辺のどこかだと思ってね」

恵茉は感心して聞き入る。

「あちこち歩くうちに、あるフランス料理店が目に入った。その店はランチが終わったあとのティータイムにケーキセットを出しているそうなんだ。尋ねると、月に二、三回、淳一氏がその店を訪れ、サバランを注文していた」

恵茉も律も、方法は違えど出した答えはサバランだった。

サバランが、奈津子と淳一を結んだ。恵茉はほっと胸をなでおろしたが、重要なことをまだ確認していないと思い律に尋ねる。

「そのお店のサバランは、どんな品でしたか？」

律が一枚の紙を恵茉に渡した。開くと、手書きで材料などが記してある。

「ぼくが食べたのは、ラム酒で浸した生地に生クリームや果物が載った、イメージ通りのサバランだった」

「そうですか」

「菓子はサバランだ」

「でも、どちらを選んでいいのか、わたしにはわかりません」

律がふっと笑う。

「解釈により、どちらも正解だといえそうだよね」

「どちらも正解？」

律が左右の手で、房枝とフランス料理店のレシピを持ち上げる。

「絵が選ぶのは一つだ。けれど、ぼくたちとしての正解はこの二つ」

「一つに絞らなくていいですか？」

「調べた結果だから、大丈夫だよ」

ガレット・デ・ロワのときとは違うのだ。あのとき恵茉は、調べようともしなかった。

「そして今回は、絵も二枚ある」

レシピをテーブルに置いた律は、考えるように拳を顎につけた。

「恵茉さん、これから佐伯房枝さんから預かった絵を見に行こう。そこできみが聞いた話を聞かせてくれないか」

画廊に行くと、律は左の部屋の扉を開けた。「ガレット」のときは右の部屋だったなと思いつつ、恵茉は律のあとに続いた。

部屋の中央の壁には、井ノ口淳一をモデルにした絵が掛けられている。

「そういえば、律さん。この絵のタイトルはなんでしょうか？」

「タイトルはないよ。奈津子さんにとって個人的な絵だったようだから、つけてないのか。あるいは、その名は彼女の心に秘められたものだったのか」

「タイトルの……名のない絵って、あるんですか？」

「あるよ」

律がさらりと言う。

「名がないなんて……。和菓子では考えられません」

「松造さんも言っていたな。和菓子は五感で楽しむものだって。目でその姿を楽しむ。手や舌で感じる柔らかさ。味に香り。そして最後に、菓子の名、菓銘を耳で聞きその名に想《おも》いを馳《は》せるって」

恵茉も祖父からその話を聞いて育った。

「ぼくの言葉が冷たく感じられてしまうかもしれないけれど、和菓子は和菓子。絵は絵。和菓子は、菓子の名も含めて一つの存在だけれど、絵はそうじゃないときもあるって話だよ」

律は恵茉を否定することなく、絵には絵の世界があると話す。

「……わたし、自分の価値観だけで絵を見ようとしていました。名がないなんて変だなって」

「自分の価値観は大事だよ。それがあるから、恵茉さんは疑問を感じた。そして、それをぼくに話してくれたことで、きみは絵の世界の不思議を知った。絵のタイトルについては、語るときりがないんだ。たとえば、海外の絵の場合は、外国語でつけられたタイトルを日本語にどう直すか。もっといえば、日本語に直した時点でそれは本当のタイトルといえるのか、いろいろと考えてしまうよね」

「そう言われれば、そうですね」

「それに、ぼくたちが一般的に知る有名な絵のタイトルが通称であることもある」

「通称ですか？　ということは、一枚の絵に名が二つあるってことですか？」

「面白いよね。その通称が、絵の解釈を勘違いしたことによりつけられてしまった、なんてときもあるんだから。さぁ、困った」

「……律さん、楽しそうです」

律がははは と笑う。

「楽しいよ。絵は見るたびに、調べるたびに発見がある。時間がいくらあっても足りないと思える。それが楽しいんだ」

律の話を聞きながら、この部屋に入ったときから疑問に思っていたことを恵茉は聞いてみようと思った。

「この絵と井ノ口額装店さんからお預かりした『祝福』は、別の部屋なのですか？」

二枚は同じ部屋に運ばれると恵茉は思っていたのだ。

「同じ作者の絵だけれど、モデルも絵の手法も違う。宿した妖力もそれぞれだしね」

「たしかに、そうですね……」

「複数枚の絵を同じ部屋で扱うことはあったよ。たとえば春夏秋冬の四枚で一つの作品だったり、あとは対で存在することで意味のある絵だ。たとえば、小布施《おぶせ》にある葛飾北斎《かつしかほくさい》の上町祭屋台天井絵《かんまちまつりやたいてんじょうえ》『怒涛図《どとうず》』の『男浪《おなみ》』『女浪《めなみ》』のようなね」

律の説明を聞き、恵茉もなるほどと思った。奈津子の二枚の絵は、律のたとえに出てきたような絵とは違い、完全なる別々の絵だ。

それでもと、恵茉は思う。

恵茉にはこの二枚の絵が、対で存在するように思えてしまうのだ。

二枚の絵のいずれもこの絵の源になる存在は、淳一だ。

奈津子が描く母子像にも、淳一の後ろ姿の絵も、淳一への想いがあふれている。

まるで一枚のコイン。

「二枚の絵は、奈津子さんの心。表と裏のようです」

「どういうことだい？」

「『祝福』は、淳一さんが結婚されると聞き、そのお祝いとして生まれてくる子の健やかな成長を願い贈られたのだと思います。これは建前上、仕事で付き合いのある画家の立場として贈ったのかなと思いました。そして、佐伯家にあった淳一さんモデルの絵ですが、奈津子さんのありのままの心、恋だと思います。あの二枚は、二枚で一つの奈津子さんの心なのだと思いました」

場がしんとなる。

「人間とは、しなやかで強い存在だな」

「奈津子さんは凄《すご》いです」

「彼女もそうだけれど。ぼくは、恵茉さんのことも思い、そう言ったんだよ」

律の狐面《きつねめん》が恵茉を向いた。

「わたしですか？　わたしのどこが？　強いところなんて、そんなのまったくないです」

ダメなところしかないのは、恵茉が一番よくわかっている。

「強くない人は、雷が落ちるのを恐れることなく、ぼくから鏡を取り上げたりしないさ」

律が恵茉の髪をひと房取り、そこに口づけをした。

「！！！」

なんてことをするのかと、恵茉は顔を赤くする。

狐面で顔は見えないけれど、きっと律はからかうような表情をしているに違いない。

こんなこと、律には日常茶飯事かもしれないけれど、恵茉にとってはピッカピカの初めてなのだ。

「さて、この絵の妖力である甘いコーヒーだけれど、ぼくにはあてがあるよ」

恵茉の髪から手を離した律が、ズボンのポケットから携帯電話を出した。

「井ノ口修二氏だ」

律は楽しそうにそう言うと、井ノ口額装店に連絡をした。

一時間後、井ノ口修二は二日前と同じように、律と恵茉にコーヒーを淹《い》れてくれた。

「このコーヒーを気に入っていただき、嬉《うれ》しいですよ。こういってはなんですが、都内でもこれを飲める店は少ないんですよ」

井ノ口がテーブルにカップを三つ置いた。

今日の恵茉は、紺色の麻のワンピースを着て、お腹《なか》から太ももあたりまでは大判のハンカチでしっかりとガード済みである。恵茉は深呼吸すると井ノ口の指南により、スプーンでクリームをすくい口に運んだ。

「！　プリンみたいな味がします」

まさかと思いもう一度、恵茉はクリームを食べる。すると、やっぱり上に載ったクリームは、プリンのような味がしたのだ。

「これはベトナムのエッグコーヒーです。クリームの部分は卵黄とコンデンスミルクを泡立てたものなんですよ。若いときに兄が、海外を旅して覚えてきたそうです。兄は自分では飲まないくせに、年の離れたわたしによく作ってくれました。クリームの下にあるコーヒーと一緒に飲むと、ティラミスのような味にもなり。兄との思い出の一品ですね」

井ノ口は「失敬」と断ると、さもおいしそうに、クリームをスプーンですくって食べた。

翌日、恵茉は二種類のサバランとエッグコーヒーをトレイに載せ、律の待つ画廊へと向かった。律に招かれ部屋に入ると、淳一をモデルにした絵と「祝福」が並べられていた。

その光景に恵茉は胸がいっぱいになりながらも、トレイに載る品々をテーブルへと載せた。

二枚の絵から星屑《ほしくず》のような光の粒が生まれ、恵茉が作ったオレンジサバランとエッグコーヒーへと降り注ぐ。

律が恵茉の手を取る。すると、恵茉の左右の指から光の線がそれぞれの絵へと繋《つな》がった。

「律さん……」

「大丈夫だ、そばにいる」

光が広がり恵茉と律を包んだ。そして、一瞬の闇が訪れる。

怖い、と思った次の瞬間、恵茉は律と井ノ口額装店にいた。

店には、背の高い男性と小柄でふっくらとした女性がいた。二人は、店の中央のテーブルに載せた、額装を終えた絵を満足そうに眺めている。

『井ノ口さん、ありがとうございます。すてきな仕上がりで嬉しいです。お礼にといってはなんですが、今度うちのパン屋のクリームパンを持ってきますね。生クリームとカスタードクリームが入ってて、おいしいんですよ』

『いや、俺は甘いのダメだから』

そう言って淳一が酒を飲む仕草をした。

『だったら……サバラン！　サバランはいかがですか？　ラム酒に浸ったお菓子です』

『そんな菓子があるのか？　でも、甘いんだろう？』

『それが、甘さ控えめで、大人に大人気！　今度持ってきます』

奈津子は、恵茉が写真で見たままの笑顔を井ノ口に向けている。それを、井ノ口が眩《まぶ》しそうに眺める。

『だったら、俺はコーヒーをごちそうしよう』

『わたし、苦いのは苦手なんです』

淳一がクスリと笑う。

『大丈夫。うちの弟も大好きな、プリンみたいなお菓子のようなコーヒーだから』

『そんなのがあるんですね！　楽しみです』

二人は、恵茉が見ていても頬が赤くなるほど、初々しく楽しげだ。

場面が変わる。

夜が更けた暗い店に淳一が入って来る。彼は病院名が入った大きな封筒を机に投げた。

『俺が、こんな病気に罹《かか》るなんて』

淳一はしばらく店内を歩き回ったあと、ソファーに座った。

『……ダメだ。彼女には言えない。心配をかけられない。希望を持ちしっかりと留学先で学べるよう、遠ざけないといけない』

そして前屈《まえかが》みになると、両手で顔を覆った。

動かない淳一の周りに、光の粉が舞い始める。

淳一の目の前に、奈津子が現れた。彼女は自身が描いた母子像の母親のようなクリーム色の服を纏《まと》っている。奈津子が、淳一の両手を顔から離し掴《つか》んだ。

『井ノ口さん、こんばんは』

『え？　佐伯さん？』

『約束のコーヒーを飲ませてください』

『いや、しかし』

奈津子が淳一の口を指で塞ぐ。

『コーヒー、ごちそうしてくださるんでしょう？　わたしもサバランを持ってきました』

テーブルには、恵茉が作ったオレンジが載ったサバランとエッグコーヒーが載っていた。

『そうか。……これは、夢なんだな』

『わたしたちの心が望んだ幸せな夢です。これからはずっと一緒です。だからわたし、これからチクチクと嘘《うそ》つきの井ノ口さんをいじめようと思います』

淳一が笑う。

『うん。いいね、ずっとチクチク言ってよ』

『ずっと、ずっと言いますから覚悟してくださいね』

淳一がサバランを食べ微笑《ほほえ》む。そして奈津子は、コーヒーのクリームをスプーンですくうとおいしそうに食べた――。

絵の記憶から戻って来た恵茉の目には、一つ残ったサバランと二枚の絵が寄り添うように飾られているのが映った。

幸せな記憶だった。けれど恵茉は、今自分が見たことをどう説明していいのかわからない。「ガレット」のときは、絵が見た記憶だろうと理解できたのだけれど、今回恵茉たちが見た奈津子と淳一の姿には、その説明では収まりきらないものがあったからだ。

「律さん、絵がわたしたちに見せるのは、結局なんなんでしょうか？『ガレット』のとき、わたしたちが見た菓子の記憶の中には、あの絵がありました。キャンバスがあって、描きかけで。でも、今回、絵はありません。絵が存在しないときの出来事です」

「そうだな……。絵がぼくたちに見せてくれるのは、絵自身の記憶もあれば、その絵を見ていた人の想《おも》いや願いもあるのだろう。いや、もしかすると、もっと多岐に亘《わた》るのかもしれない。あの二枚の絵について考えると、淳一氏も佐伯奈津子も、それぞれの絵を見ながら、繰り返し過去を思い出し、そして叶《かな》わなかった未来を想像した。絵はいつも彼らに寄り添い、同調した。ぼくは、そう解釈したよ」

恵茉が想像するよりも、絵の記憶は豊かで奥深い。

「二枚の絵に、一緒にお菓子が捧《ささ》げられてよかったです」

二枚の絵が揃ったことで、淳一と奈津子の想いまでが交差した。

「絵の願いが叶えられてよかったよ」

律の言葉には、言葉以上の意味があるように恵茉は感じた。

その翌日、恵茉と律は井ノ口額装店にその二枚の絵を運んだ。

そこに、奈津子の両親の房枝と鉄二がやって来た。房枝と鉄二は、飽きることなく二枚の絵を眺めた。娘の奈津子にそっくりなまん丸顔の鉄二が、井ノ口へと口を開く。

「うちにあったこの絵を、こちらの店に飾っていただくことはできませんかね」

すると、奈津子の描いた兄の絵を見て泣くのを我慢していた井ノ口が、なんども頷《うなず》いた。

※※※

晴れ続きの夏の日の午前中、恵茉は厨房《ちゅうぼう》へ行き、祖父が遺《のこ》したレシピノートの整理をしていた。

ノートは何十冊もあり、そこには祖父が作ったり調べたりした菓子が記されていた。また、菓子のレシピだけでなく、たとえば、祖母との旅行。どこの山に登ったとか海に行ったということから、恵茉の父の誕生や学校への入学、果ては恵茉の誕生といった日記ともいえないようなささやかな雑感が残されていた。

そこにある記述によると、祖父が秋芳家に菓子を納め始めたのは、どうやら今から三十三年前のようだ。祖父は七十一歳で亡くなったので、三十八歳のときとなる。

「長年お世話になった和菓子屋を辞めて、秋芳家で働くことになった」と書かれた一文に目を留め、恵茉は自分の両手の人差し指を見た。

祖父は初めから秋芳家で働いていたわけではない？　でも、祖父はゆびさき宿りで……。

これは、どういうことだろう。律に聞いてみようか？　それが一番早い解決方法だろう。

律は今、画廊にいる。近々開く展示会について、幼馴染《おさななじ》みで版画家の波留田と打ち合わせ中なのだ。波留田もその展示会に作品を出すという。

秋芳家に来訪を告げるインターフォンが鳴った。時計を見ると、お昼近くになっている。

しばらくすると、五十鈴が恵茉のいる厨房に顔を出した。

「恵茉様にお客様なのですが」

五十鈴が困ったように眉根を寄せてきた。

秋芳家の門前には、大家の老婦人の関毬子《せきまりこ》がいた。毬子は日傘をさし、たっぷりとした淡い紫の花柄のブラウスに麻のベージュのズボンを穿《は》いている。

「恵茉ちゃん？　まぁ、大きくなって。すっかりお姉さんね」

「ご無沙汰してます」

毬子と会うのは、恵茉が小学校四年生のとき以来なので、約八年ぶりになる。並んで歩き出すとすぐに毬子が松造へのお悔みを言ってきた。恵茉にも労《ねぎら》いの言葉をかけ、本当に残念だと話してくれた。恵茉は毬子の白髪の頭を見下ろしながら、毬子がこんなにも小さかったのかと驚いた。

毬子はここまでバスを何台か乗り継いで来たそうだ。予想外に時間がかかり、昼時の訪問となってしまったことをしきりに恐縮している。

秋芳家に着くと、五十鈴が二人を出迎えてくれた。

「ようこそ、いらっしゃいました」

五十鈴に案内され応接間に入り、恵茉は三人掛けのソファーに毬子と並んで座った。

応接間は洋風で広さは十畳ほどだろうか。天井を彩るひときわ華やかなシャンデリアには、ガラスシェードが五つあった。その一つ一つが、花が下に向かい咲いたかのような形をしている。実は恵茉もこの部屋に入るのは初めてだった。

秋芳家は瓦の屋根に玄関の引き戸、そして家の造りなど、いかにも日本家屋なのだけれど、室内は使い勝手の良さからか、洋風に変えている部屋がいくつもある。

五十鈴が恵茉と毬子の前に、緑茶と錦玉羹《きんぎょくかん》を置いた。薄青い寒天の中で金魚が泳いでいる。その涼し気な様子が目に楽しい。

この菓子は、波留田からのお土産だそうである。

恵茉と二人になると、毬子はおずおずと話し始めた。

「突然押しかけてごめんなさいね。こちらの住所は、以前、松造さんから伺っていたの。もし、自分になにかあったら、代官山の秋芳さんのお宅に恵茉ちゃんを連れて行ってほしいって」

「そうだったのですね」

祖父は大家夫妻を信頼していた。

「それで、今日来たのは、恵茉ちゃんにお返ししたい物があったからなの」

毬子が自分のバッグから細い箱を出し、ソファーの前のテーブルに載せた。

「…………」

「扇子よ。松造さんがあの家から引っ越されるときに、恵茉ちゃんとの思い出にってくださったの」

毬子が箱を開け扇子を広げると、そこには白い花が描かれていた。恵茉にも見覚えのある品だ。扇子は、毬子たち大家夫妻から借りていた家の一階の和室に飾ってあった。

「実はね、テレビを観《み》ていたら、ほら、家の美術品に値段をつける番組があるでしょう? そこでね、これと似たような物が出ていて、わたし『あぁ、そうだわ』って思ったの。いただいた扇子は、恵茉ちゃんが持っていたほうがいいって」

毬子が扇子を閉じ箱に入れなおし、恵茉の前にそれを置く。

「困ります」

「恵茉ちゃん、この先のわたしの人生とあなたの人生、どちらが長いと思う？　それに、わたしがいなくなったあと、この扇子がどうなるか心配で。捨てるか、どこかに売るか。どちらにせよ、息子夫婦は恵茉ちゃんに返そうなんて気にはならないと思うの。……情けない話だけれど、あの夫婦にはそんな情緒や優しさが欠けているのよ」

毬子が扇子の箱を恵茉に渡してきた。

――「捨てるか、どこかに売るか」

ここで恵茉が断れば、いずれはそうなるのだろう。恵茉はしばらく考えたあと「ありがとうございます」と礼を言い、扇子を受け取った。

毬子が安堵《あんど》のため息をつき、ソファーに深く腰を掛ける。

「よかった。これで、ようやくすっきりできたわ。恵茉ちゃん、ごめんなさいね。孫娘の美可子《みかこ》のせいで引っ越しまでさせてしまい。あの子は本当になにを考えているのか。近頃は大学生とつるんでいるようで、夕べも両親と喧嘩《けんか》して家を飛び出していったの。二、三日戻らないって連絡があったらしいけど」

美可子の話題に恵茉の顔が引きつる。手に汗も滲《にじ》んできた。

と、そのとき。扉がノックされ、律が部屋へと入ってきた。

律の狐面《きつねめん》を見た恵茉は、自分がほっと安心したのに気づいた。

「お話し中失礼します。関様ですね。初めまして、ぼくは秋芳律と申します」

毬子が律の顔を見て、あらまぁと口を開けたあと、立ち上がり律に深々と頭を下げた。

「恵茉ちゃんをどうぞよろしくお願いします。恵茉ちゃんには辛《つら》い思いばかりさせてしまって……」

毬子は美可子の祖母だけれど、恵茉が両親を亡くしたあと、幼い恵茉の心を慰めてくれた大切な恩人でもあった。

そして、毬子にしても、恵茉は長年成長を見守ってきた隣の小さな女の子なのだ。

美可子と恵茉の間に確執があったため、恵茉と毬子の関係は宙に浮いてしまった。

恵茉の毬子に対する思いは複雑で、簡単に気持ちが整理できることではないけれど、恵茉は大家夫妻から受けた優しさは、忘れてはいけないことだなと思った。

毬子の帰宅に際して、律がタクシーを呼んでくれた。昼食も一緒にどうかと誘ったけれど、毬子は俯《うつむ》き、無言で首を横に振った。

タクシーのドアが開く。恵茉が隣に立つ律を見上げた。

「わたしっ、送っていきます」

「わかった。だったら、送ったらそのまま乗って帰っておいで」

恵茉が先に乗り込み、毬子と並んで座る。毬子が住所を告げると、タクシーはゆっくりと動きだした。

「恵茉ちゃん、いいの？　ありがとうね」

恵茉がコクリと頷くと、毬子が鼻をぐずりといわせる。

「わたしね、自分が情けないの。夫は曲がったことが大嫌いな人だった。そんな夫を尊敬していたけれど、どうも息子には厳しすぎたようで、就職するや否や、息子は家を出て行ったの。夫が亡くなって、息子家族が戻って来たわ。一人になり淋《さみ》しかったわたしは、賑《にぎ》やかになって嬉《うれ》しいと思ったけれど……。でも、大切なお隣さんだった松造さんと恵茉ちゃんを失ってしまった」

恵茉は毬子の心の内を初めて聞いた。

「恵茉ちゃん、あんなに明るくて伸び伸びとしていたのに……。本当に、ごめんなさい」

毬子が肩を震わせながら、両手で顔を覆った。それを見た恵茉の胸も苦しくなる。恵茉はおずおずと、毬子の腕を撫《な》でた。

「恵茉ちゃん……」

毬子が恵茉の手を握る。そのまま二人はなにも話せなかったけれど、恵茉はほんの少し昔の毬子との関係に戻ったような気持ちになった。

懐かしい路地を曲がり、毬子の家に着く。

タクシーの中から恵茉は、自分たちが暮らした借家を見た。家は恵茉の記憶のままに古い。あの家がまだここにあり、そこで誰かが暮らしているかと思うと、恵茉は不思議な気持ちになった。

「秋芳家のみなさまによろしくね」

毬子はは小さく頭を下げると、タクシーから下りた。毬子が家の門を開け、玄関を開け入っていく後ろ姿を見届けた恵茉は、自分の足もとに毬子の日傘があるのに気がついた。

「あの、ここで待っててください」

恵茉は運転手に声をかけ、タクシーを下りた。

恵茉が、インターフォンへと手を伸ばそうとした、そのとき。

「恵茉？」

後ろから呼びかけられる。聞き覚えのある声に恵茉の体が硬直し、振り向くことさえできない。ベタリとした甘い匂いとともに声の主が恵茉の隣に来て下から覗《のぞ》きこむように見てきた。

「大正解。そのもじゃもじゃ頭は恵茉だと思ったんだ」

記憶のままのまっすぐな長い髪に、ギラギラとした猫目。

関美可子と目が合った瞬間、恵茉は小学生の時の自分に引き戻された。

「恵茉の家って、なんか変だよね」

朝の通学路、そう言ってにやりと笑うのは、恵茉と同じ三年生で大家の孫の美可子だ。

恵茉は、初めて会ったときから好戦的な美可子が苦手だった。できたらあまり顔を合わせたくない相手なのだけれど、恵茉の小学校は少子化のために各学年はすべて一クラス。おまけに朝は集団登校が決められていたため、嫌でも顔を合わせなくてはならない。恵茉は、美可子が越してきてから毎日のように、こうして朝から絡まれるはめになったのだ。

そして今朝も、美可子は「おはよう」の挨拶もなく「恵茉の家って、なんか変だよね」と言ってきた。困ったなと思いつつ、返事をせずに歩き出した恵茉のランドセルを美可子が後ろに引っ張ってきた。

「危ない！　やめて！」

「変な家の子の恵茉が怒った」

「うち、変じゃないよ！」

「変だよ！　だって、恵茉って朝から働かされているんでしょう？　かわいそうだって、うちのおばあちゃんが言っていたよ。普通、子どもは働かないんだから」

たしかに恵茉は、早起きして祖父の菓子作りの手伝いをしている。最近では単なる手伝いだけでなく、家で食べるための簡単な菓子作りも祖父は恵茉にさせ始めていた。

それはいけないことなのだろうか？

美可子は、まるで恵茉が悪いことをしているかのような口ぶりだ。

「うーん、そうなのかなぁ？　わたし、じいじの手伝いもお菓子を作るのも好きなの。働くのって楽しいんだもん。美可子ちゃんもおうちのお手伝いをしてみれば？　楽しいかもよ」

美可子が鼻を鳴らす。

「うちは恵茉の家みたいに貧乏じゃないから、働く必要なんてないの」

「貧乏」の言葉に、登校班で前を歩いていた上級生や下級生が恵茉を見てきた。彼らは恵茉の頭から服、そして履いている靴までをじろじろと見る。

その様子に美可子が口の端を上げ、恵茉の髪を指差した。

「髪ゴムだって、普通は飾りがいっぱいついているものでしょう？　なのに、恵茉のもじゃもじゃの髪を結ぶゴムって、なんにもないただの黒いゴム。恵茉の家って、髪ゴムを買うお金もないんだなぁって、かわいそうって。うちのおばあちゃんも言ってたよ」

美可子が見せびらかすように、自分のポニーテールを左右に振ると、彼女の髪を結んだ金や銀の大きな星が揺れた。星は揺れるたびに色を変える。その髪留めに、登校班で一緒の女の子たちが、羨望の眼差《まなざ》しを向けていた。

美可子は、そのはっきりとした物言いとリーダーシップで瞬く間に人気者になった。おしゃれにも明るかったため、クラスの女の子たちはこぞって美可子が着ている服装を真似《まね》た。美可子が着る服が欲しいと、美可子御用達《ごようたし》の店に買い物に行ってきた、といった話も耳にした。

「恵茉の服って、古くない？　なんか、黴臭《かびくさ》いんだけど」

給食を食べながら美可子が鼻をつまむと、一緒のテーブルにいたクラスメイトが恵茉からさっと離れるかのように椅子を引いた。

そして、今まで恵茉と仲良くしていた女の子たちも、恵茉を避けるようになっていった。

ある日、恵茉が登校すると、恵茉以外の女の子たちが妖精のキャラクターがプリントされた揃《そろ》いのTシャツを着ていた。そのシャツは、人気アイドルがチャリティーのために作ったオリジナル品だそうで、美可子曰《いわ》く「みんな買っている」そうだ。

美可子が恵茉のそばに寄り、肩を抱く。

「恵茉も少しは人のためになることしなきゃダメよ？　でも、無理かな？　強欲じいさんに育てられているからね」

「じいじは、強欲なんかじゃないもん」

「強欲よ。この間、わた……わたしのママが恵茉の家にお菓子を買いに行ったら、『一般家庭に売る菓子はない』って、断られたのよ。ママ、凄《すご》くショックを受けたって言ってた」

美可子の悲しそうな声に、女子だけでなく男子からも非難の声が上がった。

「でも、それは、代官山のお店とそういったお約束だから……」

代官山、の言葉にクラスがざわめく。

どこ？　知らないよ。芸能人がよくいる街だよ。やっぱり、金持ちの街？　最低。

クラスメイトたちが恵茉を白い目で見てくる。

「やっぱりね。恵茉のおじいさんって、お金儲《もう》けのためだけにお菓子を作っているんだわ」

美可子の軽蔑するようなその声に、恵茉は肩に載った彼女の腕を勢いよく振りほどいた。するとその行動が気に入らなかったのか、美可子が鬼の形相で恵茉に向かって来た。恵茉は美可子を避けるように、両手で押した。美可子がよろめき、床に尻もちをつく。

「痛い！　ひどい、恵茉にやられた！」

美可子が騒ぎ出したタイミングで、クラス担任の女性の先生が教室に入って来た。先生を見るなり、美可子が泣きだす。恵茉の味方はいなかった。

その日以降、恵茉は完全に孤立した。担任の先生が恵茉の家にやって来た。

先生は祖父に「恵茉さんに菓子作りの手伝いをさせるのは控えたらどうでしょうか」と持ち掛けた。先生曰く、朝早くから働くせいで恵茉の情緒は不安定になり、友だちとの関係もうまく築けないのだそうだ。

そんなの嘘《うそ》だと恵茉は思った。美可子が来るまで、恵茉には友だちだっていたし、仲間外れにされることもなかった。すべては、美可子が来てから変わってしまったのだ。

恵茉は担任の先生にも祖父にもそう訴えた。祖父は黙って恵茉の話を聞いてくれたが、担任の先生ははなから恵茉の話を信じてくれなかった。

「関さんがそんな意地悪なことを言うなんて、先生には想像できないの。彼女はボランティア活動にも積極的で、下級生にも親切だと評判なのよ。彼女のおかげで、クラスもまとまりだしたでしょう？」

さも問題は恵茉にあると言わんばかりの先生の眼差しに、恵茉は落胆した。

先生はそれからなんども恵茉の家に来た。そんな先生の訪問を祖父は拒むことなく、そのたびに話を聞いた。けれど、最後まで恵茉に菓子作りの手伝いをやめさせるとは言わなかった。子どもからも大人からも、恵茉と祖父は要注意人物のレッテルが貼られた。

恵茉は一度、祖父と大家の老婦人が話し込んでいるのを見た。恵茉が見ているのに気がついた老婦人は恵茉に手招きをして来た。

「ごめんなさいね、恵茉ちゃん。美可子が恵茉ちゃんに悪さをするのは、恵茉ちゃんのせいじゃないのよ。わたしのせいかもしれないわ」

老婦人の申し訳なさそうな顔を見ていたら、恵茉は美可子に対する文句が言えなくなった。深々と頭を下げる大家さんに恵茉も祖父もただ黙るだけだった。

「恵茉、菓子を作ろう。なにがいい？」

祖父が恵茉にエプロンを渡す。

「うん。プリン、プリンが食べたい！　固めで、お皿の上にぷるんと載るやつ」

学校での居場所がなくても、恵茉には菓子がある。菓子を作るこの場があり、なんでも教えてくれる祖父もいる。そう思うと、少しは気が晴れた。

事件が起きたのは、四年生に進級したばかりの春の遠足だった。たまたま、クラスの担任の先生が風邪を引き休んだため、赴任したばかりの若い女性の先生が恵茉たちのクラスの引率担当となった。先生は音楽の専任で、ピアノが上手《うま》かった。

遠足の行き先は、電車を二回乗り継いだ場所にあるアスレチック施設を併設した森林公園だ。広々とした草地や雑木林も有名で、親子連れや近くの保育園の子も多くいた。

自由時間のとき、恵茉は美可子をはじめとするクラスの女子たちに両脇を摑《つか》まれ、集合場所とは反対方向の雑木林へと連れて行かれた。嫌がる恵茉に「この公園には恵茉の大好きな茉莉花《ジャスミン》があるのよ。わたし、以前家族で来たから知ってるの」と美可子が笑う。

「茉莉花のこと、なんで知ってるの？」

「恵茉のことなら、わたしなんでも知ってるかもね」

美可子が目を細め、恵茉に顔を近づける。

「うちのおばあちゃんってば、わたしと一緒に暮らす前から『恵茉ちゃん、恵茉ちゃん』ってうるさくて。おばあちゃんが大好きな隣の恵茉ちゃんってどんなに凄い子かと思ったら、全然たいしたことがなくてさ」

「大家のおばあさん？」

恵茉は大家の老婦人の申し訳なさそうな顔を思い出す。

「それに……」

美可子は一旦言葉を切ったあと、再び口を開く。

「わたしは、あんたが笑っているだけで腹が立つのよ。あんたみたいに両親もいなくて、強欲じいさんに働かされているかわいそうな子が、ヘラヘラ笑っているのがムカつくの！」

クラスの女の子たちが、逃がさないとばかりに恵茉に迫る。恵茉は、自分を囲むクラスメイトの顔を見て息を呑《の》んだ。恵茉を見下し、ばかにし、汚いものでも見るかのような。

彼女たちの顔は、まるで美可子の顔を模したかのような表情だったのだ。

美可子が来るまでは、優しかったクラスメイトだったのに。美可子だけでなく、彼女たちにまでこんなに嫌われるなんて。

恵茉は、人気《ひとけ》のない公園の隅に設置された三畳ほどの木製の倉庫に閉じ込められた。すぐに戸を開けようとドアノブを捻《ひね》ったが建て付けが悪く、恵茉の力では開けることができない。

「開けて！　美可子ちゃん！　開けて！」

恵茉が叫ぶと、女の子たちの笑い声が聞こえた。

「恵茉ったら、勝手に倉庫に入ったのに『開けてぇ』なんて変なの」

美可子が、さも困ったかのような声を出す。

「わたしたち、止めたのにね」と別の子が声を上げると、他の子も同意した。

「勝手な行動をする人の面倒なんて見れないわ」

美可子のその言葉を合図に、足音が遠のいていく。

「開けて！　ねぇ、美可子ちゃん！　待って！」

恵茉はなおも戸を開けようと、重い木の戸をたたいた。

「痛い！」

鋭い痛みが手に走る。木の細いささくれが手に刺さったのだ。恵茉は恐々とそれを抜く。さほど血は出なかったけれど、ずきずきとした痛みが手に残った。

窓のない倉庫は暗く、少し動くだけでも埃《ほこり》が立ち咳《せき》が出た。あちこちの隙間からの光を頼りに倉庫の中を見ると、袋に入った土のようなものがいくつも積み上げられている。

恵茉は倉庫の隙間に口を近づけた。

「助けて！」

恵茉は大声で助けを呼んだ。

呼んで、呼んで、呼んで――呼んで。

けれど、返事はない。

声が嗄《か》れ始めた恵茉は、とぼとぼと袋に腰を下ろし体を丸めた。穿《は》いているズボン越しに、ひんやりとした土の冷たさが伝わってくる。

どうしてみんなは美可子に従い、恵茉を苦しめるのだろう。

腹が立つよりも、悲しさとやるせなさとふがいなさで恵茉は潰れてしまいそうだ。

先生だってそうだ。恵茉の言葉を信じない。

恵茉の声は、誰にも届かない。

陽《ひ》が沈み始めるにつれ、壁の隙間の光も弱くなり、ついには真っ暗になった。気温も低くなり、恵茉の足先や指先も徐々に冷えていく。

もし、このまま朝まで誰にも見つけてもらえなかったら。

もし、このまま次の次の朝まで一人でいることになったら。

もし、このままここで……。

ふいに倉庫の戸がギシギシと音を立て開いた。

「恵茉！」

祖父の声とともに、恵茉は大きな体に抱きしめられる。

助かった……。

その晩から恵茉は熱を出し、寝込んだと聞いている。

祖父は引っ越しを決めた。

「恵茉と両親との思い出を断ち切るようで躊躇《ちゅうちょ》していた。じいのミスだ。もっと早くにそうするべきだった」

祖父の表情は硬かった。

恵茉は、馴染《なじ》んだ家をあとにすることになった。大家の老婦人が茉莉花を持って行ったらどうかと言ってくれたが、引っ越し先の住まいは庭がなく、諦めた。

「恵茉、今度の街の街路樹には槐《えんじゅ》が植えてあった。槐は幸運を呼ぶ木だと聞いたことがある。きっと、大丈夫だよ」

祖父の言葉を信じ、恵茉は新しい暮らしを始めた。

小学校も変わり、まっさらな友だちと新しい生活を始めた恵茉だったけれど。

「恵茉ちゃんって、凄くおとなしいね。それに、いつも俯《うつむ》いているよね」

新しい友だちの不思議そうな声に、恵茉は「ごめんね」と返す。

倉庫に閉じ込められて以降、恵茉は同じ年頃の女の子の顔を見るのが怖くなった。見ようとするたびに、あの日の美可子をはじめとするクラスメイトたちの顔を思い出し、苦しくなるのだ。それでも時薬《ときぐすり》とでもいうのか、あのときのクラスメイトの顔は忘れていった。けれど、同世代の女の子への怖さや苦手意識は拭えず、高校生になった今でも周りとは距離を置いていた。

そして、美可子。八年近く経《た》ったというのに、恵茉は彼女の顔だけは忘れることができなかった。その美可子が、今ここにいる——。

恵茉は自分の体なのに、自分では思うように動かせない恐怖に、体中から汗が出た。

「ちょっと、あんた！　なに持ってんのよ！」

美可子が恵茉が持つ日傘を取り上げた。

「この傘、わたしがおばあちゃんにあげたやつよっ。あんた、まさかうちのおばあちゃんと会ってたの？　相変わらずコソコソと泥棒みたいな真似《まね》して！」

美可子がキンとした声を上げる。

「もしかして、あのタクシーって、恵茉？」

恵茉は答えない。それなのに美可子はタクシーに近づくとドアを開けさせ、運転手に「ここまでのお金払いますねぇ」と言い、カードで精算をしてしまった。

タクシーが恵茉を残し去っていく。

「ねぇ、あんた今どこにいるの？」

「…………」

ねっとりとした声で、美可子が尋ねてくる。

「おばあちゃんに聞いても教えてくれないし。いろいろ漁《あさ》っても見つからないしさ。そうだ、あんたのじいさん死んだんだって？　じいさんのせいで、わたしえらい目に遭ったんだよね。じいさんが大騒ぎしたせいで、学校でも問題になって。クラスの女の子たちも手のひらを返したようにわたしだけを悪者にして、親にまで責められてさ。……そもそも、全部恵茉のせいなのに、なんでわたしが怒られるわけ？」

美可子が恵茉の肩に手を回す。

「また、閉じ込めてやろうか。恵茉ったら、ヒーヒー言ってみっともなかったね。あんなみじめな声って、どうやったら出せるの？　恵茉って、いつも無様よね」

恵茉の耳に美可子の息がかかる。頭の中に、一人閉じ込められたあのときの記憶が蘇《よみがえ》りそうになる。しかし、それにかぶさるように、いつかの律の言葉が聞こえてきた。

――「一生懸命であろうとする人は、見る人が見ればわかるものだよ」

恵茉は一生懸命だった。閉じ込められても、助かりたいと思った。だから、助けを求めた。たとえ、無様だとしても、けなされることではないはずだ。律ならきっとそう言ってくれる。

美可子の腕から逃れようとした恵茉の腕が美可子の顎へとぶつかる。次の瞬間、乾いた音とともに恵茉の頬に熱を持った鋭い痛みが走る。その衝撃に、恵茉は目がチカチカとした。

「恵茉のくせに反抗するなんて許さない！　あんたなんか、どこかで野垂れ死ぬといいんだわ！」

美可子はそう叫ぶと、今度は両手で恵茉を押してきた。頬を打たれたショックから立ち直れないままの恵茉は、美可子のその勢いに簡単によろけ、転んでしまう。

「あんたが悪いんだからね！」

美可子は吐き捨てるように怒鳴ると、自分の家に入っていった。

誰もいない小道で、恵茉はのろのろと立ち上がるとスカートをはたいた。転ぶときについてしまった右肘が痛い。左手で触ると、ぬるりとした感触とともに指先に血が付いた。ぴりついた頬の痛みは、次第にじんじんとしたものに変わりだす。

恵茉はどうしようもなくみじめだった。

……どうやっても、美可子にはかなわない。

やっぱり恵茉は、小学四年生からちっとも変わらない弱虫の恵茉なのだ。

俯いたまま恵茉は歩き出す。着の身着のままでタクシーに乗ってしまったため、お金を持っていなかったのだ。あのときは、毬子を送ったらそのままタクシーで帰るつもりだったため、それでいいと思ってしまった。

日差しが厳しい。夏の昼間の太陽は、恵茉に日陰さえくれない。

それでも恵茉は、ここから代官山までの地図を頭に浮かべた。大丈夫。かかるとしても、せいぜい一時間くらいだ。

それに、あの家には律と五十鈴がいる。そう思うと、少しがんばれそうな気がした。

結局恵茉はなんどか道を迷ってしまい、代官山の見慣れた街並みまで辿《たど》りついたときは、家を出てから二時間近くかかっていた。

秋芳家まではもうすぐ。そうわかっているのに、緊張の糸が切れたかのように、恵茉は動けなくなってしまった。槐の陰になったビルの階段に腰掛け、蹲《うずくま》る。

(少しだけ休んだら、また歩くから)

ひっそりとした物陰から、街を行く人たちの楽しそうな話し声を聞く。

同じ年頃の数人の女の子たちのはしゃぐような笑い声に、恵茉はビクリとして階段の壁の隅へと体を寄せた。肩にあたるコンクリートが冷たく、埃っぽい。

(……いつまでたっても、わたしはあの輪の中には入れない)

恵茉の心に黒い靄《もや》が生まれる。そして靄は、恵茉をからめとるようにじわじわと体中に広がっていく。

(なんだか疲れちゃった。わたしなんて、このまま消えて——)

「恵茉さんっ!」

力強い声に、恵茉の心に広がっていた黒い靄が跡形もなく消えた。

恵茉が顔を上げると律がいた。狐面《きつねめん》の律だ。

律が両手を差し出す。それを迷わず恵茉は摑《つか》み、立ち上がった。

ひょいと恵茉の体がすくいあげられ、あっと思う間もなく、律に抱き上げられる。

「！　律さん……」

「黙って、しゃべると舌を噛《か》むよ」

「わたし、汗だくです」

「ぼくもそうだ。お互い汗だくなら、問題ないだろう」

律は明らかに嘘《うそ》をついている。律のひんやりとした体は、汗一つかいていない。

律が歩き出すと、人々の好奇の眼差《まなざ》しが恵茉と律に向けられた。こんな街中をお姫様抱っこをした男性が歩いているのだ。目立つのは当然だろう。

「ドラマの撮影？」

すれ違った女性の興奮を抑えたような声が、恵茉の耳に留まる。

道行く人のぶしつけな視線に身の置き場のない気持ちの恵茉は、視線を律のシャツに落とした。

見慣れた襟のない黒い長袖のシャツを見ていると、段々と恵茉の心は落ち着いてきた。

以前、律は、物は存外に縁を繋《つな》ぎ助けてくれるものだと言った。その言葉が今の恵茉には染みた。そして、自分は安全な場所まで辿りつけたのだとようやく思えた。

秋芳家の門を入ると、さわさわと涼やかな風が吹いていた。

「もう、一人で歩けます」

恵茉の言葉に、しぶしぶといった感じで律が恵茉をおろした。

「なにがあった？」

律からの問いかけに、恵茉は口を真一文字に結び、首を横に振る。

「右腕から血が出ている。……手は動く？　痛みは？」

恵茉は答えられない。少しでも口を開くと、泣いてしまいそうだったからだ。

美可子から受けた暴力で涙を流したくなかった。

それは、恵茉のほんのちっぽけなプライドなのかもしれない。

「ぼくは、今、とても腹が立っているんだ」

律が怒っている。恵茉が連絡もなく遅くなったからだ。

「……すみません」

「恵茉さんにじゃないよ。ぼく自身にだ。ごめん、恵茉さん。きみに金も持たせず、いい大人がなにやってんだって。ほんと、呆《あき》れるよ。自分が嫌になるよ」

「そんな、律さんのせいじゃないです」

「いや、ぼくの責任だ」

律はそう謝ると、律は再び恵茉を抱き上げた。

「律さん……」

「ぼくのためだと思って諦めてくれ。なにか、こう、体を動かさないと、自分自身への怒りでどうにかなりそうなんだ」

律の一歩は恵茉よりも幅が広いのか、どんどん進んでいく。

律はこんなに早く歩ける人なのか。

恵茉と歩くときの律はもっとゆっくりだった。

今まで気がつかなかったけれど、恵茉が知らないいろいろなところで、律は恵茉に合わせてくれていたのかもしれない。

恵茉の心にじわりとあたたかな感情が広がる。

不思議だ。

美可子に理不尽な扱いをされたり、日差しの強い道を歩き続けたり。ついさっきまで恵茉の心はボロボロに疲弊していた。

どうやって気持ちを立て直せばいいのか、どんな顔で律や五十鈴の前に立てばいいのか、わからなかった。

それが、律のおかげで一新される。

恵茉を思いやる律の心に助けられたのだ。

玄関までくると、律はゆっくりと恵茉をおろした。そして、なにを思ったか恵茉の両手を取った。

「恵茉さん、もう、きみを見失わない。約束する」

律が恵茉の両手を取り、左右の人差し指に口づけをした。

「…………！」

うわっと思い、恵茉はジタバタしたくなる。

心臓がバクバクする。それに、律の顔は狐面のはずなのに、恵茉はその指先にたしかに彼の体温を感じたのだ。

「さぁ、詳しい話は家で聞こうか」

律は腕を恵茉の背中に回し、守るように入った。

恵茉は、玄関で待ち構えていた五十鈴の特製のレモネードを飲んだあと、浴室に連れていかれた。汗を流し服も着替えた恵茉は、食堂のテーブルで律と五十鈴を前にした。

そして、毬子をタクシーで送ったときに孫の美可子と会ってしまったこと。彼女には小学生の頃から一方的に絡まれ、いじめられていたこと。そして、引っ越しのきっかけとなった、公園での閉じ込め事件について話した。

「それで、同年代の女の子が苦手というか……。怖くなってしまったのです」

「なんてことでしょう。さぞ、恐ろしかったことでしょう。わたくしたちにお話しするのも、お辛《つら》かったでしょうに」

五十鈴が洟《はな》をすする。

律は黙って恵茉と五十鈴のやり取りを聞いたあと、ようやくといった感じで口を開いた。

「関さんの孫の、ろくでもない言葉しか吐き出さないその喉を潰してやりたい」

「律さん……」

「しかし、そんなことをしたら恵茉さんが悲しむだろう。だからといって、同じように閉じ込めてやるというのも、違うんだろうし。だから、もっとスマートな方法で復讐《ふくしゅう》しようか」

律のゆったりとした声に、ついつい恵茉は惹《ひ》きつけられる。

「顔を見てやれ」

「えっ？」

「今の恵茉さんの目で、彼女をしっかり見てやるんだ。顔の表面じゃない。その面の下にある心を根こそぎ読み取ってやる、暴いてやるくらいの気持ちで見返してやれ」

「……」

律の提案に恵茉はどう答えていいのかわからない。

美可子の顔を見るのだって難しい恵茉に、律の「復讐」はハードルが高すぎる。

「人の顔なんてものは、しょせんは面《つら》の皮一枚だ。怒っていようがどうしようが、単なる情報として気にしなければいい。恐れるものではないんだ。なんて思えれば楽なんだが」

「律様。誰もが律様のようなお考えでもなければ、鋼の心臓でもないのです」

「そうだな。すまん」

律が素直に謝る。

「ただ、覚えていてほしい。ぼくも五十鈴さんも、恵茉さんを大切に思っている。きみはぼくたちを恐れる必要はない」

きっぱりと律が言う。

「改めて、恵茉さん、おかえり。この家に帰って来てくれてありがとう」

律の言葉に、恵茉はただただ頷《うなず》いた。

そうだ、たしかに恵茉はこの家に帰って来た。

この家に帰るために、律や五十鈴がいるこの家に帰りたいと、ただただその一心で歩いて来たのだ。

住み始めたばかりのこの秋芳家が、既に恵茉にとっての家になっていたのか……。

恵茉は今さらながらに、自分の心の動きを感じていた。

食堂の開いた窓から、涼やかな風が入る。

どこか遠くからの風鈴の音も聞こえてきた。

その長閑《のどか》さに、恵茉は祖父と暮らしたアパートを久しぶりに思い出した。

三・縁を結ぶ萩と牡丹

秋芳家《しゅうほう》の厨房《ちゅうぼう》で、恵茉《えま》は餡《あん》を炊いていた。

ふかふかと小豆が煮える鍋に木べらを入れ、そこから何粒か豆を取り指先で潰す。

（うん、よし。いい感じ）

柔らかくなった小豆に砂糖を加え、煮詰める。

（あぁ、これだ）

立ち上る匂いが、小豆から餡のものへと変わっていく。

恵茉の心がすっと落ち着く。恵茉はこの瞬間が大好きだ。

思えば秋芳家で暮らし始めてから二週間余り。既に八月に入っていたが、偶然にも洋菓子を作る機会が多く、餡を炊くのは久しぶりだった。

あずきちゃんといえば、恵茉が厨房に入るなり元気に現れ、手慣れた様子で小豆を洗ってくれた。

「あずきちゃんはね、つぶ餡が好きなの。こし餡ではなく、つぶ餡派なの！」

あずきちゃんがそう言いスプーンを振り上げると、スプーンに付いていた甘いシロップが飛んだ。あずきちゃんは、恵茉が作った洋梨のコンポートで休憩中なのだ。

「つぶ餡派、そうだったのね。これ、つぶ餡だからいくらでも食べてね」

恵茉が炊いている餡は、絵のためのものではない。冷たい汁粉に、水ようかん。久しぶりに和菓子が食べたいと思い餡を炊くことにしたのだ。

律《りつ》からは、絵に捧《ささ》げる菓子のオーダーがないときは、自由に菓子作りをしてかまわないと言われている。そのため恵茉はあずきちゃんと一緒に、洋梨や枇杷《びわ》のコンポートをはじめ、ブルーベリーに氷砂糖とアップルビネガーを入れたものを仕込んだりと、暇さえ見つければ厨房に籠っては忙しく過ごし、祖父との暮らしをなぞるような日々をおくっていた。

そうすることで、あの日、美可子《みかこ》に傷つけられた心をなだめていたのだ。

「『人の顔なんてものは、しょせんは面《つら》の皮一枚』か」

ギラギラとした猫目の美可子の顔を思い出すと苦しくなるけれど、そんな顔など面の皮をペロンと捲《めく》ってしまえば、みな同じだと律は言うのだ。

表面ではなく、心で。

小学四年生の恵茉の記憶に残る彼女の恐ろしさに囚《とら》われずに、十八歳の今の恵茉の心の目で彼女の姿を見る……。

そんなことができるだろうか？

見たところで、それでなにが変わるのだろう？

「恵茉～、餡、そろそろできたんじゃない？」

うきうきとしたあずきちゃんの声に、恵茉は煮上がった餡を、鍋から調理用の銀色の四角いバットにあけた。バットに、もったりとした艶のある餡を広げていくと、どうしようもなく嬉《うれ》しくなってしまう。

「いい感じにできたと思うわ」

「恵茉の餡は、福々しいね」

「ほんと？」

「うん。小豆の一粒一粒がとても喜んでるよ」

あずきちゃんがバットの縁を小さな手で摑《つか》み、その中に入り込みそうな勢いで覗《のぞ》きだす。

自分が作った餡をそんなにも褒めてもらえるのは嬉しい。

「そういえば、あずきちゃんは、どうしてつぶ餡派なの？」

「だって、もったいないんだもん」

「もったいないって、なにが？」

「こし餡だと、捨てちゃうでしょう？」

うるうるとした瞳であずきちゃんが訴える。そこでようやく恵茉にもピンときた。

「あぁ、皮のことね。こし餡は、煮た小豆をこして作るからどうしても小豆の皮が残ってしまうのよね。リサイクルで肥料として使う話は聞いたことがあるけれど」

かる。

「でも、食べないのは嫌なの」

間接的には、口にすることになるけれど、そういうことではないのだろう。気持ちはわかる。

「うちは、こし餡を作るとしてもそんなに大量ではなかったから、皮とつぶ餡を交ぜて、抹茶のパウンドケーキを焼いたりしたのよ」

「皮、お口の中でガサガサしない？」

「いいのよ。自分で食べるんだもん。でも、そっか。ガサガサかぁ」

ガサガサ、ザクザク、ゴロゴロ。

食べ物の食感にはいろいろあって、それがマイナスに感じるときもあれば、その違和感がいいとプラスになるときもある。

「だったら、ナッツとか、シリアルとか、チョコチップとか。いっそ、いろんな食感のものも交ぜて、ザクザクッとしたクッキーにして焼くのもいいかも」

「そのクッキー食べたい！　作ったら、あずきちゃんに一番たくさんちょうだいね」

「もちろん」

「やったー！」

あずきちゃんが飛び回りながら、嬉しそうな声を上げる。

恵茉も、今のアイデアを忘れないように、広げていたレシピノートに書き留めた。

ノートを見ると、先日抱いた祖父についての疑問をどうしても思い出してしまう。

ゆびさき宿りだった祖父は、秋芳家で働く前に、別の和菓子屋で働いていた。

それは、高校生でありながらゆびさき宿りとして迎えられた恵茉とは随分違う。

身寄りのない恵茉だから、秋芳家に保護してもらう意味があってのことなのかもしれないけれど。気にならないと言えば嘘《うそ》になる。

律に聞けばいいと思いつつ、どのタイミングで、どう聞けばいいのかそれが計れない。

ふいに、あずきちゃんに呼ばれ、恵茉はノートから顔を上げた。

「恵茉、見て！　あずきちゃん力持ちでしょう！」

「…………！」

あずきちゃんが、恵茉の持ち込んだ梅の実のシロップ漬けが入った大きなガラス瓶の取っ手を持ち、よろっとふわふわ浮かんでいた。

力自慢をしたいようだけれど、左右に揺れる小さな体は非常に危なっかしい。

「あずきちゃん！　あなたが力持ちだってよくわかったから、もとの場所に戻して」

「やった！　あずきちゃん、力持ちナンバーワン！」

あずきちゃんが勢いよく首を縦に振ると、かろうじて保っていた体のバランスが崩れる。

「危ない！」

椅子から立ち上がった恵茉の目に、瓶を持ったままあずきちゃんがガラス戸にぶつかっていく姿が見えた。

割れる！

ボン。

あずきちゃんがふわっと弾むように弧を描く。ガラス戸がまるでゴムのようにあずきちゃんを跳ね返す。恵茉は飛んできたあずきちゃんをつかまえた。

「あずきちゃん、大丈夫？」

「大丈夫だよ！」

あずきちゃんはとことん元気だ。

恵茉は、あずきちゃんと瓶を抱えながら、ガラス戸をペタペタと触る。ガラスの硬質な感触からはとてもじゃないけれど、あの弾んだような状況は想像できない。

「どうして割れなかったのかな？」

「恵茉のおかげ。恵茉、初めてこの部屋にきたとき、お願いしたでしょう？」

――「どうか割れないでください」

「そういうこと？」

「そういうこと」

恵茉はしみじみとガラス戸を見た。向こう側が少し歪《ゆが》んで見える、昔の職人さんの手作りガラス。

「ありがとう」

　ガラス戸に礼を言う。これも秋芳家の不思議の一つなのだろう。恵茉はあずきちゃんを作業台に下ろしながら、秋芳家の不思議に馴染《なじ》んできた自分を感じていた。

「あずきちゃん、餡を食べる？」

　梅の実シロップの瓶をしまうと、恵茉は聞いた。

「うん！　恵茉の作った餡、あずきちゃんが一番最初に食べるの。それでね、一番たくさん食べるんだから」

「そんな風に言ってもらえて嬉しいな」

「だって、ちゃんと約束しないと、恵茉って律様にばっかりすっごく優しくしちゃうから」

「そんなこと……ないよ」

　美可子に会ってしまったあの日。帰り道、へとへとになってビルの階段に座り込んでいた恵茉を律が見つけてくれた。あの日から、なんとなく恵茉は律を意識してしまうのだ。けれど、そんなそぶりは見せないように、とても気をつけていたのだけれど。あずきちゃんにはバレていたらしい。

「だってね、恵茉ってね、この洋梨を甘くしたやつ。あずきちゃんは一切れだったけど、律様には三切れあげてたの、ちゃんと知ってるんだから！　昨日のすもものゼリーもね、律様は大きいのだったのに、あずきちゃんのはちっちゃかった！」

「……そういうこと？」

バレてはなかったようだ。たしかに、話の流れはそうだった。

ほっと胸をなでおろしながら、恵茉はバットからスプーンで餡《あん》をすくい、小皿に載せる。

そして、そのままあずきちゃんに渡そうとすると
「うわぁ、律様の足音！　律様が来る！　あずきちゃん、消えるね。でも、恵茉、餡を律様にあげないで、あずきちゃんにだけ――」

慌ただしくも、言葉の途中であずきちゃんが消えた。

そして、あずきちゃんと入れ替わるように、厨房のガラス戸が開いた。

狐面《きつねめん》の律である。

「恵茉さん、ちょっといいかな？　依頼だ」

「はい」

依頼の言葉に、恵茉の背筋はぴっと伸びる。ここを片づけ律の話を聞かなくては。そう考え始めた恵茉のそばに律はやって来ると、餡を広げたバットを覗いた。

「これはまた、きれいにできるものだね」

「ありがとうございい――」

律が恵茉のスプーンを持つ手を上から握ると、そのままあずきちゃんのために用意した

餡を食べてしまった。

律との距離の近さに、恵茉は赤くなる顔を必死で抑えようとする。

餡を食べただけ。

律にとっては、恵茉の手だろうがスプーンだろうが、餡をすくうための道具にすぎない。

(冷静になれ、冷静になれ)

あぁ、でも。火のそばにいたから汗臭かったかも。律が来るなら服を着替えたかった。

そんな後悔の念まで入り、冷静になるんだか、なれないんだか。恵茉は心を千々に乱しつつ、それでも「冷静になれ」を呪文のように唱える。

「ごちそうさま、うまいね。餡か、縁があるな。依頼者は和菓子屋の店主だ。その店は波留田《はるた》の行きつけで、彼の紹介で相談がきたんだ」

「どんな絵ですか?」

「線香の匂いがするそうだ」

匂いを出す絵と聞き、恵茉のドキドキは消えた。そして新たなる妖力を宿した絵に、興味を惹《ひ》かれた。

依頼主である和菓子屋からは、営業時間が終わってから来てほしいとリクエストがあった。そのため、夕食はいつもよりも少し早い時間になった。

恵茉が着替えを済ませ食堂に行くと、律と律の幼馴染《おさななじ》みで版画家の波留田が熱心に話し込んでいた。波留田のシャツは今日も華やかでスイカがいくつもプリントされている。

テーブルには、三人分の食事が用意されていた。

青々とした枝豆と白ゴマの豆ご飯に、長芋の冷たい味噌汁《みそしる》。オクラにナスといった夏野菜に加え小豆が入った治部煮。さらに、アボカドとブロッコリーとエビのサラダに胡瓜《きゅうり》ともずくの酢の物。テーブルの真ん中には、どどんと大きなローストビーフが載った皿まである。波留田がいるためだろうか。いつもの恵茉と律の食事よりはるかに多い。

恵茉に気づいたのか律が立ち上がり、そばまで来ると椅子を引いてくれた。

「恵茉さん、しばらく波留田もこの家にいるのでよろしく頼む。といっても、彼は展示会で出す作品の仕上げのために、画廊の二階の作業場で寝泊まりするので、食事だけかな」

「おい、律。風呂も貸してくれよ」

「風呂くらい、近いんだから自分の家に帰って入ればいいだろう」

「え？　なんで？　今までそんなこと言わなかったじゃないか」

言い終わると同時に、波留田が恵茉をじろっと見た。

「嫁、おまえが律を変えたな」

「えっ？」

恵茉が律を？　そんな覚えなどない恵茉は、波留田のジト目にオロオロする。

「恵茉さん、彼の話は聞き流してくれ。で、波留田、おまえに恵茉さんを嫁呼ばわりしてほしくない」

「!!　なんだよ、俺は害虫扱いか」

やって来た五十鈴《いすず》に向かい、波留田が泣きまねをしてみせると

「どうぞ益虫を目指し、邁進《まいしん》してくださいまし」と返されていた。

波留田から紹介された依頼者の店、和菓子屋「みその」は、代官山《だいかんやま》から渋谷《しぶや》方面へと歩いて十分ほどの場所にあった。店は、古い二階建ての民家の一階部分だ。

入口のガラス戸の向こうにはベージュのカーテンが引かれ、細長い厚手の紙に手書きの「本日は閉店いたしました」といった札もどこか懐かしい。

カーテンの隙間からあかりが漏れ見えるので、店に誰もいないというわけではないのだろう。律が戸に手をかけ開けると、カラカラカラと軽快な音がした。

「こんばんは。波留田様のご紹介で参りました、代官山画廊でございます」

律が落ち着いた声で店に入る。そのあとに恵茉も続いた。

店内に人はおらず、電気も半分落ちていた。空になった菓子のショーケースは、掃除も済み拭き清められている。店の隅に置かれた丸椅子は年配のお客様のためだろうか。

（感じのいいお店だな）

そういえば以前、波留田からの土産で錦玉羹《きんぎょくかん》をいただいたが、もしかすると、この店の菓子だったのかもしれない。

それにしても、線香の匂いは拍子抜けするほどしなかった。

問題の絵にしても、店内を見回す限りない。

「恵茉さん、左の壁。上のほうを見て」

律が指すほうへ、恵茉はぐんと首を上げた。

「あれは、絵を掛けていたフックでしょうか？」

「そうだね。絵はどこか別の場所に移動させたんだろうね」

それほどまで、匂ったということか。

「代官山画廊さん？　すみません、今、行きます！」

女性の明るい声とともに、店の奥からドタバタと賑《にぎ》やかに三十代と思われる母親と小学生くらいの男の子が出てきた。女性は長い髪を後ろで一つに結び、和菓子屋の白い上着を着ている。

笑顔のその女性と目が合った瞬間、恵茉は青ざめ、俯《うつむ》いた。

「あらっ、波留田君が言ってたとおりの、すっごいイケメンくんが来た！　ごめんなさいね、バタバタして、子どもがいるとどうしてもこんな感じになって。わたしはこの店、『みその』の店主、御園千登世《みそのちとせ》と申します。そして、息子の賢太《けんた》、小学一年生です」

律が千登世と賢太に挨拶をし、恵茉についても紹介をしだすが、恵茉の頭には入ってこない。棒立ちのまま俯く恵茉の手のひらに、じわりと汗が滲《にじ》む。

千登世のややつり気味の猫のような瞳にまっすぐな長い髪。いかにも自信のある話し方。千登世が悪いわけではないのに、どうしてもこの間会ってしまった美可子とダブってしまう。こんなことで動揺する自分が嫌だ。恵茉は繰り返しそう思う。

それでも、律と五十鈴に打ち明けたことで、あの日のダメージからは随分と回復した自覚はあるのだ。ただ、根本的なところで美可子を恐ろしく思う気持ちが拭えないため、どうしても自分の行動や感情がコントロールできないときがある。

しかし、だからといっていつまでも下を向いているわけにはいかない。

絵が求める菓子についてのヒントを探るため、これから千登世に絵についての話を聞かなくてはならないのだ。

恵茉は、千登世が視界のギリギリに入るくらいまで顔を上げた。

律が代官山画廊の名刺を千登世に渡すのが見える。

「早速ですが、絵についてのお困りごとがあるそうですね」

「そうなのよ。ほんと、びっくりなの。絵からお線香の匂いがするのよ」

千登世は元気な女性で、自分が話すときだけでなく、律が話すときにも相槌《あいづち》なのだろうか、手や体を動かしていた。

一方、彼女の息子の賢太はおとなしい。

けれど、恵茉や律といった見知らぬ訪問者への興味はあるのか、母親譲りの大きな瞳で、話す律をじっと見ている。

ふいに、恵茉と賢太の視線がぶつかった。

賢太の眼差《まなざ》しには曇りがない。

恵茉は、その眼差しに自分の意気地のなさが暴かれるような焦りを感じた。

(こんなのダメだとわかっているのに)

恵茉は賢太からも目を逸《そ》らし、視線を再び落とした。

落ち込む恵茉とは関係なく、律と千登世の話は進む。

「線香の匂いは、いつ頃から始まったのでしょうか」

「うーん。正確な日にちは覚えてないけれど、三日か四日前……。八月に入ってからかな? 初めは、本当に微《かす》かだった。だから、家のお仏壇から匂ってくると思ってお線香を焚《た》くのを止《や》めたの。それでも効果なし。匂いは少しずつ濃くなった。なにが原因か悩んだ結果、この家に染みついた匂いだと思ったの。この家も店も亡くなったわたしの両親が建てたもので、築四十年近く経《た》つかな。だから、いつもより店を早く閉めて大掃除したわ」

そのときを思い出したかのように、千登世は「もう、うんざりよ」と続けた。

「それで、家ではなく絵から匂うと確信されたのですか?」

「うちの息子は鼻がいいの。へとへとになったわたしに、匂いは絵じゃないかって言い出して。まさかと思ったけど、試しに絵を外して別の部屋に置いたら、店の匂いが消えたわけ」

「それは大変でしたね。波留田様にご相談いただき、よかったです」

本当だ。この店は、波留田の行きつけの店で、その縁で律まで話がいったのだ。

「彼、話しやすいじゃない？　それに画家だし。絵からお線香の匂いがするなんて、そんなことってある？　って聞いたら、代官山画廊さんを紹介されたってわけ」

「匂いは食品を扱うお店にとって、死活問題ですからね」

「特にうちみたいな和菓子屋に匂いはキツイわ。和菓子は、小豆や米といった天然素材そのものの香りを楽しむお菓子でしょう。線香の匂いが悪いってわけじゃないんだけれど、菓子についてしまったら売り物にはならないもの」

秋芳家で律から匂いの被害を聞いたときよりも、こうして「みその」に足を運んで直《じか》に話を聞いたほうが、その深刻さがより身に染みた。

(俯いたままになってしまったけれど、来てよかった)

「絵は二階に移したのよ。ご案内するわ」

千登世の案内により、律と恵茉は店から御園家の室内へと上がった。賢太は、一階の食堂で漫画を読み始めた。二階には来ないようだ。

階段を上り通されたのは和室だった。

千登世が戸を開けると、たしかに線香の香りがした。

部屋の壁に、一枚の横長の絵が立てかけてある。

花の絵だ。伸びやかな細い線で繊細に描かれている。日本画だろうか。

律が千登世に断り絵に近づき、タブレットを取り出す。

「写真を撮らせていただいてもかまいませんか？」

「それはいいけれど、お祓《はら》いに写真なんて必要なの？」

「絵について詳しく知らないと、お祓いができないのです」

「この場で、祓ってくれるわけじゃないのね？」

千登世が不満そうにうめく。

「申し訳ございません。お祓いは絵をお預かりし、わたしどもの画廊にて後日行います。明日にでも、絵を取りに伺おうと思っていましたが、いかがでしょうか？」

「だったら、お願いしようかしら。明日、絵を預けて、お祓いをしてもらって。明後日《あさって》には戻してもらえるって、そういうことよね？」

千登世は、さっさと終わらせたいといった感情を隠すことなく言葉に乗せてくる。

「これからのスケジュールについてお話しするのが遅くなり失礼いたしました。絵のお祓いをするためには、御園様だけでなく、他にもこの絵に関係のある方々にお話をお伺いしなくてはなりません。そして、絵と縁《ゆかり》のある菓子を見つけ、その菓子を供え、お祓いし、終了となります」

「縁の菓子をお供え？」

「はい、そうです」

「ふーん。へぇ、そうなんだ」

千登世のなにか言いたげな口調に、恵茉は内心ハラハラとした。けれど、律はそんな千登世の態度にも動じることなく、平然としている。

「早速ですが、この絵について御園様がご存じのことをお聞かせいただければと思うのですが、よろしいですか？」

「あの絵について知ること？　うーん……困ったな。絵はわたしがもの心ついたときから、お店に飾ってあって。だから、買ったのか、もらったのかも知らないの。父か母か、どちらかでも生きていたら聞けたんだけど。なにか両親が書き残してないか調べてみるわ」

千登世の母は五年前、父は二年前に亡くなったそうだ。

「ご兄弟やご親戚の方で、どなたかお話をお伺いできる方はいらっしゃらないでしょうか？」

「生憎《あいにく》、親戚付き合いはないのよね。それに、わたしは両親が四十歳を超えてからの子どもで、一人っ子なので。……でも」

千登世の言葉の続きを律はしばらく待ったようだが、彼女は口を噤《つぐ》んだままだった。

律が柔らかな声で話し出す。

「話は変わるのですが。さきほどこの店が古いといったお話がありましたが、ご両親がお亡くなりになったあと、たとえば、店の改装とか、レイアウト変更とか、あの絵の代わりに別の絵を掛けようとか、そういったお考えはなかったのでしょうか？」

「ないわ。考えたこともない。だってこの店はわたしだけでなく夫にとっても故郷みたいなもので、それを変えてしまうのは……」

千登世の夫。千登世が店主だと名乗ったときから、賢太と二人の母子家庭だと思ってしまったが、それはとんだ偏見だった。

「ご主人に、お話を伺うことは可能ですか？」

「……そうよね。実は、今、一緒に暮らしてないの。でも、彼ならもしかすると、なにか知っているかもしれない。それに、あの絵のためなら……力になってくれるかもしれない」

ためらいつつ、千登世が言った。

「連絡先を教えていただければ、こちらで話を進めていきますが」

「そのほうがいいのかな。実は、わたしの夫の御園智彦《ともひこ》も菓子職人なのよ。ただ、半年ほど前、交通事故に遭って右腕に怪我《けが》をして。リハビリで動くようになったけど、やっぱり以前のようには菓子が作れなくなってしまった。そういった事情で、あの人、店にいるのが辛《つら》いのか、一か月ほど前に出て行ってしまったの。今は近所の知人のところでお世話になっているんだけど」

いい職人だったのに、と千登世がつぶやく。

（怪我によっては、菓子作りができなくなるんだ……）

恵茉は右肘を押さえた。傷痕はまだ残るものの、痛みはない。ひどくなくてよかったと、しみじみ思う。

「では、今日はここまでということで、後日、またお伺いします。絵のお引き取りは、明日の何時頃にいたしましょうか？」

「絵は……そうね。この部屋に置いておけば、店にも影響がないので、しばらくこのままでいいわ。それより、こちらの一方的な言い分で悪いんだけど」

千登世の声が低くなる。

「今度からうちの店に来るのは、秋芳さんだけにしてくれるかしら。助手の小島《こじま》さんには来てほしくないの」

千登世がはっきりとした声で恵茉を拒絶した。

「小島さん、あなた失礼な人だわ。わたしや息子からあからさまに目を逸らして。まるで見たくないかのようなその態度、腹立たしさを通り越して呆《あき》れたわ。わたしは、相手の顔を見て話さない人が好きじゃないの。信用できないの。だから、二度と来ないで」

律が無言で頭を下げる横で、恵茉は体が凍ったかのように立ち尽くしていた。

夏休みの図書館は、小学生のグループや親子連れで賑《にぎ》わっていた。テーブル席では、自由研究や、読書感想文を書く子どもたちの姿がある。

そんな彼らを横目に、恵茉は選んだ本を貸出カウンターへ持って行った。

写真満載の料理本だ。果物で作るシロップやジャムやコンポートについて載っている。あずきちゃんが好きそうだ。

本をリュックサックに入れた恵茉は、帽子を深く被《かぶ》り夏の夕暮れの道を歩き出す。六時を過ぎているけれど、まだ外は明るい。そのせいか、夏の楽し気な空気が街にはあった。

道の向かい側から、恵茉と同じ年頃の高校生の女の子のグループが、飲み物片手に歩いてきた。恵茉は目を伏せると、彼女たちを避けるように道を曲がり、裏道へ進んだ。

──「わたしは、相手の顔を見て話さない人が好きじゃないの。信用できないの」

昨夜、恵茉は御園千登世からの言葉に謝ることさえできずに、律と「みその」を出た。

律がつかまえたタクシーに乗り、ようやく彼に事情を話した恵茉は、千登世や賢太に嫌な思いをさせてしまったこと、そして律にも迷惑をかけたと謝った。

クビ覚悟だった恵茉だったが
「いや、これはすべてぼくの責任だ」と、逆に律に謝罪された。

「『みその』の店主が恵茉さんの苦手な女性と似ている可能性について、ぼくは考えもしなかった。それに、絵の依頼者が、恵茉さんと同年代の女性ではなくても、その家族に該当者がいる場合だってあったんだ。そこらへんがすっかり抜けていた。すまない」

律は恵茉を責めることなくそう話した。そして
「千登世さんのご主人の御園智彦さんへの聞きとりは、ぼく一人で行くよ。事情が複雑そうだから、二人で押しかけるよりも、そのほうがいいだろう」

そう言われてしまうと、なにも言えなかった。

律は恵茉への気遣いからそう言ってくれたのだろうけれど、その気遣いが、今の恵茉には素直に受け取れず、お役御免を言い渡されたような、そんな胸の苦しさを感じてしまっていた。

昼前、千登世から律に電話があった。絵の作者についての情報だった。絵は「みその」の常連客だった日本画家によるもので、その方は十年以上前に亡くなられていた。一方、律は、千登世から教えてもらった御園智彦の連絡先に電話をしたが繋《つな》がらないと話していた。

絵が妖力を宿し、線香の匂いを出し始めたのには理由がある。

「ガレット」は、絵が処分される恐怖から暴走してしまった。ガレット・デ・ロワにより鎮められた絵は、作者の孫の家に大切に飾られていると聞いている。

佐伯奈津子《さえきなつこ》が描いた「祝福」と、井ノ口淳一《いのぐちじゅんいち》がモデルの二枚の絵は、淳一の死がきっかけで妖力を宿した。現在二枚の絵は、井ノ口額装店に並んで飾られている。

では、「みその」の花の絵が線香の匂いを出した理由はなんだろう。

あの絵には、どんな人の想《おも》いが関係しているのだろう。

線香の匂いを出すことで、なにを訴え、なにを望んでいるのだろう。

「みその」の絵について、つらつらと考えていた恵茉だったが、路地裏のさらに細い道の奥に「蜂蜜」と書かれた看板を目ざとく見つけ、立ち止まった。

（蜂蜜の専門店！）

恵茉は興味津々と、その細い道を進んでいった。

蜂蜜専門店は山小屋のような外観だった。恵茉が窺《うかが》うようにそっとドアを開けると、カランカランと派手にカウベルが鳴った。

「いらっしゃいませ」

店のレジカウンターの椅子に座る白髪交じりの男性に頭を下げると、恵茉は壁沿いの棚に並んだ蜂蜜の前に進み、透明な瓶に入ったいくつもの蜂蜜を食い入るように眺めた。

ラベルには、どの花の蜜か書かれている。蓮華《れんげ》にアカシア。リンゴ、桜、栗。蕎麦《そば》にみかんにコーヒー。そして、ケンポナシといった初めて聞く花の名もある。

蜂蜜の色にも驚くほど濃淡の違いがあった。アカシアやみかんは透き通るような金色をしているが、蕎麦の蜂蜜に至っては、黒寄りのこげ茶色でまるで黒砂糖を溶かし煮詰めた黒蜜のような色をしている。

(こんなにも違うんだ……)

花により蜜の色が変わるのは知識としてはあったが、実際にこうして並べられることで視覚的にも明らかになった。甘いだけではない蜂蜜の世界に、恵茉は魅せられる。

「気になる味がありましたら、お声がけください。お試しできますよ」

椅子に座ったまま男性が明るく話しかけてきた。

「試食、いいんですか？」

してみたい。どうせなら、普段は口にしないような蜂蜜の味を知りたい。

恵茉のそぶりに気がついたのか、男性が椅子から立ち上がり恵茉のそばまで来た。

「アレルギーはありませんか？」

「ありません」

「それなら、どれでもお好きなのを選んでください」

恵茉は悩んだ挙句、コーヒーと蕎麦とケンポナシを選んだ。

「いやぁ、お客様は見かけによらずチャレンジャーだなぁ」

男性が感心したような声を出す。

「食べたことがないのを試したくて」

恵茉の返事に男性が目尻に皺《しわ》を寄せた。

店内中央の楕円《だえん》形のハイテーブルの上に、男性が小さな白い皿を三枚置いた。皿にはそれぞれスプーンに載った蜂蜜がある。試す順番は男性の勧めにより、右からコーヒー、ケンポナシ、蕎麦となった。

「この順番がいいんですか？」

「お客様が選んだ三種類の中で、味に癖がないものから先に試していただこうと思って。コーヒーかケンポナシで悩んだけど。いずれにせよ、蕎麦は最後だな」

蕎麦はそんなにえぐい味なのか。でも、そこまで言われると逆にどんな味なのだろうかと、気になる。

さらに男性は、冷たい柚子《ゆず》茶まで用意してくれた。

「すみません。お茶まで」

「いや、これは、ほんと、必要だから」

男性が苦笑いを浮かべる。

さて、いよいよ試食だ。

恵茉は小さなスプーンの先に載せられた、薄い茶色のコーヒーの蜂蜜を口に含んだ。

「………」

蜂蜜の微《かす》かな甘さが舌から喉へと流れ落ちていく。その間に、コーヒーの味と香りが口に広がり鼻へと抜けていった。

恵茉の頭に、井ノ口額装店店主の人のいい笑顔が浮かんだ。コーヒー好きの井ノ口がこの蜂蜜を知ったらきっと喜ぶだろう。

(差し入れしようかな。でも、迷惑かも)

そんな気持ちを抱きながら、次の蜂蜜に手を伸ばす。

次は、ケンポナシだ。男性が口を開く。

「ケンポナシは高い木で、市場に出回る梨のような大きな実ではなく、小さなごつごつとした実がなります。その味が梨に似ているのです」

「召し上がったことが、あるんですか?」

「ははは、ない。実は、この店の店主からの受け売りですよ」

男性は店主ではなかったのか。堂々とした風格からして、てっきりそうだと思っていた。

恵茉は、ケンポナシの蜂蜜を口に入れた。

「……あっ。茉莉花《ジャスミン》?」

ケンポナシの蜂蜜を口に入れると、茉莉花の匂いがした。それが、徐々に薬草に近い香りへと変わっていく。味は、男性の説明どおり梨のような爽やかさがあった。

(紅茶にこの蜂蜜を入れて飲んだらおいしそう)

律や五十鈴と一緒に紅茶を飲むことを考え、恵茉は微笑《ほほえ》む。

そして、蕎麦の蜂蜜。恵茉は黒蜜のようなその蜂蜜をほんの少しなめ——。

「!!!!」

言葉にしがたい味と匂いに恵茉は咳《せ》き込みながら、そのすべてを消すかの如《ごと》く、男性からの柚子茶を飲み干した。

「お代わりを入れましょう。これは、人を選ぶ蜂蜜だ。料理に使うとうまいと聞いてはいるけれど、本当だろうか?」

男性がコップをレジカウンターへと持って行った。カウンターのすぐ裏には小さな冷蔵庫があり、男性はガラスのピッチャーを取り出すと、恵茉のコップに柚子茶を注ぎ始めた。

舌がマヒしたような感覚になりながら、恵茉は男性の動きを漫然と見ていた。

そのとき、レジカウンターの裏から一人の男の子がさっと出てきた。男の子は恵茉の正面に立つと、顔をじっと見てきた。男の子の大きな瞳が恵茉を捉える。

(あれ?)

この男の子は、「みその」の息子の賢太では? でも、なぜこの店に?

賢太は恵茉の顔を確認すると満足したのか、カウンターへ戻り、恵茉のお代わり用の柚子茶を持つ男性に向かい手を動かし始めた。あれは、手話？

賢太が手を動かし終わると、男性がコップを一旦置き、賢太に応えるように両手を動かした。しばらくのやり取りのあと、男性が困惑した表情で恵茉を見てくる。

「お客様、昨夜あなたがうちの店に来たと息子が言ってるけれど？」

「……息子さん？　あの、こちらの店に伺うのは初めてです」

「違う、違う。店ってここじゃないよ。和菓子屋の『みその』だよ」

恵茉の混乱した頭に散らばったパズルのピースが繋がりだす。

蜂蜜店の男性の息子は賢太。賢太は千登世の息子。彼女は夫の智彦と別居中。

「御園智彦様ですか？」

「あれ？　なんで俺の名前を？　きみは、誰なんだい？」

「……わたしは、代官山画廊の小島です」

「画廊？　小島さん？　画廊がなんでうちの店に」

不思議顔の智彦への返事にもたつく恵茉よりも早く、賢太が父親へ向けなにやら話し出す。そんな賢太の話を、智彦が自分の言葉も交えて恵茉に伝えてきた。

「『凄《すご》いイケメンが来て、お母さんが喜んだ』……なにやってんだか。『絵から線香の匂い』なんだそれ？　『画廊を呼んで菓子を捧《ささ》げ、悪霊退散をすることになった』はっ？」

賢太の微妙に違う方向の説明に、恵茉はどうしたものかと悩む。そんな恵茉の前で、二人は話を続けている。

「『お母さんが怒って、お姉さんは、出禁』」

出禁。その言葉のパワーに恵茉は項垂《うなだ》れる。

智彦が首の後ろを撫《な》でる。

「悪霊退散はともかく。小島さん、千登世から出禁の理由は聞きましたか？」

「相手の顔を見て話さない人が信用できないと、御園さんはおっしゃいました」

「あぁ、そうか。それって、おそらくうちの息子が関係しているな。妻も俺も息子と話すときは、彼の顔をしっかりと見て話すから」

顔を見る？　手話なら顔ではなく、手を見るのでは？

恵茉の疑問が顔に出ていたのか、それに応えるように智彦が口を開く。

「手だけじゃないんだ。顔の動きも文法なんだ。たとえば、さっき息子が言った『昨日、この人が店に来た』も、手話の表現は同じでも、最後に眉毛を上げると『昨日、この人が店に来た？』って、疑問文になるとかね」

「眉毛で疑問文になるんですか？」

初めて知る話に、恵茉は驚く。

「逆に、息子が小島さんの話を理解するためには、小島さんの顔を見ることが大事なんだ。

どんな表情を浮かべ、感情を乗せて話しているか。口の動きも話の内容を摑《つか》むヒントになる。とても大切な情報だ。だから、俯《うつむ》き、下を向かれると、息子にとっては、この人は自分と話す気がないんだなってなるわけさ。妻はそれが悲しかった。悲しみ傷つき、それが怒りになった。だから、拒否した」

智彦の話し方は、恵茉を責めるのではなく淡々としていた。なんどもいろんな人に話してきたのだろうと想像できる。

昨夜、恵茉は千登世と賢太から目を逸《そ》らしたため、二人の姿を断片的にしか見ていない。「みその」の店内で、初めて千登世が話すのを見たとき、恵茉は視界に入った彼女の手の動きが手話だとはわからなかった。身振り手振りをしながら話す人なのかと思った。

思い返すと、二階に上がってからは、千登世にそんな動きはなかった。賢太が一階にいたからだ。また、恵茉は、千登世と賢太の不自然に離れた立ち位置にも違和感があった。けれど、目の前の智彦と賢太のやり取りを見ることで理解した。それは、互いの手や顔や体を見るために必要な距離だったのだ。

今まで、恵茉は誰かに傷つけられる側だと思っていた。

けれど、違った。

恵茉だって、誰かを傷つける側になっていたのだ。

人と話すときに、相手の顔を見ることがとても大事な人たちがいる。

知らなかった。

でも、知ってしまった。

……変わりたい。

恵茉の前に、再び賢太がやって来た。

「『どうして、ぼくたちから目を逸らして下を向いたの？』」

智彦が賢太の言葉を教えてくれる。

「昔、いじめられたことがあったの。時々、それを思い出してしまうときがあって……。

そうなると、怖くなって下を向いてしまうの」

智彦が恵茉の言葉を賢太に伝える。すると賢太が再び恵茉に話してくる。

「『ぼくはいじめないよ』」

賢太の言葉を智彦が伝えてくる。

「『ぼくはいじめない』」

再びの賢太の言葉が恵茉の胸に染みる。

「……ありがとう」

美可子の呪縛をなかなか振りほどくことができない恵茉に、会って間もない賢太が言葉をくれた。恵茉は賢太に向け、智彦に向け、そして、ここにはいない五十鈴や律に向けても感謝をした。

賢太が左手の甲に、立てた右手をポンとあてた。

「小島さん、これが賢太の『ありがとう』だよ」

智彦の言葉に、恵茉はおずおずと賢太の真似《まね》をした。すると、またなにか賢太が恵茉に向かい話す。それを見た智彦が微笑む。

「『なかなか筋がいい』って。『またうちの店においでよ』って」

「うちのお店って？」

「そりゃ、『みその』でしょう。まずは、悪霊退散だな。絵から線香の匂いなんてにわかに信じがたいけれど……。とにかく、俺も明日の夜に『みその』に行くよ」

明日の夜にまた会おうと言ってくれた智彦に感謝をしつつ、恵茉はこの出来事をすぐにでも律に伝えたいと思った。


恵茉は秋芳家に戻ると、律を捜した。

ところが彼は家にはおらず仕事のために外出中で、夕食も恵茉一人だった。

しょんぼりする恵茉に、五十鈴が一枚の浴衣を見せてくる。白い花の愛らしい浴衣だ。

「秋芳家には出入りのよろずやがございましてね。先日、律様がお出かけになるときに、ちょうどその店の者と顔を合わせまして。そうしましたら、律様が恵茉様のために浴衣を注文なさいましたの。この白い花は恵茉様のお名前にもある、茉莉花の花なんですよ」

「律さんが……わたしに？　いいのでしょうか？」

「もちろんでございます。恵茉様の浴衣を百着買ったとしても、律様は文句を言いませんよ。さぁ、早速お召しになってくださいませ」

もじもじとしている恵茉に、五十鈴が手際よく浴衣を着つけてくれる。

「髪もかわいらしくしましょうね」

五十鈴は器用で、恵茉の髪をハーフアップにしてくれた。恵茉は、鏡の中で自分の姿がどんどん変わっていく様子を、嬉《うれ》しいような照れくさいような思いで見ていた。

美容院へ行くのも年数回の恵茉は、誰かに髪を触られることがあまりないのだ。

「恵茉様が来てくださってから、家の中が明るくなりました」

「そんなこと、ないです」

明るい性格でないのは、自分が一番よくわかっている。

「賑《にぎ》やかな人がいれば家の中が明るくなる、ってわけじゃないとわたくしは思うのです。心の問題でしょうか。気持ちの優しい人がいると、なぜでしょうね。その場の空気が明るくなり、まろやかになるものだと。恵茉様が来てくださってから、わたくしはそう思うようになりました」

「わたし、なにもしてません」

「なにもしていない人など、この世にいないのではないでしょうか。恵茉様がいらっしゃる前、わたくしはこの家で、こうした会話をすることはございませんでした。律様も恵茉様がいらしてから口数が増えたように思います。ですから、少なくともわたくしにとっては、恵茉様が来てくださったこの家は明るく楽しいのです」

「ありがとうございます」

五十鈴の言葉が、恵茉にはしみじみとありがたい。

五十鈴が腕を動かすと、シャランと音がした。見ると手首に見慣れないブレスレットがあった。紫色の組み紐《くひも》に同色の石がはめられている。

「紐の模様がきれいですね。石も紐の色に合ってますね」

「ありがとうございます。実はわたくし、水引や組み紐で飾りを作る趣味がございまして」

五十鈴がブレスレットを外し、恵茉に渡してきた。恵茉はそれをまじまじと見た。

趣味……。恵茉には趣味がない。

そう思うと、俄然《がぜん》、五十鈴のブレスレットに興味が湧いてきた。

「もしかして、箸置きやコースターも、五十鈴さんの手作りですか？」

「よくお気づきで！　そうでございます」

すばらしい。なんて実用的な趣味だろう。

「あの、ブレスレットですが、わたしでも作れるでしょうか？」

「もちろんでございます、恵茉様。試されますか？」

五十鈴の誘いを恵茉はありがたく受けた。

五十鈴の教えによりブレスレットを作った恵茉はそれを腕にはめてみた。

少し大きい。でも、その大きさがくすぐったい。

「恵茉様、ぜひ、庭をお散歩なさってくださいませ。石の灯ろうのあかりがきれいですよ」

五十鈴に背中を押されるように、恵茉は庭へ出た。

夜の庭を一人で歩く。なるほど、朝や昼とは違い、ぽつぽつと灯《とも》るあかりが幻想的だ。あちこちで、リンリリンと鈴虫が鳴く。この庭は静かだけれど、賑やかでもある。

恵茉は歩きながら、さっき蜂蜜専門店で賢太に教えてもらった、「ありがとう」をやってみた。賢太から「みその」に誘ってもらったことも思い出す。今度こそ、顔を上げて千登世の話を聞くのだ。せっかくもらった賢太からのチャンスを無駄にしたくない。

そのことを、恵茉は律に伝えたかった。

律はどこに行ったのだろう。仕事とは、「みその」に関することだろうか？

また無理をしていないだろうか？　まさか、どこかで倒れているとか？

恵茉は急に不安になってきた。庭を散歩している場合ではないかもしれない。

「恵茉さん？」

今まさに心配していた人の声に振り向くと、庭の照明が一斉に消えた。

「……律さん」

「あぁ、恵茉さん。いいかい、そこから動いたらダメだよ」

立ち止まったままの恵茉に比べて、律は勝手知ったる庭といった具合にすいすいと歩いてくる。

「つかまえた」

律が恵茉の腕を取る。

恵茉の心臓が跳ねる。

「危ないな。すぐそこは川だよ。細い川ではあるけど、はまると滑るからね」

「……すみません」

庭に川？　それは、危なかった。

「あかり、故障でもしたのかな？　修理を頼まないとな」

「律さん、お話が」

「ん？」

「浴衣、ありがとうございます。今、暗くて見えないかもしれませんが、茉莉花《ジャスミン》の花もとてもかわいくて、わたし、嬉しいです」

「喜んでもらってよかった。実は、遅くなったけれど」

そこで律が言葉を切る。

「小島恵茉さん、十八歳の誕生日おめでとう」

「……え？」

「一か月遅れだけれど、誕生日プレゼントのつもり、なんだ。浴衣は」

まさか、律に誕生日を祝ってもらえるなんて。あまりのことに恵茉は頭が真っ白になる。

「……光栄、です……」

「はは。ていねいだな。……恵茉さんは、いったいどんな表情で話しているのだろう。顔が見えないのが心底残念だ」

律がぼそりと言う。逆に恵茉は、照明が消えていてよかったと思う。リンゴよりもトマトよりも赤い顔を見られるのは恥ずかしい。

「そういえば恵茉さん、ぼくを捜していたと聞いたけれど？」

「はい。あの律さん、すみません」

恵茉は謝る。

「どうしたんだい？」

「わたし、御園智彦さんに会ってしまいました」

「御園智彦さんに？　どこで？」

律が驚いた声を出す。恵茉は偶然入った蜂蜜専門店に和菓子屋「みその」の智彦がいたこと。そして、息子の賢太が、智彦に店の絵について話したことなどを伝えた。

智彦は明日の夜、「みその」に行くと言った。

「そうか。話をつけてくれたんだね。ありがとう。それに、智彦さんと会ったことを恵茉さんは謝る必要なんかないんだ」

「でも……」

「あれは、なんというか。智彦さんに会うと、恵茉さんが不安になるんじゃないかと思っただけで」

思いもしなかった律の言葉に、恵茉は目を丸くした。

「わたしが？　どうしてですか？」

「……だよな。すまない。過保護だった。今度は先走った」

いつになく律の歯切れが悪い。なにかよくない話だろうかと、恵茉は緊張しながら律の言葉を待つ。

「智彦さんは、腕の怪我《けが》がきっかけで『みその』を出たと千登世さんは言った。リハビリで動くようにはなったけれど、以前のようには菓子が作れなくなってしまったとも。恵茉さんはこの間、肘の怪我をした。そんなこともあって、ぼくは菓子が作れなくなった職人と恵茉さんを会わせたくなかった。恵茉さんが彼を見て、不安になることを恐れた」

律の話を聞き、恵茉は大きく息を吐いた。

「よかった……。わたし、律さんから必要ないと言われたのかと思いました」

「まさか！　誤解だ。そんなわけないだろう？　きみは大切な相棒だ」

律の必死な声に、そして相棒の言葉に、恵茉の心は浮き立つ。

「ぼくは今日、『みその』の絵を描いた画家の娘さんから話を伺ってきた。その結果について近々伝えに行こうと思っていたんだ。智彦さんが明日の夜と言うのなら、ぼくもその時間にアポをとるよ」

「明日、わたしも一緒に行ってもいいですか？　賢太君が、わたしも『みその』に来てもいいと言ってくれました」

賢太から、なぜ恵茉が俯《うつむ》いていたのか聞かれたこと。そして、それに答えると「ぼくはいじめない」と賢太が言ってくれたことを話した。

「千登世さんから、また拒否されるかもしれないんだよ」

「わかっています。でも、わたし、変わりたいんです。そう思いながらも、いつも口だけで意気地なしなんですけれど……。いっぺんに劇的になんて変われないんだなっていうのは、わかりました。だから、一つ一つなんです。まずは、千登世さんの顔をわたしはちゃんと見てお話しできるようになりたいです。今のわたしは、千登世さんに美可子ちゃんを重ねて怖がってしまっています。それは、間違った怖がり方です。わたしは千登世さんと向き合いたいんです。そして、きちんと自分の言葉で謝り、絵のお話を聞かせていただきたいんです」

　そう恵茉が答えるや否や、川に無数の光が灯りだした。

　その小さな光はふわふわと広がり、やがてその黄色いあかりを点滅させながらゆっくりと浮き上がるように、恵茉と律を囲んでいった。

「……きれい」

　恵茉が右手を上げると、その人差し指に小さな光が留まった。

「蛍か。久しぶりだな」

「初めて見ます」

「そうか。彼らはなんというか、澄んだ場所が好きなんだ」

「川がきれいなのですね」

「川だけじゃないよ」

　律の涼やかな声に恵茉が顔を上げると、蛍の光に照らされたいつもの狐面《きつねめん》があった。

　恵茉には律の顔は見えない。

　けれど、きっと律は微笑《ほほえ》んでいる。

　恵茉にはそう思えた。

　そして、律が笑っていると思うと、恵茉の心にも小さく優しい光が灯った。

心がほかほかする。

なのに、少し切ない。

この気持ちはなんだろう。

名前のつかないこの感情に、恵茉は落ち着かない気持ちになる。

けれど、嫌ではなかった。

「律さん、わたしからも、実はお渡ししたいものがあるんです」

恵茉はおずおずと自分の手首に巻いていたブレスレットを外した。

「五十鈴さんに教えていただき作りました。この黒に白い線の入った石はオニキスという名前で、身を守ってくれる力があると聞きました」

「これを？　ぼくに？」

さっき、ブレスレットを作るために五十鈴に見せてもらった材料の中に、この石があった。一目で律の石だと思い、彼を想《おも》いブレスレットを作ったのだ。

律が倒れたとき、心配だった。律が危険な目に遭わないように。気休めかもしれないけれど、恵茉もなにか役に立ちたかった。

「……嬉《うれ》しいな。恵茉さんがぼくの手につけてくれる？」

「はい！」

受け取ってもらえると思い喜んで返事をしたものの、いざ、律の手首に巻くとなると。

（緊張する。汗が出る。律さんの手首、ごつごつしてる）

頭から湯気を出しながらも、恵茉はなんとか律の手にブレスレットをつけた。

「ありがとう。大切にするよ」

「あっ、ええと……。恐縮です」

「やっぱり、ていねいだ」

恵茉の返事に律が楽し気に笑う。

律が再び恵茉の手を取った。

律が恵茉の手を引き歩き出すと、蛍も一緒に動いた。優しい光に守られながら、恵茉は律とともにゆっくりと主屋に戻っていった。


翌日の夜、恵茉が律と「みその」へと行くと、千登世と賢太だけでなく約束どおり智彦がいた。

店に入るなり、恵茉は賢太と視線が重なる。賢太は恵茉に向かい、肘を張った左右の手に拳を作り、その腕を二回上下させた。

「小島さん、賢太が『がんばって』だって」

智彦の声に、恵茉が覚えたての『ありがとう』を返す。そんな和やかなやり取りに、この店の店主で絵の依頼主でもある千登世が割り込んできた。

「ちょっと、ストップ。賢太も智彦さんもなんなの？　わたし、小島さんがこの店に来るのを許してないんだけれど。……え？　『ぼくが呼んだ』。賢太、どうして？」

千登世と賢太が話す中、恵茉は千登世を見つめた。

まっすぐな髪に、意志の強そうな眉。たしかに目は猫目だけれど、その瞳には眉同様に強い意志があった。

(美可子ちゃんとは全然違う)

千登世は千登世だ。千登世と賢太の話が終わったのを見計らい、恵茉は口を開く。

「御園さん、先日は失礼いたしました」

恵茉はしっかりと視線を千登世に向けた。

「いきなり。なによ」

「わたし自身の問題で、御園さんにも賢太君にも不快な思いをさせてしまいました。御園さんがわたしを信用ならないとお思いになるのはあたりまえで、弁解はできないのですが、もう一度チャンスをいただけないかと思い、厚かましくもお邪魔させていただきました」

恵茉はぺこりと頭を下げる。人から信頼を得るのは難しい。でも、諦めてしまったらそこでお終《しま》いだし、恵茉を応援してくれる賢太や智彦、そして律にも申し訳ない。

千登世が、うーんと唸《うな》る。

「親として、ここであなたを追い出したら、賢太に対する教育といった意味でよくないものね。でも、あなたも言うとおり、チャンスは一度だけよ。また、妙な態度をとったら、即退場だから。それでもいいなら、どうぞ」

恵茉は千登世に礼を言うと、千登世たち家族に続いて二階の絵のある部屋へと向かった。

千登世が部屋を開けると、前回よりも濃く線香の匂いを感じた。智彦がしきりに「どういった仕組みなんだ？」と首を傾《かし》げる。

律が絵を前に話し始めた。律の話を智彦が賢太に伝えだす。

「昨日、御園様からお電話をいただき、絵の作者は店の常連客でもあった日本画家だと教えていただきました。ご本人様は残念ながらお亡くなりになっていましたが、娘さんが世田谷《せたがや》区にお住まいだったので、お話を伺って参りました」

それに智彦が反応する。

「よくご夫婦でうちの菓子を買いにきてくれたよなぁ。千登世は、知らなかったのか」

「そうなの。わたし、知らなくて。たまたまいらした常連さんに教えていただいたの」

「そうか、あの頃千登世は、まだちびだったもんな」

話を聞くと、二人は遠縁で年齢は一回り近く離れていた。智彦は、中学校に上がる前に千登世の家に引き取られたそうだ。

「俺がこの家に来たときは、もう店には飾られていたからな。少なくとも絵をいただいたのは三十年以上前なんだろうな」

「よく覚えているわね」

「まぁね」

千登世が智彦から律に視線を動かす。

「ところで、これはなんの花なの？」

「この花は――」

「千登世、おまえ、それも知らなかったのか？　牡丹《ぼたん》と萩《はぎ》じゃないか」

律の言葉を遮り、智彦が呆《あき》れたように首を振る。賢太が絵に近づき花を指をさす。

「『どっちが、どっちか』って？　大きな花が牡丹で、小さな花がたくさんついているのが萩だろ」

賢太がなにか閃《ひらめ》いたかのように顔を明るくし、千登世に向かい話し出す。

「『おはぎ』？『ぼた餅とおはぎ』。あぁ、この絵に縁《ゆかり》がある菓子は、おはぎだって意味？　だったらこの匂いを止めるには、おはぎを供えればいいの？」

「そうですね。有力な候補だとぼくも思います」

「でも変ね。うちではおはぎを一年中売っているの。特別なものじゃないわ。それなのに、突然お線香の匂いまでさせて、もっとくれと言いだしたわけ？　食いしん坊な絵ね。まぁいいわ、『みその』のおはぎをわたしが作って供えてみる。それでお祓《はら》いはＯＫなのね？」

千登世がやれやれといった表情をした。

「御園様、お祓いは、わたしどもの画廊で行います」

「はっ？　おはぎなんでしょう？　わたしが作って供えるわよ」

千登世の声が険しくなる。恵茉は、はらはらとした。

「御園様では、お祓いが十分に行えないと思います」

律が落ち着いた声で説明をする。

「ふーん。だったら、おはぎだけ作ってあなたに渡せばいいの？」

「いえ。菓子もこちらで作ります」

「あなたのところで？　誰が？」

千登世が律に食ってかかる。

どうしよう。律はきっと恵茉の名を出さない。

でも、それでは千登世の気が収まらないだろう。

千登世は、どこの誰が作るのか、この目で見たいし知りたいのだ。

「菓子は、わたしが作らせていただきます」

恵茉は口を真一文字に結び、千登世を見た。結んだ口の中で、歯がガチガチと震える。

千登世は目を丸くしたあと、今度は恵茉に詰め寄った。

「あなたが作る、ですって？　笑わせないで。第一、あなた菓子職人なの？　まだ学生よね？　それに、わたしよりもあなたが優れているとでもいうわけ？」

千登世は怒っている。眉が上がり、目はますますつり上がっている。

――「その面の下にある心を根こそぎ読み取ってやる、暴いてやるくらいの気持ちで見返してやれ」

心だ。顔じゃない。

千登世の言葉には勢いがある。恵茉をばかにしようといった気持ちもあるだろう。

けれど、本心はそこではない。

彼女の心の奥底にあるのは――誇りだ。

千登世は菓子職人として誇りを持っている。両親の馴染《なじ》みの客が描いた絵に供える菓子を作りたいと思うのは、あたりまえの感情だ。

だったら、恵茉も恵茉のあたりまえで向かおう。

菓子が待っているのは千登世が作る菓子ではない。恵茉が作る菓子だ。

「わたしは、お祓い用の菓子を作る職人です」

自分にしかできない、これは恵茉の仕事だった。

千登世がぐっと黙る。

「そうなのね。それでも、まずわたしは、自分で試したいわ」

律が恵茉の前に出る。

「承知いたしました。それでは、結果を兼ねたご連絡をお待ちしています」

「わかったわ」

千登世がぷいとそっぽを向いた。

「みその」を出て五歩も歩かぬうちに、恵茉は緊張の糸が解けたようにへなへなとしゃがみ込みそうになった。その体を律が支える。律はちょうど来たタクシーを手際よくつかまえると、恵茉を抱えるように乗り込んだ。

律が行き先を告げる。タクシーが動き出したとき、恵茉の膝の上でビニール袋がカサリと音を立てた。袋には、「みその」のこし餡《あん》とつぶ餡のおはぎが入った箱が入っている。

「すみません。絵を預けていただけませんでした」

「謝る必要なんてないよ。千登世さんの言動は想定内だ」

タクシーが信号で停《と》まる。目の前の横断歩道を、年配の男性と若夫婦に孫といった四人連れが渡っていく。

「でももし、あの場にいたのが祖父であれば、千登世さんは絵を預けたのではないでしょうか？」

「松造《しょうぞう》さんだろうが、日本一の和菓子職人が来て説得しようが、彼女はあの絵をぼくたちには渡さなかったよ。まだね」

まだ？　それはどういう意味だろう。

「でも、千登世さんはお線香の匂いで困っているはずですが……」

「彼女の悩みは線香の匂いだけじゃない。しかも、匂いについていえば、恵茉さんもわかっただろうけれど、二階の和室にあの絵がある限り、今のところ菓子に影響はない」

つまり、千登世の悩みとは――。

「智彦さんですか？」

「そうだ。彼女のもう一つの悩みは智彦さんだ。そして、あの絵は智彦さんを『みその』に呼ぶために必要なんだ」

思い返すと、初めて「みその」で話を聞いたときも、あの絵のためなら智彦は力になってくれるかもしれないと千登世は話していた。

「律さんは、いつから気づいていたんですか？」

律が考え込むように、顎に拳を置く。

「初めて伺ったときからだな。千登世さんは一刻も早く絵のお祓いをこの場でしてほしいと言った。匂いで困っているとも言った。しかし、絵に縁《ゆかり》のある菓子を供えると話したあたりから、態度が鈍くなっていった」

「そうでした。わたし、違和感があったんです。最初はとても困っているようだったのに、そのトーンが段々とおとなしくなっていって」

「キーパーソンは智彦さんだ。千登世さんは、あの絵と智彦さんの間になにかあると知っているのだろう。絵を介して、再び智彦さんにあの店に関わってほしいと期待している」

千登世と智彦は別居中で、智彦は蜂蜜専門店で働いている。それがいつまでなのかわからないけれど、母と父の間を行き来している賢太の気持ちを思うと気の毒になる。

「遠回りに思えても、必要なプロセスがあるものだよ」

信号が変わり、タクシーが走り出す。恵茉は律の言葉の意味を、移りゆく夜の代官山の街を見ながら考えた。


恵茉はその晩から、持ち帰った「みその」のおはぎの餡を真似《まね》るように、小豆を煮た。

「みその」の餡は、つぶ餡もこし餡もさらりとしたあっさり気味の餡だった。特にこし餡は口に入れた瞬間消えてしまうかのような口溶けが特徴だ。おはぎの大きさも小ぶりなので、一人で二個はぺろりといけそうだ。

まずはつぶ餡を炊いた。千登世から作り方は聞けなかったので、味や舌触りなどを近づけるために、試行錯誤した。

三日目にようやく近い味になったが、千登世からの連絡はまだ来ない。

つぶ餡の味が決まったので、次に恵茉はこし餡を作り始めた。作る過程で出た皮を使った、あずきちゃんお待ちかねのザクザククッキーも焼いた。

「あずきちゃん百枚で、律様は一枚ね」

以前、餡を炊いたときに、あずきちゃんのためにお皿に用意した餡を律が食べてしまったのを、彼女は根に持っているようだ。

「ザクザククッキーは、全部で二十枚しかないの。だから、あずきちゃん十七枚で、律さんと五十鈴さんと波留田さんにも一枚あげてもいい？」

「波留田って、律様の友だちの派手な金の子だよね」

「そうよ、髪が金髪の人。あずきちゃんって、なんでも知ってるのね」

「恵茉、わからないことがあれば、あずきちゃんになんでも聞いて」

えっへんとあずきちゃんが胸を張る。頼もしい。

恵茉は紅茶を淹《い》れた。そして、あずきちゃんがもぐもぐとクッキーを頬張る姿に目を細めつつ、「みその」の絵について考えた。

あの絵が待つのは、本当におはぎなのだろうか。

菓子だけがぽつんとあり、人の気配がないことに恵茉は不安になる。

絵のＳＯＳは続いているのに、恵茉には手出しができない。ひたすら「みその」の餡に近い餡を炊くだけ。それも、とても大事だとは思うのだけれど。

そういえば「みその」のおはぎは、小豆餡だけだ。

椅子から下りた恵茉は、目当ての材料を確認する。

「あずきちゃん、お芋好き？」

「大好き！」

かわいい返事に気をよくした恵茉は、芋餡を作り、それでおはぎを作った。

祖父は、小豆だけじゃなく芋やカボチャ、ずんだでも餡を作りおはぎを作った。おはぎといってもいろいろあるのだ。家庭によっては、きな粉やごまといった材料を使って作ることもあるだろうし、大きさだって自由である。

恵茉は山ほどの芋餡のおはぎをあずきちゃんのもとに置き、悩んだ末、智彦のいる蜂蜜専門店へと向かった。

山小屋風の店のドアを開けると、レジカウンターの椅子に智彦と賢太が座っているのが見える。恵茉がぺこりと頭を下げると、二人とも「やぁ」と手を上げてきた。

「今日はどうしたの？　また、蜂蜜を試食していく？」

「こんにちは、今日は差し入れにきました」

恵茉がカウンターに近づくと、小さな音で、聞きなれたブラスバンドによる応援歌が聞こえてくる。

「そりゃ、嬉《うれ》しいな。お客様もいないんで暇でさ。高校野球を見ていたんだ」

智彦がレジ下に置いた小さなテレビの電源を切ると、店内は静かになった。

恵茉は持って来たおはぎを二人に渡した。

「芋餡のおはぎです」

「へぇ、芋のおはぎかぁ。素朴でいいね。ありがとう。冷えた水出し煎茶があるから、小島さん、飲んでいきなよ」

智彦が手際よく準備する中で、賢太は恵茉が作ったおはぎを珍しそうな顔で見ていた。

カウンターの上に、冷茶とおはぎが並べられる。賢太が待ってましたとばかりに、おはぎを食べた。とたん、賢太が右手で頬を軽く二回たたく。

「『うまい』ってさ。和菓子屋の息子にうまいって言わせるなら、たいしたもんだ」

智彦が恵茉のおはぎを食べ、ふんふんと頷《うなず》く。

「意外、といってはなんだけど。小島さんはちゃんと菓子を作れるんだね」

「意外ですか？」

「いや、ほら。なんか見た目ふわふわしているから、星形のクッキーをトースターで焼くような、そんな感じかなって」

「……凄《すご》いです」

「はっ？」

「当たってます」

「へっ？」

「さっき、トースターでザクザククッキーを焼きました」

少ない枚数だからオーブンではなく、五十鈴に断り台所のトースターで焼いたのだ。

「あぁ……そうか。まぁ、うまいよね。ザクザククッキー」

「こし餡を作るときに出た皮を入れたんです」

「あれは悩ましいよね。ん？『ぼくもクッキーが食べたい』って」

「今度、作ったらお持ちしますね」

『待ってる』って」

「それは、嬉しいです」

あずきちゃんに続き恵茉の菓子を待ってくれるのは、二人目だ。

自分の菓子を楽しみにしてくれる人がいるのは、単純に嬉しい。

智彦が空になった恵茉のグラスに茶を注ぐ。

「小島さんって、まだ学生だよね？　菓子っていつから作っているの？」

「祖父が菓子職人だったんです。だから、小学校に上がる前から手伝いをしていました」

「はっ？　ご両親は？」

恵茉が首を横に振ると「俺よりも、大変だったんだな」と智彦がつぶやくように言った。

「この蜂蜜専門店の店主は、俺の中学校の先輩なんだ。面倒見がいい人でさ。この店は軽井沢《かるいざわ》にも支店があってね。梅雨明け頃から毎年あっちに行くんだ。その間はこの店はクローズ。でも今年は、物価の上昇に伴い経営努力が必要だって名目で、中年になった後輩の家出先を確保してくれたわけ」

智彦がふっと笑う。

「先輩と俺は、家が近いこともあって、ずっと先輩後輩の間柄だ。こういった上下関係ってさ、一度できると崩すのは難しいよね。先輩にとっては、このさき俺が五十歳になっても八十歳になっても、きっと頼りないひ弱な後輩に思えるんだろうなって思う。よほどのことがないと、この関係は崩れないんだろうなって思うよ」

智彦の話が恵茉には見えない。たぶん、彼が話していることの裏を読まなくてはならないのだろうけれど、恵茉にはその力がない。

智彦の話が終わると、今度は賢太が恵茉に話し出した。賢太は恵茉に話しながら、繰り返し鼻を摘まんだ。その賢太の言葉を、その場で智彦が恵茉に伝える。

「『みその』の絵の線香臭さが日に日に強まっているらしい。千登世はむきになって、おはぎ以外にも菓子を作っては置いているそうだ。……そろそろ、諦めさせないとな」

――「キーパーソンは智彦さんだ」

律の言葉が恵茉の背中を押す。

「あの絵が求めるお菓子を、ご存じなのではないですか？」

「………」

「絵が求めるお菓子は、本当に『みその』のおはぎでいいのでしょうか？」

恵茉の急き立《せ》てるような声と、カランと鳴るカウベルが重なる。

年配の三人の女性客が入って来たので、恵茉はカウンターから離れ店の隅へ行った。すると、そばに来た賢太に、とんとんと腕をたたかれた。

賢太が人差し指で外を差す。恵茉は賢太に引っ張られるままに店を出た。

路地に賢太がしゃがんだ。彼は店の階段の下に隠すように置いてあった箱から白いチョークを二本摑《つか》むと、一本を恵茉に渡してきた。道路に絵でも描くのかと、恵茉が賢太の向かいにしゃがむと、彼はそこに平仮名で「けんた」と書いた。

賢太が顔を見上げ恵茉を指したので、恵茉も同じように自分の名前、「えま」と書いた。

賢太が「えま」の文字を指したあと、恵茉を指したので頷く。

賢太は恵茉をまっすぐに見ると、自分の名の「け」を指し、手のひらを向けてきた。親指以外の四本の指は立ち、揃っている。そして「ん」を指し、人差し指を宙でさっと動かし、最後に親指を立てた。どうやら、それが彼の名前を表すようなのだ。

次に賢太は同じように「え」と「ま」を表した。恵茉は賢太を真似ているつもりだけれど、彼はなんども恵茉の指の動きに首を傾《かし》げる。なにかが違うようだ。

しばらくすると、蜂蜜専門店から店の名の入った袋を提げた三人の女性客が出てきた。

智彦が店から顔を出すと、賢太が走って戻っていく。智彦が恵茉を呼ぶ。

「小島さん、白餡《しろあん》を作れるか？　白餡のおはぎだ。簡単に作り方を書いた」

智彦がメモを恵茉に渡してきた。

「今日の差し入れのお礼だよ」

そして、智彦はいつかの賢太のように、両肘を張り『がんばれ』と恵茉に言った。

秋芳家に帰ってきた恵茉は、ポストに入っていた手紙を取った。律あての手紙だ。律が不在だったため恵茉は手紙を五十鈴に預け、そのまま厨房《ちゅうぼう》へ行った。

冷蔵庫に、帰りがけに買った青じそを入れる。

「智彦さんのおはぎは、白餡のおはぎ、か」

半つきにしたもち米とうるち米に、刻んだ青じそと柚子蜂蜜を交ぜる。そして、丸めたものを白餡で包んで完成だ。材料は幸いにも、青じそ以外は厨房にあった。

しかし、恵茉もこんなおはぎを作るのは初めてだ。

白餡のおはぎと智彦と絵には、どういった繋《つな》がりがあるのだろう。

そんなことを考えながら、恵茉は手亡豆を水につけた。すぐに調理できる小豆と違い、手亡豆は半日から一日ほど水につける必要があるのだ。

ショキショキと豆を洗うような音がした。

「あずきちゃんが手伝えば、短い時間で作れるよ」

ふわりとあずきちゃんが恵茉の前に現れる。

「そうなの？　でも、どうしようかな。手順を踏んで作りたい気持ちもあるし、とりあえず最初から最後まで作ってしまいたい気持ちもあるけど……」

恵茉は迷った挙句、半分だけお願いすることにした。

二つに分けたその一つに、あずきちゃんが小さな手を入れる。すると、恵茉の目の前で、手亡豆が少しずつ水を吸っていく様子がわかった。まるで、映像を早送りしているみたいだ。思わず恵茉は拍手をしてしまう。

白餡のおはぎと、「みその」のこし餡とつぶ餡のおはぎ。いずれかが正解だといい。

でも、もしどれもが違ったら。もし、絵が求める菓子が作れなかったら？

また、律が絵を消さなくてはいけない。

絵が歪《ゆが》み、鏡に吸い込まれ……。あんなに悲しい最期は嫌だ。

あの日の鮮烈な光景を、恵茉は忘れることができない。

手亡豆の入ったボウルに手を入れていたあずきちゃんが、「もう！」と怒り出す。

「また律様、来た！　恵茉が厨房にいるときは、律様が来ないような決まりを作って！」

あずきちゃんは、濡《ぬ》れた手のまま、ぷんすかしながら消えていった。

勢いよくガラス戸が開く。

「恵茉さん、『みその』から連絡が来た。いよいよ絵が来るぞ。その前に、ぼくたちはもう一度『みその』に行き、千登世さんの話を聞こうじゃないか」

律のその声はどこか楽しげだった。

千登世は見るからに疲弊し、ピリピリとしていた。顔色は悪く、目の下にはクマがある。眉間には皺《しわ》が寄り、恵茉だけでなく律に向ける視線も厳しい。

絵は二階にあるのだろうが、店にまでその匂いがわずかにしていた。今日はよかったとしても、明日や明後日《あさって》はどうだろう。

恵茉は、千登世がギブアップした理由がわかってしまい、気の毒になる。

賢太が千登世の険しい顔を真似《まね》、眉間に皺を寄せると、千登世は余計に不機嫌になった。賢太の丸い頬を、千登世がむにっと両手で摑むと、賢太も片足で千登世を蹴りだした。コノヤローと千登世が賢太を羽交い絞めにしようとすると、賢太は母親の腕からするりと逃げた。

「もう、本当に。うちの男子の腹の立つことったら！　夫も来るって言っていたんですけれど、来やしない。待つのもばかばかしいから、話を始めるわね」

千登世が勢いよく恵茉を指す。

「小島さん。あなたがおはぎを作るのよね。作れるのよね？」

「はい」

「はい、じゃないわよ！　あなたって、なんか頼りないのよ。顔？　下がり目？　ふわふわ髪？」

千登世がバサリと斬ってくる。そんなに自分は頼りなく見えるのかと、ガクリとするが、それでも恵茉は「みその」のおはぎを食べ、自分なりに作ったレシピを千登世に渡した。

それを見始めた千登世の動きが一瞬止まる。

「びっくり。合っているとはいえないけれど。意外、あなた、菓子を作る人なんだ」

「意外ですか……」

さすが夫婦だ。千登世は恵茉に対して、智彦と同じような表現をしてくる。

賢太が千登世に向かい話し出す。

『小島さんが作った、さつま芋のおはぎをお父さんと食べたらおいしかった』ふーん。『友だち』？　なに、賢太、あなたこの人と友だちになったの？『小島さんの名前は、えま』まぁ、そう。……楽しそうでいいこと」

千登世がなんども両手のひらを合わせて握る。友だち、という意味らしい。

律がコホンと咳払《せきばら》いをする。

「御園様、おはぎは小島の作り方でよろしいですか？　それとも、レシピをいただけますか？」

千登世が白い上着のポケットから出した紙を、律に渡す。

「いただいたレシピは、今回のお祓《はら》い以外での使用はいたしません」

「別にいいわよ。どんなにがんばっても、うちと同じようにはできやしない。わたしにはそれだけの自信があるもの」

千登世の姿を、恵茉は眩《まぶ》しく思う。

律が口を開く。

「小島が智彦様から、白餡で作るおはぎのレシピをいただきました。他にもお心当たりのお菓子があれば、ぜひ教えていただきたいのですが」

千登世の顔色がさっと変わる。

「白餡のおはぎ。彼もやっぱりわかっていたのね。わたしも、その菓子以外に心当たりはなかった。そっか。あの人、もう菓子作りをする気も、この店に戻る気もないんだわ」

「……そんな。どうしてですか？　みなさん、仲良しじゃないですか」

たまらず恵茉が口を挟むと、千登世が初めて恵茉に柔らかな視線を向けてきた。

「小島さん、優しいね。賢太や智彦さんが推すくらいだから、いい子だってわかっていたけど」

千登世が絵の飾ってあった壁に視線を留める。

「いい子を前に、嫌な大人のわがまま話なんて格好悪いけど。わたしが絵をあなたたちに渡さなかったのは、あなたたちに任せたくないからって理由だけじゃなかったの。わたしは、夫を待っていた」

いつも威勢のいい千登世の声が沈んでいる。

「夫と絵と白餡のおはぎの関係は正直わからない。でも、夫が時々あの絵を眺めているのをわたしは昔から知っていた。そして、我が家でこの時季に食べる特別な菓子といったら、夫が作る白餡のおはぎ以外ないと思った。白餡のおはぎは、彼がこの家に引き取られて暮らすようになってから、作るようになったそうよ。初めはお盆の頃だったけれど、その時季は店も忙しいから、その前、ちょうど毎年の今頃に作るようになったって聞いたことがある。でも、夫がそもそもどういった事情で作り始めたのか、あのおはぎを誰から教えてもらったのか。どんな意味があるのかも、わたしは知らない……。店に飾ってあったあの絵同様に、あまりにあたりまえのことだったから、深く考えたことはないのよ。ただ、今回、絵があんなことになって。絵の縁《ゆかり》の菓子をお供えするって話になった」

千登世はそこで大きく深呼吸をした。

「わたし、期待していたの。あの絵のために、夫が白餡のおはぎを作りにここに来るんじゃないかって。白餡のおはぎがきっかけとなって、そのまま店に戻ってくれるかもしれないって。だから、わざと白餡以外の菓子を作り、失敗し続けた。ギリギリまで粘った。けれど、わたしの負けだわ。夫は帰ってこないし、お線香の匂いはひどくなる一方」

智彦と千登世は一回り近く年が離れている。智彦の少年時代について、千登世が知らないことが多いのは仕方がないのだろう。

「彼は白い餡のおはぎを、わたしにも作らせなかった。それを、他人である小島さんに任せることにした。わたしは、あなた以下なのよ。それが答えだわ」

千登世の智彦への想《おも》いが痛いほど伝わってくる。

「彼がこの家にいたのは、生きるため。子どもだった彼はわたしの父を師匠として仰ぎ、ここで菓子を作るしかなかった。挙句の果てに店だけでなく、師匠の娘まで押し付けられて。小さな和菓子屋で、彼はがんじがらめの生活だったのよ」

――「よほどのことがないと、この関係は崩れないんだろうなって思うよ」

智彦が中学校の先輩と後輩の話をする中で出てきたあの言葉。あれは、もしかして？

「なにか理由があると思います。うまく言えないですけれど、ちゃんと理由が――」

「あなたになにがわかるの？ 夫はこの店から逃げた。菓子作りから、そしてわたしから逃げたのよ！ もし好きなら、どんな形でもいいからその仕事の近くに、その人のそばにいたいとそう思うでしょう？ そうじゃない？」

千登世が恵茉に食って掛かると「千登世！ よせっ」と、声がかかる。

店の入口には、智彦がいた。智彦が大きめのリュックサックを床へと置いた。

「なんの騒ぎだ。あの絵はお任せしたんだろうな」

「あなた、なによ、今頃来て」

「団体客が来たから遅れるって、賢太には伝えたけど」

賢太が明後日の方向を向いている。

「こいつ、言わなかったな」

智彦の脇をすり抜け賢太が逃げる。

「まったく、逃げ足が速いな」

「あなたに似たんでしょう」

「なんだそりゃ」

智彦が千登世を軽く流し、菓子のショーケースを覗《のぞ》いた。

「今日も上生菓子、売り切ったな。お疲れさん」

「……どうも」

「一か月弱か。どうだ、一人でやってみて」

「大変よ。毎日がてんやわんやで。上生菓子にしても、今まで手分けして作ってたのに、それを一人でなんて」

「でも、一人でもできただろう？」

智彦と千登世が見つめ合う。

「できたわ」

「その言葉が、聞きたかった」

智彦が大きなリュックサックを持ち上げる。

「見てのとおり、あっちの荷物を纏《まと》めてきた。店番は八月いっぱい引き受けているから続けるけれど、今日からここでまた一緒に暮らすよ」

「はっ？　どういうこと？」

「ここ二、三年考えていたんだ。菓子をメインで作るのは千登世が向いているって。俺たちは年が離れていて、立場上ぼくが兄弟子だ。千登世は口が悪いけれど、気遣い屋だ。そのせいで、俺に遠慮して自分の力を出せないのではないかと、セーブしているのではないかと思っていた。千登世の仕事は繊細で芸術的だ。きみがメインで菓子を作るべきなんだ」

「なに言ってるの？　あなたはどうするの？　もう菓子作りはしないってこと？」

「俺は、そういった菓子の製作よりも、素材選びをしたり、材料同士の相性や組み合わせを試したり、餡《あん》を炊いたり。そういったことが好きなんだ」

「……そうだったの？」

「俺はこの店からも、千登世や賢太からも逃げないよ。ようやく手に入れた自分の家族だ。簡単に手放してたまるか」

賢太が両手の指でハートマークを作って両親をひやかした。

頃合いを見計らうように、絵の搬出について律が話し出す。

「絵は本日中に運送業者が取りに伺います。よろしくお願いします。そして、お伝えするのが遅くなりましたが、あの萩《はぎ》と牡丹《ぼたん》の絵にはタイトルがあります。『縁《えにし》』です。あちらとこちらを繋《つな》ぐときに食べる菓子といった意味で描かれたそうですよ」

日本画家の娘さんから聞いたと、律は穏やかに言った。

翌日、恵茉は律とともに「みその」から運ばれた「縁」の前に白餡のおはぎを置いた。

青じそに柚子《ゆず》。智彦のおはぎは、香り豊かだ。

強い香りは邪気を払う。そんな話を祖父から聞いたことがある。

「縁」が見せる絵の記憶とは、どんなものだろう。

恵茉の目の前で「縁」から生まれた光の粒が、白餡のおはぎへと注ぎだす。線香の匂いも消えた。律が恵茉の手を握る。二人にも注ぎだした光が最大限まで広がると、一瞬の闇が訪れた。

そして——恵茉は律とともに「みその」の店内にいた。

店には客が三人いて、千登世によく似た男性が一人で対応をしている。おそらく彼女の父親だ。店の奥からは赤ちゃんの泣き声がした。あれは、千登世かもしれない。

カラカラカラと音を立て店の戸が開く。年配の女性と髪の毛を短く刈った少年の二人が店に入ってきた。女性が店のカウンターに立つ千登世の父に頭を下げた。少年は小学校高学年といった風貌だったけれど、その曇りのない眼差《まなざ》しは驚くほど賢太に似ていた。

年配の女性が店に飾ってある「縁」に気がつき、少年の肩をたたく。

『智彦、牡丹と萩だわ。いい絵ね』

女性の声を無視するように、智彦がプイと横を向く。

『春は牡丹、秋は萩』

小さく歌うように女性が話す。

『智彦、御園さんの家でかわいがってもらうのよ』

智彦が無言で首を横に振る。

『わたしはね、これから遠くの病院に入院するの。だから、智彦の面倒はみれないの』

『俺、ばあちゃんのそばにいたい』

女性は店に置かれた椅子に腰かけた。

『そんなこと言ってもらえるなんて、おばあちゃん冥利に尽きるわね』

女性が優しく笑う。

『智彦、あなたは愛情深い子よ。お父さんとお母さんが亡くなってうちにきて三年。悲しいはずのあなたに、わたしのほうが元気づけられた。あなたのおかげで、毎日明るい気持ちで楽しく過ごせたわ。今度はその愛情をこの御園さんご家族に向けてちょうだい。たとえば――』

女性が手を耳にあてる。智彦も女性の真似《まね》をする。

すると、さっきよりも勢いよく千登世の泣き声が聞こえてきた。

『わたしより、あの子にこそ誰かが必要だと思わない？　抱っこして、いないいないばぁをして。そして、大きくなったら一緒にお散歩をして、智彦が得意なお菓子を作ってあげるのもいいわね』

『俺、ばあちゃんから教えてもらったおはぎ、白いおはぎ、うまく作れる』

『わたしが作る白い餡《あん》のおはぎね。あれには、悪いものから守ってくれるものがたくさん入っているの。わたしは、智彦の幸せを願い、あのおはぎを作ったわ』

女性の目に涙が滲《にじ》む。

『俺、あの赤ちゃんに、俺が作ったおはぎを作ってあげる。そうしたらあの子を守れるかな。あの子、泣き止《や》むかな』

女性が智彦の手を取る。

『ええ、きっとあの子は、あなたが作ったおはぎが大好きになるでしょうね』

女性の言葉に、智彦は少し誇らしげな顔つきをした。

恵茉と律の目の前には、なんの香りもしない一枚の絵があった。

智彦は千登世のためにあのおはぎを作っていたのだ。

これを、千登世が知らないのは、なんとなくむずむずとしてしまうが。

「いい夫婦だな、御園さん」

「……はい」

「ぼくたちも、あんな夫婦になれたらいいね」

恵茉は頷《うなず》くことも、首を横に振ることもできず俯《うつむ》いてしまう。

婚約だとか結婚だとかとんでもないと思っていた。けれど、律と過ごすうちに、それを受け入れようといった思いが自分の心に芽生えていることに、恵茉は気づいてしまった。

※※※

朝食を終えた恵茉は、主屋の裏口から画廊にかけての草木への水やりを始めた。

秋芳家の庭は広く、実のところまだ全部は見ていない。だから、探索も兼ねてやってみたいと五十鈴に申し出たのだ。

恵茉がホースの蛇口を捻《ひね》ると、ノズルから霧雨《きりさめ》のような細かな水が出てきた。

朝の光に水の粒がキラキラと光り、緑と土の匂いがむっと濃くなる。

(初めてこの家に来た日を思い出すな)

恵茉がこの家の門を入ると雨が降りだし、雨粒に朝の日差しが光っていた。あの日から、もうどれくらい経《た》っただろう。

ふと、細かな水しぶきの向こうに、主屋の裏口から出てきた律と波留田の姿が見えた。

波留田は、八月末に代官山画廊で開かれる展示会に出す作品の仕上げのため、十日ほど前から画廊の二階に籠り木版画の制作をしている。

彼は秋芳家に来た翌日から「すごいインスピレーションが湧いてきた！」と、仕上げるはずの作品そっちのけで、新作の木版画に取り組み始めたのだ。

主屋に来て食事をする時間もないと言い出し、律からの頼みで五十鈴によるおにぎりやサンドイッチといった簡単に食べられる食事の差し入れも始まった。

そして今朝、すっきりとした顔の波留田が主屋に現れ、律に絵を見てほしいと言ってきたのだ。後回しにしていた作品も仕上げたそうで、これで、展示会に出す絵はすべて完成したという。

波留田の作品はどんなものだろうか？

そんなことを考えながら水やりをしていた恵茉に律が気づき、手を振ってきた。

恵茉もおずおずと律に向かい手を振り返した。それだけのことなのに、心が弾んだ。

◇◇◇

秋芳律は、波留田和成《かずなり》とともに自身が経営する画廊の二階にいた。テーブルには波留田が作成した七枚の木版画が並べてあり、律はそのすべてにOKを出した。

「額装は間に合うのか？」

「井ノ口さんに無理言ってお願いしている。律の名前を出したら、二つ返事で引き受けてくれたよ」

「おまえな、勝手にぼくの名前を使うなよ」

「律だって、俺の絵がないと困るだろう」

「嫌な奴だな」

波留田が、にやっと笑う。

律と波留田は、同じ年の幼馴染《おさななじ》みで友人だ。画廊のオーナーと版画家といった関係になっても、それは変わらない。

さて、波留田の絵をどこに飾ろうか。入口から入って中央あたりか。それとも——。

「——っ、律」

「あ、ごめん。なに？」

「律さぁ、友だちを前にしておきながら違う世界にいく癖、どうにかなんない？　しかも、なにその物憂げな無駄にいい顔。女の子たちが『律君、素敵』なんて目をハートにしながら見ているときのおまえは、百パーセント絵のことを考えている。そんなんで、あのおとなしい嫁とうまくやっていけるのか。俺は不安でしょうがないよ」

「波留田、嫁呼びは禁止したはずだぞ」

波留田の言うところの嫁である小島松造の孫の恵茉が、秋芳の家に来て三週間余り。

恵茉は、繊細な菓子を作る割には大雑把だった松造とは逆で、彼女自身は繊細であるのに作る菓子には大らかさがあった。未熟さゆえの荒削りであるともいえるのだけれど、完成していないからこその伸びしろも感じ、それが眩《まぶ》しい。

もしかすると、とんでもない菓子職人に化けるのではないかといった期待があるが、それを阻むように巣くう彼女の心の傷の深さに、律は胸を痛める。

彼女の悲しみを知りつつ、なにもできない自分がもどかしい。人の心を前にして、自分は無力であると感じるしかない。

（心の傷を消す、消しゴムでもあればいいのに）

そんなものがあれば、律は迷わずそれを手に入れ恵茉のために使うだろう。

（いや、それは本当に彼女のためなのか？）

恵茉のためと言いつつ、実は悲しむ彼女を見たくない、自分のためかもしれないと思い直す。自分の考えに自信がなくなる。

恵茉と会ってから、律の心は揺れることが多い。

恵茉のためにと思い行動したことが裏目に出たり、恵茉がとった行動に動揺したり。

「律！」

波留田が律の肩を組んできた。

「あ、ごめん？」

「律。おまえ、色気がだだ漏れ。俺の絵を見て感激して、どこに飾ろうかとか考えてくれていたんだろう？　ほんとおまえって、絵のことばかり。俺はそんな律に慣れているけれど、あの子はどうかな？　ちゃんと、面倒をみないと出て行かれるぞ」

波留田に、おまえの絵ではなく恵茉について考えていたとは言い出しにくく、誤魔化すように咳《せき》をした。

「しっかりしろよ。律嫁はゆびさき宿りでもあるわけだから、出て行かれては困るよな」

「そうだな」

「デート、してるか？　たとえば、雰囲気のいい店に連れ出すとかさ」

「店か」

そういえば五十鈴にも「いつも家で食事ではなく、たまにはレストランにでも行かれたらどうですか？」と言われた。

たしかにこの付近、代官山をはじめとする恵比寿《えびす》、中目黒《なかめぐろ》にはうまい店が多い。

恵茉がこの家に来る前、律は一人でふらりとあちこち食事に行き、そのたびに「連絡してくださいまし」と、食事を作り待っている五十鈴に怒られた。

「釣った魚に餌はやらぬか。律って優しいけれど、どこか冷たいな」

「おまえが、ぼくと恵茉さんの仲を心配しているとは」

「俺、密《ひそ》かにあの子推しだよ。だって、律ってあの子といると楽《らく》そうじゃん」

「……そうか？」

律は顎に拳を置き考える。

「だって、あの子。律の顔を見てもなんの反応もないじゃん。男女問わず、あれだけおまえの顔に無関心な人に、俺は初めて会った」

「なんて答えていいのやら」

しかし、そう言われると、そうかもしれない。

恵茉との生活は、とても自然に始まった。律は恵茉に対して構えることもなく、彼女の行動について不快に思うこともない。

（むしろ、すべてが好ましい）

誰に対しても抱いたことのない、しかし言葉にするのが難しいこの感情は、律にとって初めてでもあった。

「今まで、山のように群がる女の子たちを徹底的に無視していた律が、あの子とどうなるのか。俺は興味津々だよ」

「趣味が悪いな」

にやけた波留田に律が顔を顰《しか》める。

「それに、あの子かわいそうじゃん。秋芳家にとってあの子、ゆびさき宿りは、道具だろ。せいぜい、律がいい夢見せてあげても罰はあたんないかなと思ってさ」

秋芳家にとって、ゆびさき宿りは道具。波留田の言うそれは事実だ。

ゆびさき宿りとは、命の契約だ。

その契約で、人は生き長らえ、秋芳家は菓子職人を手に入れる。

松造もそうだし、恵茉の父もそうだった。

けれど、律個人の感覚としては、松造に対しても恵茉に対しても、道具だなんて思ったことはない。

律にとって松造は、尊敬し頼りになる師匠のような存在だった。菓子をろくに知らない律に、松造は一から説明してくれた。

そして、恵茉は――。

恵茉は、相棒だ。年も下で見た目も儚《はかな》げだけれど、恵茉は頼りになる。

おそらく恵茉は、菓子のためなら困難な道でも突き進むだろう。

その姿勢は、律が絵に抱くものと似ている。好きな対象は違うけれど、それに対する向かい方が似ている。律は恵茉に、自分と同じ匂いを感じているのだ。

ただ、それは律の考えだ。そのときそのときの秋芳家の当主とゆびさき宿りの関係は、実にさまざまだと聞いている。

また、もともとが人の弱みにつけ込む契約でもあるため、過去には、もめたこともあったと聞く。そこに秋芳家とゆびさき宿りの、ほの暗い関係性も見えてくる。

しかし、恵茉は、そんな契約とは無縁だ。

彼女は契約なしに、ゆびさき宿りの力を持つ娘として生まれてしまった。

律は、生まれながらのゆびさき宿りに会うのは初めてだ。昔の文献をひも解くと、ゆびさき宿りの契約をした親族に稀《まれ》に現れるとあった。

生まれ持ってのゆびさき宿りが、どういった人生を送るのか、律も調べてはいるもののまだわかっていない。松造もそれを憂えていた。だから律も彼女を引き受けたのだ。

「恵茉さんの話はもういいだろう？」

これでおしまいとばかりに、話を切る。

(頼みの綱は、父か)

律の父も日本のあちこちを歩き、妖力を宿した絵についての情報を集める傍ら、ゆびさき宿りについても調べている。

律は、気持ちを波留田へと切り替えた。

「波留田、新作ってどれだ？　あのインスピレーション云々《うんぬん》の作品は」

「やっとそこに触れてくれましたか。いいのできたぜ。なんか、勝手に手が動くっていうの？　何枚か刷ったんだけれど、どれがいいか見てくれるか？」

波留田は得意げに、律を部屋の奥に置かれた作業用のテーブルへと誘った。

◇◇◇◇

水やりが終わった恵茉が長いホースを巻き始めると、足もとをトカゲがシュルリとすり抜けていった。

その尾の青く光るさまに、思わず恵茉は見とれた。

と、そのとき。

ドン！

大きな音が地面を揺らす。

（この感じ、覚えがある！）

音は画廊からだ。恵茉はホースを投げ出し、画廊へと走った。

四・ゆびさき宿りの娘と蘇る絵

恵茉《えま》が画廊に近づくと、音だけでなく鋭い光がなんども繰り返し窓から漏れてきた。

やはり雷だ。

入口から、波留田《はるた》が出てきた。そして、彼の背には――。

「律《りつ》さん!!」

「嫁、すまん」

「なにが起きたんですか？　律さんは大丈夫なんですか？」

波留田の背にいる律は、ぐったりとしている。

「律は大丈夫。いつものことだから……と言いたいけど、ごめん。今回は、かなりダメージが大きい。俺と律の前で、絵が妖力を宿し暴走を始めた。雷を落とし始めたんだ」

「……『雷桜《らいおう》』は消したのに？」

あのときの様子を恵茉は思い出す。

暴走が止まらない「雷桜」を律が鏡を使い消すと言った。律に絵を消させたくなかった恵茉は律が持つ鏡を奪い、結果「雷桜」は恵茉が構えた鏡に吸い込まれ消滅した。

「『雷桜』？　いや、暴走したのは俺の木版画だよ。この家に来てから取り組んだ新作で、十枚刷って律に見せたところ、雷を落としやがった。律が部屋半分に結界を張りなんとか画廊にあの絵を封じ込めたけれど、十枚だぞ？　どれくらいもつだろうか？」

律を背負いながら波留田が歩き出す。

波留田の木版画が、雷を？　しかも十枚……。

（消した絵と同じ雷の妖力を持つ絵？　まったく違う絵でも同じ妖力を宿すときがあるの？）

絵に宿る妖力について、もっと律に話を聞いておけばよかった。いつも、目の前の依頼だけで頭がいっぱいになり、終わったらほっとして、それ以上を知ろうとはしなかった。

波留田は主屋の律の部屋に彼を連れて行った。五十鈴《いすず》がてきぱきと動く部屋の隅で、恵茉はそんな様子を見ているしかない。

（わたしにできることは……）

ベッドに横になる律を案じつつ、恵茉は考えた。

恵茉は五十鈴に誘われ、波留田とともに食堂に来た。

「律様は大丈夫です。時間はかかるとは思いますが、これくらいでどうにかなる方ではございません。恵茉様、波留田様。どうぞ、冷たい飲み物をお飲みになってくださいませ」

五十鈴特製のレモネードを一口飲んだ恵茉は、いつものその味に心が落ち着いていくのを感じた。恵茉は向かいの席に座る波留田をすっと見た。

「波留田さん、妖力を宿した絵について教えてください」

「ＯＫ。紙に描くか？」

波留田は五十鈴からメモ用紙を貰《もら》うと、それに絵を描こうとした。

「あ、ダメです！　波留田さん、しばらくどこにも絵を描かないで」

「え？　あ……そうか」

ごめんと波留田が謝ってきた。

「面倒だと思うのですが、波留田さんが制作した版画を言葉で説明してください」

「わかった。一言で言えば、平野の桜かな」

「……桜は、三分咲きですか？」

「嫁、すごいな！　なんでわかるの？」

底知れない恐ろしさが恵茉を襲う。

「その絵が『雷桜』です。律さんとわたしで消した絵です」

「は？　俺がその絵を盗作したとでも言うのか？」

「違います！　でも、どうして波留田さんはその絵を描かれたのですか？」

恵茉の問いに波留田が憤る。

「だから、この家に来てから、インスピレーションがビビビときて。あれは、俺が見た景色で。……いや。いつ、どこで？　俺は早咲きの桜を描きたいと思ってまだ寒い中……違う！　そんなところに俺は行ってない！」

波留田が金色の髪をかきむしる。

「この記憶は俺なのか？　俺じゃないのか？　……あぁそうだ。俺は春が描きたかった。だから、寒い中咲く桜を探した……。あぁ、なんだよ！　これ、俺の記憶じゃないぞ」

波留田が自分で自分の頬を張る。右頬の赤いまま波留田が、恵茉へと身を乗り出す。

「なにが起きたんだ？」

「わかりません。ただ、波留田さんは、わたしたちが消した絵をあの画廊の二階で再現したのだと思います」

波留田がへなへなと椅子にもたれかかる。

「俺、絵の思念に操られたのか……。思い返すと、下絵も彫りも色も、迷いが一つもなかった」

「波留田さんのせいではありません。わたしが余計なことをしたせいで、あの絵を消しきれてなかったのだと思います」

恵茉が律から鏡を奪わなければ、こんなことにはならなかったのかもしれない。あれは律の仕事だった。それを恵茉が邪魔してしまったのだ。

しかし、波留田は恵茉の言葉など聞いていないかのように、手で顔を覆う。

「最悪だ。あぁ、よりによって版画。あぁ、最悪だ」

「どういう意味ですか？」

「版画は、版木《はんぎ》があればいくらでも刷れる。増え続ける」

波留田の声がかすれる。

「俺には、あの版画になにが起きているのかわからない。いずれにせよ、あの絵は俺の体を使って蘇った。それだけの思念のある絵だ。なにをするかわからない」

波留田は思いきり髪をかきむしると、決心したかのように顔を上げた。

「嫁、俺はこれから一旦家に戻り、家族の助けも借りて律の親父《おやじ》さんを捜す」

「律さんのお父様？　日本のあちこちに行かれているとお聞きしましたが」

「そうだ。どこにいるのかわからないけれど、なんとかする。じゃないと、律に申し訳ない。律の親父さんの天音《あまね》様は秋芳《しゅうほう》家の前当主だ。天音様ならどうにかしてくれるはずだ」

波留田はレモネードを一気に飲み干すと、勢いよく席を立った。

厨房《ちゅうぼう》で恵茉は、祖父のノートを広げていた。祖父が調べた雷の菓子が知りたいとページをめくるけれど、目が滑ってしまう。律が心配だった。いつもは陽気な波留田が落ち込むほど、そして律の父を探そうとするほど、ことは深刻なのではないかと思えた。

もし、律がこのまま……。ダメだ、そんなことを考えたら。でも……。

恵茉は首を横に振ると、再び視線をノートに向けた。

雷だ。雷の菓子。……あった!

恵茉が桜の菓子を調べる裏で、祖父は雷の菓子を調べていた。

ノートには菓子名とそのイラストや材料、作り方が祖父の字で書いてある。

「雷おこしに、雷神の人形焼き。エクレアに稲妻紋の落雁《らくがん》に琥珀《こはく》糖。宇都宮《うつのみや》や那須《なす》、久留米《くるめ》の雷関係の菓子。五島《ごとう》の民俗銘菓……。子どもの頃から食べているあのチョコレートまである」

これに、雷に関係のある地名や饅頭《まんじゅう》に上生菓子、さらに自由な発想で作られたケーキを加えると、雷に関係する菓子は数限りなくありそうだ。ここにある菓子が全滅だったのか、それともいくつかは試したのか。いや、試すなんてことはしないのだ。確信が持てない菓子を捧《ささ》げるなんてことは、祖父も律もしない。

祖父のノートのイラストを見ながら、恵茉はあれっと思う。その中の菓子の一つを最近、どこかで見たような気がするのだが。……どこだっけ? 思い出さなきゃと焦るほど、思い出せない。

この家に来てからだったはずだと恵茉が記憶を辿《たど》っていると、ショキショキと豆を洗うような音をさせながら、あずきちゃんがしょんぼりと現れた。

気のせいか、ツインテールの髪にもいつものような張りがない。

「あずきちゃん、どうしたの？　体の調子でも悪いの？」

律に続き、あずきちゃんまで具合が悪いとなると心配だ。

宙を飛んでいたあずきちゃんが、恵茉が広げたノートのそばに、ぽてっと降りた。

「律様が寝込んでいるの、あずきちゃんのせいだと思うの」

「あずきちゃんが？　どうして？」

まさか「雷桜」とあずきちゃんには、なにか関係が？

「この間、あずきちゃんひどいこと言ったでしょう？」

「？　そうだった？」

「あずきちゃんが、恵茉のお手伝いで手亡豆を戻していたとき。律様がいつもいいところで厨房に来ちゃうの、あずきちゃん嫌だったから『恵茉が厨房にいるときは、律様が来ないような決まりを作って！』って言った。だから、律様、ここに来れないように、ぐっすり眠ってしまったの？」

あずきちゃんは、涙目だ。

恵茉はあずきちゃんのそばに、両手のひらを揃《そろ》え置いた。

そこにあずきちゃんが、ちょんと乗る。恵茉は腕を自分の顔の近くまで上げた。

「律さんは、あずきちゃんのかわいい言葉でどうにかなるような人じゃないよ」

「ほんと?」

あずきちゃんがようやく笑顔になる。

「あずきちゃん、なにか食べたいのある? わたし、作るよ」

恵茉の手のひらから下りたあずきちゃんが、今度は恵茉の人差し指をくっつけ、星形にして遊びだす。

「あずきちゃんね、前食べたの、もう一回食べたい。オレンジにチョコレートがかかったやつ」

「あ、そうか。佐伯《さえき》ベーカリーさんだ」

佐伯房枝《ふさえ》が出してくれた菓子には、雷小僧の絵があった。

あずきちゃんに、オレンジの砂糖漬けは今度作ると約束し、恵茉は藁《わら》にも縋《すが》る思いで、佐伯ベーカリーへ向かった。

恵茉が店の前まで来ると、白い三角巾をした佐伯房枝が「閉店しました」の札を下げにちょうど外へ出てきたところだった。恵茉が会釈をすると房枝は右の眉をピッと上げた。

「こんばんは」

「あら、小島《こじま》さん。また、絵のお祓《はら》い?」

恵茉は唇をぎゅっと結ぶと、佐伯房枝に近づく。

「教えていただきたいことがあって参りました」

「ともかく入りなさい」

不愛想ながらも迎え入れてくれる房枝に、恵茉は頭を下げる。

家に上がると、新聞を読んでいた夫の鉄二《てつじ》が「おやおや、いらっしゃい」と笑顔で迎えてくれた。

恵茉は、いつかの和室に通された。房枝に断り奈津子《なつこ》の写真に手を合わせると、なんだか不思議な気持ちになった。絵の記憶で、奈津子の生き生きとした姿を見てしまったせいか、彼女をとても近くに感じるのだ。

恵茉は房枝へと向き直る。

「先日、こちらにお邪魔したときに出していただいたお菓子について、教えていただきたいのです」

「お菓子？　なんだったかしら？　長いお付き合いのお客様からいろいろなお土産をいただくのよ」

茶簞笥《ちゃだんす》を開けた房枝が、いくつかの菓子の箱を出し、机に並べた。

「これです」

「長崎ね。五島だもの。そりゃ、珍しいわよね」

「これもお土産ですか？」

無言で頷《うなず》く房枝に恵茉はガクリと肩を落とした。お土産か。そうだ、銘菓はお土産として、知人に配ることの多い菓子だ。それを茶菓子として出してくれたからといって、その菓子に詳しいわけではない。

頭のどこかでわかっていた。ここに来たからといって、正解の菓子が見つかるわけじゃないって。

「すみません。口実です。わたし、佐伯様とお話がしたかったんです」

しおしおと恵茉は告白する。あの雷の菓子を出してくれたのが房枝だと思い出した恵茉は、なぜだか、無性に房枝に会って、話をしたくなってしまったのだ。

「房枝、小島さんさえよければ、泊まっていっていただいたらどうだ」

鉄二が声をかけてくる。

「そうね。遅い時間に帰すのはよくないものね。小島さん、泊まっていきなさい。そもそも、あなたのような子が、さして付き合いのないうちの店に来るなんて、よほどのことなんでしょうし。そういえば、前もこんなセリフを言ったわね。つまり、あなたがうちに来るときは、いつもよほどのことってわけね」

房枝がまっすぐに恵茉を見た。

「小島さん、うちにある奈津子の絵を見ていく？」

房枝の冷静な瞳に、瞬間、恵茉を心配するような色が浮かんだ。

「ありがとうございます。拝見させていただきます」

恵茉は頭を下げた。そして、佐伯家の厚意に甘えることにし、五十鈴に連絡を入れた。

恵茉がまず案内されたのは、佐伯奈津子の部屋だ。亡くなって二十年以上経《た》つのに、部屋に埃《ほこり》はない。机の上にはノートや鉛筆が転がったままだ。

子どもを亡くした房枝の悲しみは消えず、そしてそれを隠すことなく彼女は抱えている。

部屋の壁には、奈津子の描いた絵が一枚だけ飾られていた。

風景画を好んだ画家らしく、満天の星の絵である。

案内してくれた房枝と並んで見る。

「星が降ってくるようです」

「この絵を見ると、不安や心配事があってもよく眠れるんですって。自分で描いて、自分でそう言うんだから、おかしな子よね」

奈津子の絵は、佐伯家のすべての部屋に飾られているそうで、房枝は恵茉に、どの部屋を開けて見てもかまわないと言い、恵茉を一人残した。

初めこそ遠慮する気持ちがあった恵茉だったけれど、一枚、また一枚と見るうちに、止まらなくなってしまった。

そして結局、日付が変わる頃、ようやく家中に飾られている奈津子の絵をすべて見た。

奈津子の部屋で恵茉は眠った。

星降る絵を見ながら、恵茉は思う。奈津子の絵は明るくあたたかい。

風景画なのに、どういうわけか、見ていると優しい気持ちになった。

そして、慰められた。

奈津子の絵を見るのは初めてではない。それなのに、なにかが違った。

「……心？」

同じ絵でも、見るときの気持ちにより、見え方が違ってくるのだろうか。

奈津子の絵を見て恵茉は、自分が生きていることを強く感じた。

星の瞬きに月の陰り。

満開の花に冬の林。

夜明けの海に凍《い》てつく流氷。

世界の要素の一つに、自分もいるのだと強く思えた。

一瞬、一瞬の今が未来に繋《つな》がっていく。そう思えてきたのだ。

奈津子の絵を見るまで、恵茉の中には不安しかなかった。律が心配でしょうがなかった。

律は、本当に目を覚ますのか。

そんなこと考えたくないのに、悪い方へ悪い方へと考えが止まらなくなってしまった。

けれど、奈津子の絵を見て、フラットになった心で自分を振り返ると、律への心配や不安というよりも、まだ起きてもいない未来を自分で勝手に嘆き、自ら狭く暗い部屋に入り込もうとしていただけなのではないかと思えてきたのだ。

律は生きている。

五十鈴が大丈夫だと言った。

だったら恵茉はそれを信じ、前を向くしかない。

でも、怖い。雷を落とす絵を、波留田の体を借り蘇《よみがえ》るような絵を、恵茉一人でどうにかできるのか。

自分ができることを探そうと思っても、向かう絵のあまりの大きさにくじけそうになっていたのだ。

怖くて、逃げたい。でも、諦めてしまったらここで終わりだ。

あの絵を恐ろしいと恵茉は思う。

けれど、妖力を宿す絵が、なにかしら傷ついているといったことも恵茉は知っていた。

（あの絵を助けたい……）

佐伯家に来ても、絵が望む菓子へと繋がるヒントは見つけられなかった。

けれど、答えを探す心は整った。

不用意に怖がらずに、ちゃんと絵に向き合おう。

絵の出すＳＯＳ、雷に関係する菓子の洗い出しを一つ一つしていこう。

そんな決意をした恵茉は、いつのまにか深く眠りについた。

翌朝はパンが焼けるいい匂いで目が覚めた。

「この香り、贅沢《ぜいたく》すぎます」

感激する恵茉に、だったら品出しを手伝いなさいと、房枝がエプロンを渡してきた。

佐伯鉄二が作るパンは、やっぱりどれもがおいしそうで。恵茉はパンを並べながら、これはどんな味かと想像し、ついつい手が止まってしまった。そんな恵茉に房枝は目ざとく気づき、尻を叩《たた》いてくる。

「小島さんと房枝はいいコンビじゃないか」

まん丸顔の鉄二のそんな言葉を、恵茉は嬉《うれ》しく、房枝は少し迷惑そうな顔をしながら聞いた。

帰り支度を済ませた恵茉は晴れやかな気持ちで、房枝と鉄二にお礼を言った。

裏口から出る恵茉を、房枝が見送る。

「あなた、結局、絵を見て眠って、うちのパンを食べただけだったわね」

「元気もいただきました」

恵茉は迷った挙句、実は、と話し出す。

「事情があって、今はわたし一人で絵にお供えする菓子を見つけているんです。目安はついているのですが、その先に進むのが、なかなか難しくて」

「あら、泣き言？　仕事が難しいのなんてあたりまえよ。仕事っていうのはね、自分以外の人を相手にするものだもの。わからないし、難しいわ。むしろ簡単にことが進んだときには、疑うくらいじゃなくちゃ」

キツイ内容の房枝の言葉だけれど、なぜか恵茉にはそうは感じられない。

「特に小島さん、あなたの相手は絵よ。難しくないわけないじゃない。絵にお供えする菓子を探すって話だけれど。結局は、絵の望みを聞くのよね？」

恵茉は、房枝の言葉にはっとした。

絵の望みを聞く？

そうだった。そういった方向からも考えるべきだった。雷のインパクトがあまりに大きくて、そればかりに拘《こだわ》っていた。

「わたし、視野が狭かったかもしれません」

「そんなの、あなたに限ったことじゃないわ。答えに辿《たど》りつくまで、遠回りすることなんてよくあることよ。でも、遠回りして見た景色は、無駄じゃない。自分だけの知恵になる。そこで見た景色が、あなたを助けてくれる。だから、大丈夫。絵が望む菓子をあなたはきっと見つけられるわ」

「……ありがとうございます」

遠回り。律も以前、その言葉を使っていた。

けれど、「雷桜」に使える時間には限りがある。「雷桜」が律の結界を越え、秋芳家の敷《しき》地《ち》から外の世界に出てしまうまでに、菓子を見つけないといけない。

でも、だからといって、焦って下手を打つのは嫌だ。焦る気持ちを抑えながら、遠回りになってもじっくり取り組むしかないのだ。制限のある中で、恵茉なりのベストを尽くすのだ。

絵の望みはなんだろう？

絵が叶《かな》えてほしいこととは？

絵についての情報がもっとほしい。でも、恵茉には律や波留田以外に、絵に詳しい知り合いなんていない。

「そうだわ、小島さん。近々、井ノ口《いのぐち》さんのところに行く用事があったら伝えてほしいことがあるのよ」

「はい。……あっ！」

恵茉の頭に、菓子のように甘いコーヒーが好きな、絵に詳しい人物の顔が浮かんだ。

どうしてこんなことになったのだろう。

恵茉は、御園《みその》家の食卓についていた。

恵茉の隣では御園賢太《けんた》が漫画を読み、賢太の母で和菓子屋「みその」の店主である千登《ちと》世《せ》は、恵茉の前でテーブルに横顔をぺたりとつけ伸びていた。

ことの発端は、コーヒー蜂蜜だ。

佐伯ベーカリーから秋芳家に戻った恵茉は、夕方、代官山《だいかんやま》にある蜂蜜専門店へ向かった。この店で売られているコーヒー蜂蜜が目当てだった。恵茉はそれを土産に井ノ口の店に行き、「雷桜」についてなにか知ることはないかと尋ねるつもりでいた。

蜂蜜専門店には、御園智彦《ともひこ》と息子の賢太がいた。

賢太は今ハマっている漫画があるそうで、『めちゃくちゃ面白いから貸してやる』と恵茉を御園家へと引っ張ってきた。すると、玄関先で漫画を受け取るだけのつもりだった恵茉を、浮かない表情を浮かべた千登世が出迎え、家に上がるよう言ってきたのだ。賢太は といえば、母親の異変を察知したのか、恵茉に漫画を渡すと、自分はさっさと別の漫画を読みだした。

今日の「みその」は、商品が早々に完売したため、閉店時間前に店を閉めたそうだ。景気がいいはずなのに、千登世は暗く、なぜかやさぐれている。

「あの、大丈夫ですか？」

「……大丈夫じゃないわよ。大失敗よ」

「そうなのですね」

それ以上、聞いていいのかわからず恵茉が黙っていると「あなたね、人が落ち込んでいるんだから、理由を聞きなさいよ」と、噛《か》みつかれた。

「あの、なにが起きたんですか」

「菓銘を間違えた」

千登世の話によると、今日、店に出した二つの上生菓子の名を逆に置いてしまったそうなのだ。

「朝一番のお客様で、いつも上生菓子を買ってくださる気の優しいおばあさんが、ショーケースの前でやけに悩まれているのよ。そうしたら、そこに和菓子屋に来るのも初めてって感じの若いお客様が来て『おばさん、この菓子の名前って逆じゃない？』って。そこでようやくわたしも気づいて、ギャーってなったわけ。すぐに気がついてよかったけど、なんかもう、落ち込んだわぁ」

「間違った菓銘……」

（あれ、なんだろう？）

千登世の話が、恵茉の心に引っかかる。

間違った名で呼ばれる菓子。その間違った名を信じて悩む人。

菓銘には職人が菓子へと込めた思いがある。それをあれこれ想像するのは楽しい。一方で、絵にはタイトルがなかったり、勘違いによる通称の方が有名になる作品もあると律は言った。また律は、「雷桜」のタイトルをつけたのが誰か、わからないとも言っていた。

絵の背景から縁のある菓子も見つけられなかったため、まずは絵のタイトルに関係する雷の菓子からあたり始めたのだ。

でも、その名が違うのだとしたら。

あの絵のタイトルが「雷桜」ではないとしたら……。

「御園さん、ありがとうございます！」

「あなた、わたしに喧嘩《けんか》を売ってるわね！」

その後一時間ほど、恵茉は千登世の愚痴を聞いたあと、蜂蜜店から戻った智彦により救出された。

翌日、恵茉は約束した時間に、コーヒー蜂蜜を持参で井ノ口額装店へ行った。

井ノ口は蜂蜜にいたく感激してくれたようで、いつにもましてニコニコ顔だ。

恵茉は井ノ口に勧められ、ペパーミントグリーンのソファーに座った。

「さて、今日はどうしました？　秋芳さんはあとから来るんですか？」

「わたし一人です。実は、教えていただきたいことがありまして。井ノ口さんは『雷桜』という名の絵をご存じありませんか？　絵の制作中に画家が亡くなった作品です」

「『雷桜』？　あぁ、あのいわくつきの絵ね。あの絵の額装はどこがしたんだっけな？」

額装！

そうか、そういった切り口があったのか！

「調べることってできますか？」

「有名な絵だしね。知り合いに聞けばわかるかもしれないけれど。あの絵のお祓《はら》いですか？」

興味津々といった感じで、井ノ口が聞いてくる。

「……いろいろと話せないこともありまして」

もごもごと恵茉が返すと、井ノ口は「そうですよね」と素直に引き下がってくれた。

「この世界、いろいろありますからね」

井ノ口は話しながら、知り合いに聞いてみましょうと、テーブルに置いてあるノートパソコンを操作しだす。

「わたし、佐伯さんのお宅に行って来たのですが」

「あぁ、佐伯奈津子さんのご両親ね。元気にされてましたか？」

「はい、とても。それで、井ノ口さんにお会いするのならと、伝言を頼まれました」

「はいはい。なんでしょうか？」

恵茉は間違えないようにと、慎重に話し出す。

「奈津子さんの作品の額装をお願いしたいそうです。額に飾られていない作品がいくつかあって、そのうちのとりあえず一点なのですが」

井ノ口が固まる。

「佐伯奈津子の絵？」

「はい」

「あの、市場に出ない幻の絵？」

「すごくすてきな作品ばかりでした」

「見たの？」

「はい」

「それで、その中の一点をわたしに？」

「はい」

うおーーと井ノ口が立ち上がり、ガッツポーズをした。

「佐伯奈津子の作品を扱えるなんて！　小島さんはうちの店の福の神だ！」

ありがとう、ありがとうとなんども頭を下げられる。顔を上げた井ノ口が「お、おおお？」と声を出し、テーブルに置かれたパソコンに目を向けた。

「早速返信が来ましたよ。おやおや、知り合いというか、前の職場の先輩の知り合いだったようだ。アポ、頼んでみますか？」

「はい、よろしくお願いします」

今度は恵茉が、深く頭を下げた。

井ノ口額装店を訪れた二日後の昼、新宿《しんじゅく》の雑居ビルの七階から出てきた恵茉は、ほぉと息を吐いた。

そして、今、聞いたことを反芻《はんすう》し混乱もしていた。

「雷桜」なる絵は、存在しなかった。

恵茉が「雷桜」と呼んでいた絵には、もともと名がなかったのだ。

絵の額装を担当したという男性は井ノ口よりも若く、少しすれた雰囲気の人だった。

彼は「雷桜」について聞きたいと話す恵茉に、しばしの沈黙後「『雷桜』なる絵は、存在しない」そう言いきったのだ。

男性はあの絵について多くのことを話してくれた。

「画家が絵の制作中に雷で亡くなったなんてセンセーショナルだろ？　しかも、亡くなる直前、応募していた日本画の公募展で大賞の受賞もしていた。期待の画家だった。ただ、金遣いが荒かったようで、絵の所有権は画家との取り決めで金を貸していた面々のものだった。絵の名は、その人たちが付けたんだよ」

絵の額装を担当したという男性は淡々と話した。

「俺のところにきたときは、あの絵に名はなかった。便宜上『雷』って呼ばれていた。額装が終わり渡すとき、あの絵の名は『雷桜』になった。あの絵、最近処分をされたって、あのときの金貸しから聞いたんだ。呪われた絵だったたって、憤っていたよ。俺はあの絵が気の毒になってさ。だから、あんたに絵の名のこと、教えてもいいかなって思った。別に口止めされたわけじゃないけれど、なんだかんだいって、俺も含めたそれを知る人はあの絵で儲《もう》けたクチだから、みんな口は堅かったと思う。ともかく、俺のところにある間は、普通の絵だった。気持ちのいい絵だった。だから、額装もあの絵に合ったものにしたんだ」

「絵に合ったとは？」

「早春とか春とか、そんな感じだよ」

「雷は？」

「あの絵のどこに雷がある」

いつか律とも話した。

――「名のない絵って、あるんですか？」

――「あるよ」

恵茉は、今聞いたすべてを律に話したかった。

秋芳家に戻った恵茉は、五十鈴を見つけ、律の様子を尋ねた。

「それが、まだなのです。心配ですよね」

律はまだ眠りの中にいる。

「絵について新しい情報を耳にしました。わたし、それを最初に律さんに伝えたいんです。律さんには届かないかもしれないけれど。……行っていいでしょうか？」

「そうですか！……まぁ、恵茉様、お一人で新しい情報を。どうぞ、お伝えくださいませ。律様もきっとお喜びになりますわ」

五十鈴に背中を押された恵茉は、主屋の一階の律の部屋へと向かった。

扉を開けそっと入り、律の顔に光があたらない程度に、厚く引かれたカーテンを開ける。

そして、迷った末にベッドのそばにある椅子に座った。

ベッドでは、狐面《きつねめん》の律が眠っている。

「こんなときでも、やっぱり狐のお面なんですね」

狐面の顔では、律が寝ているのか起きているのか。はたまた、元気なのか具合が悪いのかわからない。

恵茉は、律の顔の面は、ずっとついたままでいいと思っていた。

けれど、律が倒れて。

彼が今、苦しんでいるのか。熱のため顔は赤くなっていないか、寒さで青ざめていないか。それを、恵茉だけが知ることができないこの状況が苦しく、悲しくなってきた。

多くの人が、律の顔について触れた。

五十鈴の話だと、律のあだ名は氷の貴公子だそうだ。

そんなあだ名を持つ人に、恵茉は会ったことがない。

恵茉は凡人である。

きれいな人には引け目を感じるし、頭のいい人は羨ましいと思ってしまう。

そんな自分が、とてつもなく優れた容姿の人と一緒にいて、平気でいられる自信はない。

律の隣に立ち、顔を知る前と同じように接することができるのか……。

恵茉は、律の顔を見たことで、彼に対する自分の態度が変わってしまうのが怖かった。

薄い掛け布団の上に出ていた律の手をとる。彼の右手首には、蛍を見た日に恵茉が渡したブレスレットがある。律を守ってほしくて作ったのに、なんの役にも立たなかった。

「律さん、なにもできなくてごめんなさい。とても疲れているんですよね。目を覚ましてほしいけれど、それより休んでほしい。律さんがお休みされている間、わたし、がんばります」

そして心の中で、あの絵の名は「雷桜」ではなかったんですよ、と伝える。

これから、星の数ほどある春の菓子から、どうやってあの絵が求める菓子を見つければいいのか、考えただけでも気が遠くなる。でも、探さなければ見つからない。探していくうちに、なにかあの絵との繋《つな》がりが見つかるかもしれない。それを信じて進むしかない。

そう思ったとき、律の手が微《かす》かに動いた。

「律さん？」

恵茉の小さな声に、再び律の手が反応する。

（五十鈴さんを呼ぼう）

恵茉が律の手を離し立ち上がろうとしたとき、するりと抜ける恵茉の指先を律が摑《つか》んできた。

「！　律さん」

「……恵茉さん」

律が腕をつき、起き上がろうとしたので、恵茉は慌てて支えた。

「大丈夫ですか？　無理しないでください。今、五十鈴さんを呼んできます」

「いや、その前に……。ぼくは、どれくらい眠っていたんだ？」

「四日くらいでしょうか」

「そんなに？　絵は、どうなっている？」

「律さんがすぐに対応してくださったから、今のところはまだ、画廊以外のところに影響はありません」

律が手を狐面の額にあてる。

「……あれは『雷桜』だった。しかし、力を抑えられているということは、波留田を通したことでもとの力より弱まったのか？　ただ、絵は十枚ある」

「お聞きしました。波留田さんは、蘇《よみが》えるだけの思念のある絵が、なにをするかわからないと懸念されていました」

律がヘッドボードにもたれる。

「すべてがあっという間の出来事ではあったけれど、ぼくには嫌な妖力は感じられなかった。とはいえ、四日もそのままになっていれば、あそこでなにが起きているのか。……そういえば、波留田は？」

「律さんのお父様を探すと言ってご自身の家に戻られました」

「父か――」

律が、なにか閃《ひらめ》いたかのようにヘッドボードから体を離す。

「そうだった！　恵茉さん、ぼくの机の上にある封筒を持ってきて」

「封筒ですね」

恵茉は、机の真ん中にあった封筒を持ち律のそばへと戻った。律はすでにその手紙を読んだそうで、恵茉にも読むよう言ってきた。封筒には新聞の切り抜きと手紙となにかを包むように折られた白い紙が入っていた。律に言われ、まずは新聞記事を読み始める。新聞は、二週間ほど前の地方紙で、ある和菓子屋へのインタビューが掲載されていた。

記事の中で和菓子屋の店主は、自身の故郷の春を想《おも》い作るいくつかの菓子について語っていた。そして、その菓子を一時期よく通ってくれた若い日本画家が好んだこと。画家が菓子を作る工程を見たがったため、見せたこと。果ては、画家が店主の故郷である土地へ絵を描きに行ったこと。しかし、不幸にもその地で亡くなったことまで話していた。

次に恵茉は記事に添えられた手紙を読んだ。

「その和菓子屋さんと連絡をとったところ、亡くなった画家があの絵の作者だと確認がとれたと書いてあります。お菓子の写真もあるようですが」

恵茉は慎重な手つきで白い紙を広げ写真を出した。

「……え」

写真を持つ手が震える。恵茉は自分の目に映った菓子に困惑し、問うように律を見た。

「そうなんだ。菓子は二つあるんだ」

写真には、皿に載せられた菓子が二つあった。

一つの菓子は、桜の花びらの練り切り。もう一つの菓子は、黄身時雨だ。

「……このお菓子のどちらかなのですね」

「店主もわからないそうだ。ぼくたちはこれから、この二つの菓子が『雷桜』とどう関係してくるのか。菓子と絵を結ぶ道筋を探らなければならない」

（あっ。大切なことを伝えていなかった！）

恵茉はベッドに身を乗り出す。

「律さん、わたし、聞いたんです。あの絵のタイトルは『雷桜』じゃなかったんです。あの絵に名はなかったんです！」

「名は、なかったのか」

恵茉は佐伯房枝や御園千登世、そして井ノ口修二《しゅうじ》から紹介された額装店から聞いた話までを、律に伝えた。

「すごいな……。ただただ、驚くよ。ありがとう、恵茉さん。そうか、早春に春。そうだな、あの絵はそういう絵だよ」

律がベッドから起き上がる。

「ぼくは画廊に行き、絵にかけた結界の強化をしてくる」

「起きてすぐになんて、無茶です」

「時間がないんだ」

「だったら、わたしも行きます」

律が首を横に振る。

「これは、ぼくの仕事だ。ぼくにしかできないことだ」

律にしかできないこと。だったら、恵茉にしかできないことは？

恵茉は二つの菓子の写真へ視線を落とした。

「わたし、これからこの二つの菓子を作ってみます。実際に作ってみたら、そこからなにか気づけるかもしれないので」

「そうか、頼むよ」

今の恵茉にできることの全部をしよう。

捧《ささ》げるの言葉を胸に、恵茉は頷《うなず》いた。


材料を買い揃《そろ》えた恵茉が厨房《ちゅうぼう》に入ると、ショキショキと豆を洗うような音をさせながら、あずきちゃんが登場した。律が目覚め、元気だと伝えると、あずきちゃんは大喜びした。

「これから白餡《しろあん》を作るから、あずきちゃん、手伝ってね」

恵茉は手亡豆と律から渡された写真を見せた。

「練り切りの桜の花びらだ！　うすいピンクがきれい。恵茉、作れるの？」

「難しいよね。でも、やれると思う」

「この黄身時雨、色がかわいいね」

「そうね。周りは黄身色だけれど、中の餡がピンク色だものね」

黄身時雨は、黄身餡に上新粉や微塵《みじん》粉などを加えた生地で小倉餡を包み蒸したものだ。

ただ、この和菓子屋の黄身時雨は、小倉餡ではなく桜餡だった。恵茉は買ってきた桜の花の塩漬けを出す。桜餡は、白餡に塩抜きした桜の花の塩漬けを交ぜて作るのだ。

「よし」

材料は揃った。恵茉は気合を入れ、菓子作りを始めた。

まずは、練り切りの桜の花びらだ。恵茉は練り切りの生地を作ると、祖父が愛用していた三角ベラを手にした。

このヘラで練り切りで作った花びらに、一本の線を入れるのだ。

線の入れ方で菓子の善し悪《よしあ》しが左右されるため、神経を使う作業だ。

祖父がまるで透明な線をなぞるようにスッとヘラを動かす姿を、恵茉はなんども見て、こっそりと練習をしていた。一つ目は緊張してしまったけれど、そのおかげか、二つ目からは落ち着いて作ることができた。

次は黄身時雨だ。恵茉は桜餡を包んだ生地を蒸し器に入れ、タイマーをセットした。

「ねぇ、恵茉。これができれば、お菓子は完成？」

「そうね。でも、完成させるのが目的というよりは、作りながらどっちのお菓子かなって、なにか閃きがあるかと思ったんだけど」

恵茉の情けない声に、あずきちゃんがお姉さんぶった声を出す。

「あまちゃんだね、恵茉は。そんな閃きがあったら、苦労しないよ」

「本当ね。そんな力がないから、みんな一生懸命に調べるんだものね」

妖力を宿した絵は、まるでそんな人の労力さえ好んで食べるのではないかと恵茉は思ってしまう。

そう簡単にはいかないなと恵茉が肩を落とすと、後ろで戸が開く音がした。

「……やぁ」

律である。

いつもは敏感に律の足音を察知するあずきちゃんだったが、油断していたようだ。恵茉から見える、あずきちゃんの小さな頭のてっぺんがプルプルと震えている。おそらく、律があずきちゃんを見ているのだろう。

とっさに恵茉は、エプロンであずきちゃんを包み、律から隠した。

「律さん、あと少しで黄身時雨ができます」

「そうか。それはありがたい。それで、恵茉さんのエプロンの――」

「桜の花びらの練り切りは、こちらです」

恵茉は菓子を載せた皿を指す。

「きれいだ。上生菓子は目に楽しいね。桜の花びらか。雅《みやび》で洗練されている。画家はこの菓子を見て、店主の故郷の桜を見に行ったのかもしれないな。絵では桜は三分咲きだったけれど、満開への期待を込めた一品といったところだろうか」

律は一度言葉を切ると、続けた。

「それで、恵茉さん。きみのそのエプロンの――」

律の言葉が言い終わらぬうちに、恵茉のエプロンからあずきちゃんが飛びだす。

「恵茉！　あずきちゃん、息が吸えないでしょう！　もう、死んじゃうかと思ったでしょう！」

「ごめんね、あずきちゃん」

恵茉とあずきちゃんのそばに、すたすたと律がやってくる。

「きみには見覚えがあるような」

あずきちゃんが律から逃げるように、恵茉の腕にしがみつく。

「……きみじゃありません。あずきちゃんです。でっかい律様」

「でっかい？　そんなにぼくは大きいかなぁ」

困惑した声で、律が今度は恵茉に尋ねる。

「恵茉さんは、随分このご婦人と仲がいいようだけれど」

「あずきちゃんには、ガレット・デ・ロワを作ったときから、お手伝いをしてもらっているのです」

「そんなに前から？　いや、しかし」

律が拳を顎にあてる。

「恵茉さん、きみは疑問に思わなかったのだろうか？　この……ご婦人を見て」

「思いましたが……。その直前に律さんから他の家と比べると不思議なことがあるとお聞きしていましたし、それに、律さんも狐面《きつねめん》ですし」

恵茉は慌てて手で口を塞ぐ。

「恵茉！　律様の顔、見えないの？」

律よりも先に、あずきちゃんからの突っ込みが入る。

「実は……そうなの。白い狐のお面しか見えないの」

自分から言ってしまったのだ。隠せないと悟った恵茉は、素直に白状した。

あずきちゃんがふわふわ浮いて、律のそばに行く。

「律様、あずきちゃんのこと噛《か》んだら、恵茉が律様のこと噛みますからね！」

あずきちゃんはとんでもないことを言い放つと、律の顔の近くまで上がり、顔を引っ張りだす。狐面は伸びもしなければ、取れもしない。恵茉の目にはそうとしか映らないけれど、実際に顔を引っ張られている律は痛いようで、今まで聞いたことがないようなうめき声が聞こえた。

「あずきちゃん、止《や》めて！　律さん、痛そうよ！　それにわたし、律さんの顔はお面のままでいいの！」

「「ええっ？」」

あずきちゃんと律の声が重なる。

「それより、あずきちゃんと律さんが仲良くなって良かったです。これから、三人で仲良くしましょう……ね！」

恵茉の声がしらじらしく響く中、蒸し時間終了を知らせるタイマー音が軽やかなメロディを奏でた。

恵茉とあずきちゃんと律は、蒸し器の前に立った。

恵茉が蓋を開けると、かすかに桜の匂いがした。

「あっ、律さん」

恵茉は蒸しあがった黄身時雨を指す。

蒸されてひびが入った表面から、うっすらと桜餡が見える。

「三分咲きの桜か？」

「はい」

同じように感じた律に恵茉はほっとした。

「春が覗《のぞ》いているね！」

あずきちゃんの声も弾む。

黄身時雨は、蒸す前と蒸した後では姿を変える菓子だ。

画家は、菓子を作る過程も見たという。

内包された春の息吹。

この菓子は、それを表現している。

「あの絵が待っているのは、このお菓子だとわたしは思います」

恵茉のその言葉に、律もあずきちゃんも異を唱えなかった。

恵茉と律は菓子を持ち、波留田が版画制作をした画廊の二階へ上がった。

部屋の中央には、以前恵茉が蔵で見た透明な結界が施されている。

結界の向こうの光景を見た恵茉は、その凄《すさ》まじさに叫び出しそうになるのをなんとか堪《こら》えた。

部屋の向こう半分は、おびただしい数の絵で埋め尽くされていた。すべて「雷桜」と名付けられた、あの名のない絵である。

波留田は版木があれば、絵は限りなく増えるといった。その予想が、当たってしまった。

恵茉が見ている前でも、絵は増えているようにも思える。

慄《おのの》く恵茉を前に、律は淡々と準備を始める。彼は、部屋の隅から小さな折り畳みのテーブルを運んでくると脚を伸ばし、その上に黄身時雨を置くよう恵茉に声をかけてきた。

「恵茉さん、絵に菓子を捧げるためには、この透明な結界を外さなくちゃいけない。危ないから、恵茉さんは主屋に戻っていてほしい」

「でも、ゆびさき宿りのわたしがいないと、絵はお菓子を食べないのではないですか？」

「そうかもしれないけれど、恵茉さんに危険が及ぶ可能性がある」

「……わたし、怖いです。でも」

恵茉は、結界の向こうの何百枚もの絵を見る。

「絵はきっと、人が絵とどう向き合うか見ています。絵も必死です。わたしも答えの菓子を探すのに必死でした。だから、最後まで、自分の全部で絵と向かい合いたいんです」

律が黙ったまま恵茉を見下ろしている。彼は、今、どんな表情を浮かべているのだろう。

「わかった。恵茉さん、ぼくの後ろに来て」

恵茉は言われたとおり、律の後ろへと行く。

「律さん」

「どうした？」

「シャツ……摑《つか》んでも、いいですか？」

「…………」

いつもは絵の記憶に入ってしまうため並んで手を繫《つな》いでもらっていたけれど、今日はそういうわけにはいかない。絵の記憶よりも、ともかく絵に菓子を捧げるのが優先なのだ。

律は結界を外すために、恵茉にかまってはいられない。かといって、律と離れるのは心細い。せめて、シャツくらい摑ませてほしいと思ったのだけれど。

しかし、律からの返事はない。自分でここにいると言い出したのだから、これくらい、我慢しろと思われたのかもしれない。たちまち、恵茉は恥ずかしくなった。

たしかに、あまりにも子どもじみた願いだったかもしれない。

そんな恵茉の前に、背中のままで律が、左手だけを後ろに出してきた。恵茉がその手をそっと取ると、律はぎゅっと握り返してきた。

「大丈夫だよ。きっとうまくいく」

律が右手を結界へとかざすと、絵と恵茉たちを遮るものが消えた。

ドン！

恵茉たちを待っていたとばかりに、雷が落ちた。

しかし、次の瞬間。一瞬の暗闇のあと、恵茉と律は広い平野にいた。

やや肌寒い。恵茉の視界に、一本の桜の木が見えた。

そのそばで、二十代の青年が一心不乱にスケッチをしている。

あれが画家だ。春の訪れを逃すまいと貪欲な彼の姿に、恵茉は心を打たれる。

なにかを極めていきたい姿。彼にはそれしかなかった。

画家が手を休めた。そして、自分のスケッチ画を見て、「春」と言った。

それが気に入ったのか、画家はその音を楽しむように、なんども「春」を繰り返す。

青年の姿がどんどん遠くなる。ついには、光の小さな粒になって――。

「――恵茉さん」

目を開けると、律の狐面がすぐそばにある。恵茉は倒れてしまったようで、律の腕の中にいた。恵茉があたふたと起き上がろうとすると、律が手を貸してくれた。

恵茉の作った菓子は消えていた。

そして、あのおびただしい数の版画も、そして版木も消えていた。

「……失敗……してしまいました」

絵は消えてしまった。恵茉は、絞り出すように言葉を続ける。

「わたしのせいです。菓子を作りながら、わたしの心が揺れていたからだと思います」

「どういうことだい？」

恵茉は律の狐面をまっすぐに見た。

「黄身時雨を写真で見たとき、わたしは、はっとしました。黄身時雨の表面の亀裂は、雨の合間に差し込む光や……雷を表すとも言われ……」

奇《く》しくも、恵茉の頭の中であの絵と雷と菓子が繋がってしまったのだ。

「でも、蒸し上がった黄身時雨を見たとき、ほっとしたんです。あの画家さんが見たのも、あの菓子が表したのも春だった。あの絵は、雷とはなんの関係もなかった。でも、菓子を作りながらわたしの心は揺れていたんです」

律がそっと恵茉の手を握る。

「失敗じゃないよ。大成功だよ。絵は、恵茉さんが作った春の菓子で、ようやく荒れた心を鎮めることができた。あの黄身時雨により、絵は雷から解放された」

律が言葉を切る。

「恵茉さんも見ただろう？　絵を描く彼のひたむきで清々しい姿を。絵はぼくたちに、画家の姿を見せた。あの絵は菓子のおかげで、人の欲など関係のない、ある一人の青年画家が描いた一枚の絵に戻れたんだ。もし、恵茉さんが黄身時雨を捧《ささ》げなければ、あの絵は今も雷を落とし続けていただろう。絵を投資としてしか見ない人たちに付けられた『雷桜』の名に怒り、そんなに雷が好きならいくらでも落とそうと、そんな気持ちだったのだろう」

「……雷が、画家さんだけでなく、絵の未来も変えてしまったのですね」

「残念だ。せめてあの絵が、絵を愛する人の手に渡っていたらこんな事態に陥らなかった」

恵茉の頭に、新聞記事で読んだ和菓子屋が浮かんだ。店先に飾られたあの絵。想像するしかないのだけれど、それはなんとも幸せな光景だ。

「あの画家さんは自分の描く絵を見て『春』と言っていました」

律が頷《うなず》く。

「ぼくたちだけでも、あの絵を『春』と呼ぼうか」

春、と恵茉は絵を呼ぶ。

「絵の心に近づけてよかったです」

「恵茉さんのおかげだよ。ぼく一人では辿《たど》りつけなかった」

律が話を続ける。

「ぼくは絵が好きだ。絵は、描く人により、同じモチーフでもその切り口や表現方法はさまざまだ。また、行くことは叶《かな》わない場所だとしても、画家の感性を通して、あたかも自分も同じ体験をしたかのような感覚が味わえる。その場の湿度や温度。また、ひりつくような感情、感触、匂い。ときには音楽までが聞こえてくるような、そんな豊かさにぼくは憧れる。絵は、ぼくの心を動かすんだ」

律がいかに絵から多くのものを得ているのか。話を聞いている恵茉まで熱い気持ちがこみ上げてくる。

「ぼくは絵を一枚たりとも消したくない。だから、ぼくの力が足りず消されなくてはならなかった絵を、ぼくは忘れない。信頼し絵を預けてくださった依頼者の方々にも申し訳ないと思う。でも、『春』は、違う。絵は消えてしまったけれど、それでも、絵の喜びを感じることができた。それは、恵茉さんのおかげだ。ありがとう」

「春」を思い、切なくなる気持ちは拭えないものの、律の言葉に恵茉は胸が詰まった。

そして、自分をここまで連れてきてくれた人たちの顔を一人一人思い出し、感謝をした。

五・ゆびさき宿りの娘と顔の見えない旦那様

秋芳家《しゅうほう》の主屋を波留田《はるた》が慌ただしく走り回る。

「画廊の展示会は来週？　案内の葉書は送付済み？　他の参加者への進行状況確認？　作品搬入？　あぁ、事務仕事苦手！」

五十鈴《いすず》に「助けてくれ～」と、波留田が泣きつく。

「波留田様、ご自身も参加される展示会の準備でございますよ。律《りつ》様はご静養中ですので、お一人でしっかりとがんばってくださいませ」

「春」の絵の一件以降、律の体調は芳《かんば》しくない。自分の部屋で伏せることが多く、恵茉《えま》も律のために、飲み物や食事を運んでいた。

「一人での食事はつまらないな」

その一言で、恵茉は朝昼晩の食事だけでなく、ときにはお三時も律の部屋で一緒に食べている。

そんな恵茉に波留田は「嫁は気楽でいいな～　俺の手伝いをしてよ～」とぼやくけれど、どこからともなく現れた五十鈴により、却下される。

絵の「お祓《はら》い」の依頼もなく、展示会の仕事も波留田に任せたため、恵茉は律となにをするでもなくただ一緒に過ごす時間が増えた。

律の部屋は広く、二人でいても窮屈には感じない。部屋の右側の壁には木製の可動式の本棚があり、美術関係の本がぎっしりと並んでいた。一人掛けのソファーもあり、この部屋で律がくつろいでいる様子が窺《うかが》える。

律は恵茉に、祖父との生活について聞きたがった。

「恵茉さんは誕生日に、松造《しょうぞう》さんとはどんなお祝いをしていたんだい？　やっぱりバースデーケーキを焼いてもらったの？」

「それが、ケーキじゃないんです。わたしの誕生日に祖父は、毎年アイスクリームを作ってくれました」

「誕生日にアイスクリーム？　どんなのを作ってもらったんだい？」

興味深げに律が聞いてくる。

「そうですねぇ。初めはバニラだったと思います。次に、ストロベリー、チョコレート。それに、アイスクリームだけではなく、シャーベットも作ってくれました。ぶどうに梨、レモンにオレンジ。わたしが食べたい味を食べたいだけ。その日は特別だったんです。だから、お腹《なか》を冷やさないようにって、おへその辺りにバスタオルをぐるぐるに巻いて、そうやって食べていました」

「二人の仲の良い様子が思い浮《う》かぶよ」

律は、恵茉の幼い頃など知るはずもないだろうに、その声には実感がこもっていた。

「そういえば、わたしが一番初めに自分一人で作ったお菓子も、アイスクリームでした」

「よく覚えているね」

「印象的な出来事があって。その日、うちの庭に一匹の白い犬が迷いこんできたのです。その犬にわたし、アイスクリームをあげてしまって」

「……そうなんだ」

「素直に食べてくれたんですけれど。あとから、動物に人間と同じものをあげちゃいけないって知って青くなりました。あの犬は大丈夫だったのかなって、反省してます」

律が咳《せ》き込んだ後、ははと笑った。その明るい声を聞き、恵茉は今なら尋ねることができるだろうかと、律の狐面《きつねめん》の顔を見た。

「わたし、律さんにお聞きしたいことがあります」

「なんだい？」

「ゆびさき宿りについてです」

「うん」

先を促すような律の相槌《あいづち》に勇気をもらい恵茉は続ける。

「祖父は菓子作りのレシピノートを残しているのですが、それには、菓子のことだけでなく、時折、ちょっとした日々の出来事も記されていました。そこに『長年世話になった和菓子屋を辞めて秋芳家で働くことになった』とありました。祖父は初めから秋芳家で働かせていただいたわけではないんですね？」

「松造さんがうちで働かれるようになったのは、恵茉さんのお父さんが小学生の頃だと聞いている」

「祖父の前には別の方が、菓子職人として働かれていたということですか？」

「そうだね」

律が少し声を落とし答えた。

「その方もゆびさき宿りだったのですよね」

「そうだ」

恵茉はそこで一呼吸ついた。

「そもそも、ゆびさき宿りとはなんでしょうか？　高校生のわたしが、ゆびさき宿りとして菓子を作っているのと、祖父が大人になってからこの家で働きだした、この差はなんでしょう？」

「ゆびさき宿りについて、ぼくが知る範囲で話そう。ゆびさき宿りとは、命の契約だ。契約者の命を一度助ける代わりに、秋芳家の家業である妖力を宿してしまった絵を鎮めるための菓子を作ってもらう」

命を助ける？　その代わりに菓子を作る？

「……祖父は命を助けてもらい、その契約をしたのですか？」

「そうだよ」

「なら、わたしもですか？」

恵茉も命を助けてもらい、この力を得ることで命を繋《つな》いだのだろうか？

「まずは、松造さんの話をしよう。松造さんとまだ子どもだった恵茉さんのお父さんの悟《さとる》さんは、今から三十三年ほど前、山で滑落事故に遭った。ひどい怪我《けが》を負い、助けも望めない状況だった。そんな二人に、ぼくの父が契約を持ち掛けた。『一度だけ命を救おう。その代わりに菓子を作れ』と。松造さんは父と契約をした。そして、悟さんの命も助けてくれと言った。菓子職人として、自分の次のゆびさき宿りとして育てるから、と」

これまで恵茉は、いくつもの不思議な経験を秋芳家でしてきた。けれど、今の話は、それを超える衝撃がある。

「山の滑落事故？　そこに律さんのお父様が？　お父様は山岳関係の方なのですか？」

「いや、父は人ではない。あやかしだ」

「……え？」

あやかし？　律は「あやかし」と言っただろうか？　あやかしって……妖怪？

まさかそんな。律の顔に面が見えるだけでなく、恵茉は耳までおかしくなったのか。

「松造さんと悟さんは、あやかしと契約を結び、命を繋いだ」

「そんな、あやかしなんて……。でも、そうしたら律さんは？」

律の父があやかしであるなら、律もそうなのか？

「ぼくもあやかしだよ。正確にいえば、あわいだ」

「あわい？」

「父はあやかしで、母が人なんだ。あやかしと人の間に生まれた者をこう呼ぶんだよ」

「…………」

恵茉にはなんて答えていいのかわからない。

「ぼくがたびたび倒れる理由は、少し複雑なのだけれど、あやかしではなくあわいであることも関係している。絵の妖力を扱うには力が足りないんだ」

「……人に近いという意味ですか？」

「そうなのだろうね」

律があやかしと聞き、恵茉は言葉を失った。律が人ではないなんて信じられないと思った。けれど、あわいであるため律が倒れるのであれば、彼があわいでなく、あやかしであればよかったのにと思ってしまう。

おもむろに恵茉は、自分の指先をじっと見た。両方の人差し指に印《しる》された痣《あざ》。

「わたしはいつ命を助けてもらい、ゆびさき宿りの契約を結んだんですか？」

「恵茉さんは、契約を結んでいない。契約を結ばずにゆびさき宿りの力を持って生まれた。生まれながらのゆびさき宿りなんだ」

生まれながらのゆびさき宿り？

「わたしは……あやかしですか？」

「きみは人だよ」

――『人でありながらもわたしたちの大切な仲間』

そういえば、あずきちゃんもそう言っていた……。

「でも、契約もせずに、生まれながらのゆびさき宿りなんて。そんな人、他にもいるんですか？」

律が黙る。

「ぼくも父も会ったことがない」

「……わたし、どうなるんですか？」

「心配などいらないよ。生まれながらのゆびさき宿りだからといって、なにか特別なことが起きるわけじゃない。今までどおりこの家にいて、ぼくと一緒に絵のために働いてほしい。恵茉さんのような絵に対して心を寄せてくれる菓子職人の確保ができて、ぼくはありがたいと思っているんだ」

――菓子職人の確保。

その表現に恵茉の心はすっと冷えた。

なんだか、道具みたいだ。でも、そうなのかもしれない。

秋芳家が妖力を宿した絵を鎮めるには、絵が食べる菓子を作る必要があって、そのためにはゆびさき宿りの力のある菓子職人が必要なのだ。

「……教えてくれてありがとうございました。初めて聞くことばかりで混乱していますが、律さんのお気持ちはわかりました」

「恵茉さんは秋芳家にとり、とても大切な人なんだよ」

──「きみは、秋芳家にとってなくてはならない人だ。大切にしたいし、守りたい。そうする責任がぼくにはある」

いつかの律の言葉がようやく理解できた。律にとって恵茉は初めから道具だったのだ。

恵茉は頭を下げ立ち上がると、食器をトレイに載せ逃げるように律の部屋をあとにした。

(わたしは、なにを求めているんだろう?)

恵茉は自分の部屋へ戻りながら、つらつらと考える。

秋芳家で律と五十鈴に迎えられ、祖父との約束の菓子作りを始めた。

絵にお菓子を食べさせるなんて、初めは信じられないし戸惑ったけれど、今はこの仕事を始めてよかったと思っている。

（だったら、なぜ、こんなにも心がスカスカとした淋《さみ》しさを感じるのだろう）

たしか、前にもこれに似たような気持ちを感じたことがあった。

あれは、律が恵茉と婚約をした経緯《いきさつ》を語ったときだ。

恵茉の行く末を案じた祖父が律に恵茉を託した。だから、律は愛や恋ではなく、家族のような関係を恵茉と築きたいと言った。

（わたし、ずるい。婚約なんておかしいと言いながら、律さんに好意を持ってほしかったんだ。だから、菓子を作る道具として見られていると思って傷ついてしまった）

律は一貫として変わらない。変わってしまったのは恵茉の心だ。

部屋に戻った恵茉は扇子を箱から出し、机に飾ってみた。けれど、なんとなく落ち着かない気持ちになり、やっぱり机の引き出しにしまった。

引き出しには祖父の遺影もある。

恵茉は机に突っ伏した。祖父に会いたい。話したい。相談したい。

「………。アイスクリーム、作ってみようかな」

恵茉は髪に留めた茉莉花の髪飾りに触れた。祖父が恋しかった。

厨房《ちゅうぼう》に行った恵茉は冷蔵庫を開け、買い出しのための食品をチェックした。

「牛乳、卵、生クリーム。砂糖はあるから、あとは果物ね」

どんな味のアイスクリームがいいだろうか？

「バニラは定番として、桃もいいな。チョコレート。苺《いちご》も冷凍品を使えば作れる」

ショキショキと豆を洗うような音とともに、あずきちゃんの登場だ。

「恵茉、恵茉、今日はなにを作るの？」

「アイスクリームよ」

「！！！　恵茉、すごい。アイスクリーム？　作れるの？　あずきちゃんね、小倉！」

「わかった。これから材料を買いに行くね」

恵茉は背中のリュックサックをあずきちゃんに見せた。

「でも、なんで？　アイスクリーム、絵が食べるの？」

「違うの。祖父がわたしの誕生日に作ってくれたのがアイスクリームなの。わたし、祖父に会いたくなって……。でもね、考えてみたら思い出の場所といえる場所もなくて。思い出の場所ではなく、景色っていうのかな。それは厨房なの。いつも一緒に立っていた。わたしとあずきちゃんみたいに」

あずきちゃんがふわふわと飛んできて、小さな頰を恵茉に寄せてきた。

「恵茉、待ってて」

あずきちゃんは消えたと思ったら、すぐに戻ってきた。戻ってきたあずきちゃんは、両手で抱えるように、祖父の写真と扇子を持っている。そして、あずきちゃんは、その二つを恵茉のリュックサックへと入れた。

「恵茉の大切持って来た。お買い物も二人で行ってきてね」

「ありがとう、行ってくるね」

あずきちゃんの優しさが恵茉にはありがたかった。


恵茉は代官山《だいかんやま》の街を歩きだした。

夏の一日を楽しむように、街には多くの人たちがいた。笑い声に話し声。その中を恵茉は一人歩いた。

信号で足を止めると、横断歩道の向こう側に賢太《けんた》と智彦《ともひこ》がいた。智彦は、そばにいたおばあさんが道路に落としたオレンジを拾っている。

恵茉と賢太の目が合う。道のあちらとこちらで、どちらからともなく互いに手を振り合う。

ふっと和んだそのとき、振り上げていた恵茉の腕が乱暴に摑《つか》まれ、勢いよく引っ張られた。ふいのことに、恵茉の体は横へ崩れるように傾く。

人工的なベタリとした甘い匂いが鼻をつく。恵茉の視界で長くまっすぐな髪が揺れた。

「恵茉、見つけた！　あんたの働き先、バカでかい家よね。玄関のインターフォン押しても誰も出ないし、門もいくら押しても開かないし。裏に回っても誰も出ないし。あの家、どうなってんの？　幽霊屋敷《やしき》？」

美可子《みかこ》が興奮気味にまくし立ててくる。

恵茉の居場所を、毬子《まりこ》が教えたのだろうか？

美可子にぐいぐいと引っ張られ、恵茉は道路脇の赤い車まで連れて行かれた。抵抗するものの、美可子の長い爪が腕に食い込む痛みに、つい力が抜けてしまう。

美可子が車の後方のドアを開け、恵茉をシートに押し込める。そして、その横に乗り込んできたかと思うと、シートの下に転がっていた荷紐《ひも》で、恵茉の腕を体の前できつく縛りだした。

「……美可子ちゃん、止《や》めて」

「うわぁ、恵茉がしゃべった〜」

美可子が、ひひひと笑う。美可子に言われて、恵茉も気づく。

（わたし、美可子ちゃんに意見している）

恵茉はぐっとお腹《なか》に力を入れた。

「こんなことしたら、大家さんが悲しむわ」

美可子が布で恵茉に目隠ししながら、鼻を鳴らす。

「そんなの今さらよ。あんたのせいで、もう十年以上、うちはめちゃくちゃなんだから」

「わたしのせい？」

どうして、美可子の家庭に恵茉が関係してくるのか？

「あんたが、笑っているから」

美可子が恵茉の体を押した。恵茉の頭が車の窓ガラスにあたる。

「親もいなくて、古臭い格好をしたみじめな子どものくせに。不幸なくせに。あんたとじいさんはいつも笑っていた。仲が良くて。うちから見えるあんたの家のあかりはあたたかだった」

憎々し気に美可子が言い放つ。

（もしかして、美可子ちゃんはわたしが羨ましい？）

恵茉は頭に浮かんだ思いを否定する。そんなわけない。美可子は徹底的に恵茉を否定していた。そんな恵茉が羨ましいなんて、考えられない。

「あんたんちは、いつも甘くていい匂いがした。わたしは羨ましくて、親の財布からお金を取って、あんたんちのじいさんにお菓子を売ってくれって頼んだ。でも、断られた。おまけに、盗みがばれて親にも怒られた。屈辱的だった。許さないと思った」

「…………」

「うちの両親はいつも喧嘩《けんか》をしていた。父親も母親も、わたしには無関心。時折、思い出したかのように、洋服やおもちゃを買ってくれるだけ」

美可子の服や持ち物は、クラスの女の子たちの憧れだった。だから、当然、美可子の家族もとても仲が良く、理想的な一家なのだろうと恵茉は思っていた。

美可子がごそごそと、恵茉のリュックを漁《あさ》る音がする。

「どれどれ、財布を拝見。なによ、三千円。微妙〜。でもね、せっかくだからわたしが貰《もら》ってあげる。で、扇子？　うわっ。ババ臭い。うげっ、じいさんの写真まである。キモイ。ねぇ、ヒロ、扇子って売れるの？」

美可子が運転席に向かい話しかける。

「無理じゃね？」

男性はヒロというらしい。彼は、面倒くさそうにそう答えた。

「もう、恵茉って使えないな」

美可子が扇子で恵茉の頭を叩《たた》く。

「で、美可子。どうすんの、この子」

「どうしようかなぁ。ほんとは、大きな家で働いてるっていうから、お金でもせびろうと思ったんだけど。三千円だもんね。ショボッ」

「だったら、この子で稼ぐ？」

「いいね！　ヒロの友だちを集めて。場所は……ここから森林公園って近いっけ？」

美可子が興奮したように話す。

「高速に乗ればすぐだけれど、なんで森林公園？」

「あそこは、恵茉とわたしの楽しい思い出の場所なの。それにあそこなら人気《ひとけ》はないし、駐車場も広いし、なにをやっても見つからない。ヒロの友だちも車はあるでしょう？」

「美可子って頭いいな」

不穏な会話に、恵茉は息を呑《の》む。美可子が恵茉の髪を引っ張る。

「遠足のやり直しね、恵茉」

嬉《うれ》しそうな美可子の言葉に、恵茉は黙った。

車が停《と》まった。

美可子が扇子を広げ、パタパタと仰ぐ音が聞こえる。

「エンジンを止めると暑いんだけど」

「たしかにな。だったら、外出るか」

運転席のドアの開閉の音に続き、恵茉側のドアも開いた。

「ほら、出ろよ」

その言葉と同時に、恵茉は車から引っ張り出された。

「ねぇ、他の人たちはまだ？」

「十分ほどで来るよ」

「それにしても、こんなに広いのに誰もいないのね。照明もまばらだし」

「夜の駐車場なんて、そんなもんさ」

「そっか」

美可子の声とともに、長い爪が恵茉の腕に食い込む。

「恵茉ってば、ざーんねん！　あんたの頼りのじいさんは死んじゃったから、あんたの助けになんか、だーれも来ないって！」

美可子は愉快そうに高笑いをすると、恵茉から手を離し、どんと押した。

恵茉はよろけ、転びそうになる。

「十分かぁ。長く感じるわぁ——え、なに？」

突然、ふわりと甘い茉莉花《ジャスミン》の匂いが漂い始める。

「ヒロ、見てよ！　白い花びら！　空から降って来た！」

「なんだ、これ？　なんかのアトラクションか？」

美可子とヒロが騒ぎ出す。

（空から花びら？）

目が塞がれたままの恵茉には、なにが起きたのか見えない。二人がはしゃぐ声を聴きながら、その隙にと、恵茉は不自由な腕で目隠しをずらそうと動かす。

（森林公園から駅までは近かった？）

たとえ駅は遠くても、民家はあるだろう。少しでも目が見えるようになったら、そのまま走ってどこかの家に助けを求めて――。

なおもはしゃぐ二人の声をバックに、恵茉は考え続ける。

ドン！　グシャ！

恵茉の背後で、なにかが潰れる音がした。

「やだ、なにこれ！」

美可子が叫ぶ。

「あ、おおっ!!」

ヒロの叫び声が聞こえ、消えた。

「ヒロ、ちょっと、しっかりしてよ！」

半分ずり落ちた目隠しの恵茉の目に、倒れたヒロを美可子が揺らしている姿が映った。

そして、そんな美可子を睨《にら》むように、彼女からやや離れた場所に大きな白い動物がいる。

あれは……犬？　違う、あの尾は狐《きつね》だ！

白い大きな狐は地面を蹴ると美可子のそばへ降り立ち、その大きな口で彼女をヒロから引き離した。

「いや！　やめて！」

引き離した美可子を、白い狐が前脚で押さえる。なにが起きているのかと、恵茉は中途半端な目隠しを思い切り下げた。

すると、美可子の喉を押さえた狐の姿が、恵茉の目に飛び込んできた。

――「その喉を潰してやりたい」

突如、その言葉が恵茉の頭に浮かんだ。

「ダメ!! 律さん!!」

恵茉は、律の名を呼びながら、もつれそうになる足を前に運び白い狐へと駆け寄った。

そして、紐で縛られたままの手でその白い脚を美可子から外そうとしがみつく。

「お願い！ 止めて！」

狐の白い脚の下で、美可子が両手両足をばたつかせる。このままじゃ、危ない！

恵茉は狐の脚を美可子の喉からずらすため持ち上げようとした。

そのとき、恵茉の手に小さな固いものがあたる。指先でなにかと探ると石だった。

球形の小さな石。

暗さでよく見えないけれど、白い毛の中に埋まるようにしてあるこれは――。

恵茉は、指先にあたったオニキスのブレスレットをぎゅっと握った。

「律さん、聞いて！」

白い狐の動きが止まる。

「聞いて！ この人にそんなことする価値なんかないの！ 価値なんか、ないっ!!」

狐の脚が美可子からすっと離れる。

げほげほと美可子が咳《せ》き込みながら、あとずさる。

「……恵茉……」

美可子は、顔を歪《ゆが》め恵茉を睨んでいる。恵茉もじっと美可子の顔を見た。

恵茉は美可子が怖かった。今だって、怖くないと言えば嘘《うそ》になる。

けれど、恵茉は視線を逸《そ》らさずに美可子を見つめた。

彼女の心を、根こそぎ読み取ってやるつもりで見続けた。

「あんた、早くその白い犬、どこかにやりなさいよ！」

「………」

「なに、見てんの！」

「美可子ちゃんの心」

「なっ……！」

美可子が怒りで顔を歪めた。その顔は、恵茉が想像するよりも幼い。

恵茉はまじまじと美可子を見た。

化粧が濃いがその顔の下はあどけない。手足は長いが、不健康で筋張っている。長い髪は乱れている。

傷ついているようにも見える。悲しくも見える。

怒っているようにも見え、自信がないようにも見えた。

この人は、一体なんなんだろう？

美可子を見れば見るほど、恵茉には疑問しかない。

美可子は自分に関心のない両親からの愛情に飢え、心が傷つけられた。その傷を、恵茉をいじめることで癒やそうとした。

でも、果たしてそれで傷は癒えたのだろうか？　心は満たされたのだろうか？

恵茉にはそうは思えない。美可子は今でも傷つき飢えている。そして、その飢えを満たすため、再び恵茉に襲い掛かろうとしている。

小学四年生の恵茉にとり美可子は、立ち向かったところで越えられない壁のような存在だった。しかし、今の恵茉にとり美可子は、人を傷つけることでしか自分を保てない、ただの十八歳の女の子だ。

恵茉と目が合った美可子が、顔を逸らす。

「……恵茉のくせに」

「わたしは、もう、美可子ちゃんから目を逸らさない」

「生意気な」

「この先、美可子ちゃんがわたしを傷つけようとしても、顔を上げて美可子ちゃんを見るから」

美可子がうつむいたまま、両手の拳を握る。

「……あんたなんて」

「わたし、わかったの。自分の心の面倒は自分でしか見られないんだって。周りの人からもらった優しさや勇気を、どう活《い》かすかも自分次第なんだって。わたしは、わたしの力で幸せになれる人になりたい。わたしの幸せは、わたしが決めるの。だから、美可子ちゃんがどう思おうが、わたしには関係ないの」

「あんたに……なにがわかるのよ！」

美可子が恵茉を見た。

「だったら、美可子ちゃんはわたしのなにがわかるの？」

「なんでわたしがっ！」

「そうだね。わたしは、美可子ちゃんにわたしのことをわかってほしいなんて、まったく思わない」

「…………」

恵茉は白い狐に近づいた。

すると、腕を縛っていた紐《ひも》がブツリと切れ、足もとに落ちていった。恵茉は自由になった手で、首まで落ちていた目隠しを外した。

それを見た美可子がびくりと体を震わす。

「だから、美可子ちゃん、さようなら」

「…………」

ヒロがうめき始める。それに気づいた美可子が立ち上がり、つんのめりながらも彼のもとへ行く。

そんな後ろ姿を見ながら、恵茉は白い狐に抱きついた。

「帰りたい」

恵茉がそうつぶやくと、狐が落ちている扇子を咥《くわ》えた。そして、次に大きく尾をひと振りすると、車に残していたリュックサックが恵茉の手元へと戻った。

（もう大丈夫……）

そう思ったとたん恵茉の体の力は抜け、そのまま意識が遠のいていった。

リンリリンと鈴虫が鳴いている。甘い茉莉花の香りもしている。

ひらりと顔になにかが触れる感触で、恵茉は目を開けた。頬に落ちたそれを指先で摘まんで見た。茉莉花の花びらだ。

夜空から白い花びらが、はらはらと雪のように舞い落ちてくる。

森林公園のあの花びらが、ここでも降っている。

恵茉はゆっくりと体を起こし、いつの間にか手に持っていた祖父の扇子を広げた。すると、やっぱりそこには、白い茉莉花の花があった。

（じいじ……）

恵茉を助けてくれたのは祖父だ。そして、もう一人。

恵茉のそばには、さっきの大きな白い狐がいた。狐はうずくまったまま唸《うな》っている。

「律さん」

恵茉は立ち上がり狐に話しかける。けれど、狐は唸るばかりで反応がない。

庭園灯を頼りに、恵茉は周りを見回した。四方を壁に囲まれた、ここはどこかの中庭のようだ。見慣れているような気もするけれど、見知らぬ場所のようでもある。

「恵茉、恵茉」

声のした方に首を動かすと、一つの壁の少し高い場所にある出窓に、あずきちゃんが立っていた。ここは、秋芳家の厨房《ちゅうぼう》の裏だ！

あずきちゃんが窓をわずかに開けた。

「恵茉、律様、狐になった。狐の律様嫌い！　あずきちゃん、また噛《か》まれちゃう！　やだやだ、恵茉、どうにかして！」

「どうにかって。わたしになにが……。でも、なんで律さんは、狐に？」

「律様は狐のあやかしだもん。人の姿よりあやかしの姿のほうが、力も強くなるし、移動も簡単で遠くまであっという間に行ける。視覚も聴覚も嗅覚も鋭くなるから、恵茉を捜すなら白狐《びゃっこ》になるのが一番いいもん」

律は、恵茉を捜すために狐になった？

「戻れるのよね？」

「戻れないの！」

そんなばかな。あずきちゃんは、なんてことを言いだすのだ。

「だったら律さんは、このままずっと狐ってこと？」

「律様、妖力が弱いの。だから、狐になったら、一人で戻れない」

「誰が戻してくれるの？」

「律様のお父様。天音《あまね》様」

「よかった！　律さんのお父様なら、波留田さんたちが探してくれているわ」

あのときは自力で目覚めた律だが、その後も不調だ。そのため、引き続き波留田や彼の家族が天音を探している。報告はないが、見つかったらすぐにでも連絡が来るはずだ。

「天音様、いつ来る？　すぐ？　あと、何分？」

「そんな早くには……」

「ダメよ、そんなの。律様、死んじゃうぅ」

あずきちゃんが涙をぼたぼたと流し始める。

「あずきちゃん、泣かないで！　お願い、落ち着いて、ゆっくりでいいから、わたしにわかるように教えて」

あずきちゃんが、泣くのを我慢し、ひっくひっくしながら話し始める。

「あやかしになるの、すごく妖力いるの。律様の妖力じゃ足りない。でも、それ律様のせいじゃない。律様と同じあわいでも、みんなもっと力ある」

恵茉が頷《うなず》きながら聞いているのを見て、あずきちゃんが小さな体で大きく深呼吸をした。

「律様の亡くなったお母様、凄《すご》く心配症で、凄く律様を愛していた。小さい律様を残して自分が死んだあと、律様が絵の仕事をするのが危ないって思って。だから、仕事をしなくていいように、律様が妖力を使わないように、力を弱くするお願いをした。あやかしじゃなくて、人として生きてほしいって願った。でも、律様は絵が好きで。自分で絵の仕事をするって、秋芳家の当主になるって決めて。だから、全部、律様のお母様のせいなの」

そこまで話したあずきちゃんが「そうだ！」と手をたたく。

「恵茉が、律様のお母様の願いを断ち切ればいい。恵茉ならできるかも！」

「わたし、なんでもする」

「やったぁ！　恵茉、この家の女主人だもん。律様のお母様がこのお願いをしたとき、この家の女主人としての力を使ったの。だから、きっと同じ力！……たぶん」

「……わたし、女主人じゃない」

「あぁ、そうだった。結婚まだだった。でも、大丈夫！　律様とこの家に忠誠を誓えば同じ意味……たぶん」

たぶんだらけのあずきちゃんの答えは頼りないけれど、少しでも可能性があるのなら、それにかけたい。

「どうすればいいの？」

「まず、律様への忠誠ね。恵茉が律様の左右の人差し指にチューするの」

あずきちゃんの言葉を聞き、恵茉は赤面した。

美可子の家から帰ってきたとき、律は恵茉の左右の人差し指に口づけをしていた。

あれは、もしかしてこういう意味？

「……それで、この家に忠誠を誓うには？」

「どこでもいい、主屋に触って『わが命は秋芳家とともに』って言うの。これは、ほんと」

あずきちゃんの励ますような顔に、恵茉は大きく頷く。

できるのか、できないのか。

祈るように恵茉は、白狐の律に近づいた。白狐は唸ったままだ。

恵茉は白狐の前に膝をつき、白い毛に覆われた右前脚の手を両手で持ち上げ、口づけをした。続いて、左にも。

律は自分で戻るすべがないのに、命がけで恵茉を助けに来てくれた。

恵茉のために、律を死なせるわけにはいかない。

続いて恵茉は秋芳家の壁に手をつき、目を瞑《つぶ》った。

「わが命は秋芳家とともに」

恵茉の言葉に応えるように、家の魂のありかのようなものが恵茉の手のひらに集まる。

恵茉の頭の中に、秋芳家の大きな門が映る。次に、緑のトンネル。秋芳家の主屋に画廊。水やりをした庭、蛍が飛んだ川。そして、この家に吹く風。

それらに宿る優しくも頼もしい力が、恵茉の手のひらに、指先に、そして体中へと一気に駆けていく。

恵茉は再び律に近づくと、あずきちゃんに尋ねた。

「次はどうすればいいの？」

「律様の額に恵茉の両手を重ねて置いて、『もとの律様に戻って』って言えばいい」

自信満々にあずきちゃんが言う。

「もとの律さんに戻ってください」

もとの律さん。白狐から人の姿に戻るだけでなく、律の母親の縛りを受ける前の自由な律に。

「律さんが、自分の心の思うままに、その力を自由に使えますように」

恵茉はそう心から願った。

すると、狐《きつね》の体が青白く光りだした。

「恵茉！　すごい、すごい」

あずきちゃんが拍手を始める。しかし――。

「失敗した。どうしよう、あずきちゃん！」

体は光ったものの、律の姿は戻らない。

「そんなぁ、あずきちゃん、わかんないよ。なにか知っているんじゃないかな？」

「五十鈴さんは？　五十鈴さんなら、知らないもん」

「五十鈴は知らないよ。律様が大きくなってから来たんだもん。律様のお母様にも会ったことないよ」

じりじりと焦る恵茉の周りで、降りやむことなく茉莉花《ジャスミン》の花びらが舞う。

「……あっ。祖父なら、なにか知っているかも」

「松造？　……そうかも！　松造は、律様が生まれる前からこの家に来てて、律様とも仲良しだった！」

祖父と律には、恵茉の知らない絆《きずな》がある。そこに、律を戻すヒントがあるかもしれない。

祖父に会うことは叶《かな》わない。

けれど、茉莉花の花びらを散らし続ける祖父の扇子に菓子を捧《ささ》げれば、あの一軒家で過ごした日々の絵の記憶を見ることができるだろう。

扇子に描かれた茉莉花は、恵茉の名前の由来となった夏の花だ。そして、恵茉に縁《ゆかり》のある菓子と言えば。

「アイスクリームだ」

絵が求める菓子の矢印は、アイスクリームへと向かっている。

恵茉は扇子を持ったまま厨房の出窓がある壁に手を置いた。アイスクリームを作るためには、厨房に入らなくてはならない。

「お願い。わたしをこの部屋に入れてください」

恵茉が願うと、手が壁をすっと抜け、体ごと持ち上げられるように厨房の中へと入っていった。

「ありがとう！」

恵茉は壁に感謝を伝えると、花びらを散らす扇子を棚の中に入れた。棚の中でどれだけ時間が稼げるかわからないけれど、せめて菓子作りの間だけでもこの部屋に花びらが散ってほしくなかった。

「恵茉！」

あずきちゃんが恵茉に抱きつく。

「さぁ、あずきちゃん。アイスクリーム作り、手伝ってね」

「もちろんよ！」

恵茉はボウルに卵黄と砂糖を入れ混ぜた。そして、鍋に牛乳を入れ、卵黄と砂糖を混ぜたものを少しずつ加えていく。

（焦ったらだめだ。失敗したら、かえって時間がかかってしまう）

自分の心をなだめながら、アイスクリーム作りに集中する。

厨房の中央にあるステンレスの作業台に、祖父の扇子を広げて置いた。

そして、バニラのアイスクリームを置く。

祖父の扇子から、チラチラと小さな星屑《ほしくず》のような細かな星の光の粒が生まれる。光は恵茉が作ったアイスクリームへと降り注ぐと、愛《いと》おしむように、優しく撫《な》でるようにその表面を滑りアイスクリームとともに消えていった。

正解の菓子でよかったとほっとしながら、これから一人で絵の記憶に入るのかと思うと足が震えた。

恵茉の隣には、いつだって律がいた。

絵の記憶に入るときだけじゃない。この家に来てから、律はいつも恵茉のそばにいてくれた。背中を押してくれた。

恵茉の人差し指から放たれた光が、まっすぐに扇子の茉莉花へと繋《つな》がった。そして、その光が、今度は急激に膨らみ恵茉を包みだす。

一瞬の闇が訪れたあと、恵茉はあの懐かしい古い一軒家の小さな庭にいた。

草の陰に、白い犬がいる。

小さな恵茉が、髪をふわふわさせながら、その犬を抱き上げ家の中へと運んだ。

『じいじ！　白い犬さん、怪我《けが》してる！』

恵茉の元気な声のあと、ゆっくりとした足音が聞こえ、ひょいと祖父が顔を出した。

祖父が細い目を大きく開くと「なんと」と、驚いた声を上げ、恵茉と犬を交互に見た。

場面が変わる。扇子が飾られた和室で、祖父が犬の傷に薬を塗っていた。

『お父様と喧嘩《けんか》だけでなく、どこかの犬とも喧嘩をしましたか』

少し面白がるような祖父の言い方が気に入らないのか、白い犬はあからさまに顔をプンと横に向けた。

そこに、小さな恵茉が器に盛ったアイスクリームを持ってやって来る。

『じいじ、これ、お薬《くすり》。恵茉が作ったアイスクリーム、あげていい？』

『うーん。どうだろうなぁ』

『召し上がりますか？』と祖父が犬に尋ねると、横を向いていた犬が恵茉のほうへ顔を動かした。

恵茉が犬の前にぺたんと正座した。犬は恵茉が差し出したスプーンから、アイスクリームをペロリと舐めた。

犬の体が光り出す。

『恵茉、ここから動いたらダメだぞ！』

祖父は焦ったようにそう叫ぶと、犬を抱え別の部屋へと行った。

再び場面が変わる。夜だった。

縁側に、祖父と少年が座っている。その近くで、恵茉はタオルケットを掛けすやすやと寝ていた。祖父が少年を『律様』と呼んだ。

『もう少ししたら、秋芳家からお迎えが来るそうです』

『嫌だ。帰りたくない。このまま松造さんの家で暮らすことはできないかな？』

『なるほど。では、ここで律様はなにをしますか？　菓子を作りますか？』

律が黙る。

『うちの恵茉は、まだ小学校にも通っていませんが、心は菓子職人ですよ』

『……立派だな』

『律様はおいくつになられましたか？』

『松造さんは、存外に意地が悪い』

祖父がカラカラと笑う。

『恵茉が菓子職人として精進するためにも、律様が絵の勉強をして絵のために働いてくださらないと、困ります。律様は、ご自身で進む道をお決めになったんですよね？』

『そうだ。ぼくが決めた。ぼくの力の弱さを心配した父の反対を押し切り、秋芳家の仕事をすると決めた。でも……昨日、ぼくは絵を消した。それも大事な仕事だと父は言った。森の中にある静かな湖を描いた絵だったよ。でも、暴走して……』

律の声が震える。

『ぼくは絵を消したくない！　……でも、消さなくちゃいけなかったんだ』

『それは、わたしの責任でもあります。絵が求める菓子を見つけられなかった。でも、わたしは泣きません。諦めません。ゆびさき宿りとして最後まで努力し、探し続けます。律様だって、諦めないですよね？』

律がコクリと頷《うなず》いた。

『律様、物事にはプラスの面もあれば、マイナスの面もあります。でも、面白いもので、マイナスだってプラスにできるし。または、プラスだと思ったことが、実はマイナスのときもあるんです』

『……なんとなく、わかる気がする』

『要は、自分次第です。どうしようもないことはあります。でも、いつまでもそこに立ち止まり嘆き悲しんでいるのは、もったいないじゃないですか。特に、わたしたち人間はせいぜい生きて百年。悲しむ時間はもちろん必要ですが、それだけで終わってしまうのは、いささか惜しい』

律は無言で、祖父の言葉を考えるように小さな拳を顎につけた。

『松造さんは、恨んでない？　ゆびさき宿りの、こんな契約に巻き込まれて』

『まさか！　恨んでなんかいません。恨むはずないじゃないですか。わたしも息子もゆびさき宿りの契約のおかげで、命を長らえ、そして恵茉に会うことができました。恵茉はわたしの亡き息子夫婦の宝です。ただ、恵茉は……』

祖父が頭を下げる。

『律様。どうか将来、この子の力になってあげてください。ゆびさき宿りとして生まれた孫の、力になってあげてください』

『うん、約束するよ。この子が一人で泣かないように、ぼくが守るよ』

そして、律は眠る恵茉のそばへと来た。

『ゆびさき宿りの娘。大きくなったらまた会おうね』

空気が変わる。ふっと目を開ける恵茉の目に、空の器と扇子が映った。恵茉は扇子を手に取ると静かに閉じ、それを握ったまま両手を作業台についた。スチール製の硬質な台の上に、熱を持った恵茉の涙がぽたぽたと落ちる。

祖父がいた。

祖父はしゃべって、笑って、困った顔をして。

そして、恵茉は聞きたかった祖父の足音を聞いた。

祖父と二人の生活だった。聞こえる足音は、いつも祖父だった。

でも、思い出だった……。

祖父のすべては、もう思い出になってしまったのだ。

そして、もうこれ以上、恵茉と祖父の間には、思い出が増えることはない。

むしろ恵茉が年を重ねるにつれ、大切だったはずの数々の愛しい日々は、薄れてしまうのだ。

祖父はもう、恵茉の思い出にしかいない。

待っても、待っても、祖父の足音は恵茉には聞こえない。

祖父は亡くなった。

もう、会えない。

もう、会えないんだ。

「恵茉、泣かないで」

あずきちゃんが小さな手で恵茉の涙を拭う。

「……ありがとう」

そうだ。泣いてばかりいるわけにはいかない。こんな恵茉を、祖父も喜ばない。

恵茉が白い犬だと思っていたのは、白狐《びゃっこ》の律だった。

律は恵茉のアイスクリームで、人の姿に戻った。

「わたしも、諦めない」

律を戻すのだ。

ガラスの器に入れたアイスクリームを持ったまま、恵茉は再び律のいる中庭へと戻った。

白狐の律は目を開けたまま唸《うな》っている。

恵茉は白狐に近づくと、その大きな口にスプーンですくったアイスクリームを差し出した。

律は恵茉の指やアイスクリームの匂いを嗅いだあと、おとなしくアイスクリームを舐《な》め始める。

どうだろうか。正解か。

でも、もしダメだったとしても……また、探せばいい。

なんどでもやり直して、挑戦し続けるのだ。

ふいに、恵茉の目に、ぼんやりとした光が白狐の体の中へと宿っていくのが見えた。光はどんどん白狐に集まると、今度は逆に外へ外へと広がり始めた。

光が繭のように白狐を包む。すると、白狐の姿はみるみるうちに人間の輪郭となり、恵茉のよく知る律の姿となった。

その光の中で律は立ったまま眠っているかのように、目を閉じている。

律の顔からは、狐《きつね》の面が消えていた。律がゆっくりと目を開く。すると、彼を囲んでいた光が消えた。

恵茉の瞳に、律の顔が映る。

すっきりとした眉に二重の切れ長の瞳。鼻筋は通り、口は大きく男らしい。

けれど、頬に肉がついていないせいか、どこか寂しそうで憂いがあるようにも見える。

律の顔は美しかった。

けれど、その美しさは、彼の心そのものだった。優しく繊細。でも、強い。

恐れることなど、なにもなかった。

顔が見えようが、狐面だろうが、律は律だ。だから、恵茉の心も変わらない。

恵茉は嬉《うれ》しさのあまり、思わず笑ってしまう。

律が不思議そうな顔で恵茉を見ている。

「恵茉、さん？」

「はい」

恵茉の返事に、律が深いため息を吐く。

「無事でよかった」

「……はい」

（そうだ……。とても心配をかけてしまったんだ）

「でも、ぼくはどうやって人に戻ったんだろう？」

「……それは」

もごもごと、恵茉は誤魔化す。どこからどう説明をしたらいいのだろう。

アイスクリームを食べさせたことは言ってもいいのだろうけれど、問題はその前だ。狐だったとはいえ、勝手に律の指にキスをしてしまったのだ。助けるために試したこととはいえ、もとを正すと恵茉のせいでもあるので、二重に申し訳ない。

「白狐の間の記憶は人に戻ると曖昧なんだ。でも、一瞬、恵茉さんの声が聞こえた」

律が、手首に巻いたオニキスのブレスレットを触る。

その言葉で、恵茉はあの駐車場での出来事を思い出した。

もし、律が助け出してくれなかったら、恵茉はどうなっていただろう。

けれど、律はどうやって恵茉が連れ去られたと知ったのだろう？

「わたしのことは、賢太君が？」

「そうだよ。恵茉さんが無理やり車で連れて行かれたことを、智彦さんが賢太君から聞いたと伝えてくれたんだ。それを聞きぼくは、自分の血が凍るかと思ったよ」

律が目を伏せる。

「いや、逆か。怒りで、体中の血液が沸くかと思った」

「わたし……ごめんなさい」

時間が戻せるのなら、横断歩道で美可子に腕を摑《つか》まれたときまで巻き戻したい。

もっと戦えばよかった。それこそ、こっちが嚙《か》みつくくらい。大声を出して、周りに助けを求めて。きっとあの場でも、助けてくれる人はいたはずだ。

もし、律が助けに来てくれなければ。

恵茉はもちろん、律や五十鈴も傷つき、悲しい思いをさせただろう。それが苦しい。

律はまじめで優しい人だ。恵茉を守らなくてはいけないと思っている。祖父との約束が、彼を縛っているのだ。律に迷惑をかけたくない。重荷になりたくない。悲しませたくない。

優しい人を、恵茉から解放したい。

恵茉はきっと顔を上げ、律をまっすぐに見つめた。

「律さん、婚約を解消してください」

さっき秋芳家と女主人の約束をしてしまったけれど、それはあとで取り消してもらおう。

「わたしは、律さんのお嫁さんにならなくても、一人でもゆびさき宿りとして、菓子職人として歩いていきます」

律が息を吞《の》む。

「律さんには、律さんの心が動く人と一緒になってほしいんです」

律が大事だから。

恵茉は律と会い、彼と過ごし、祖父や菓子以外でも自分の心が動くことを知った。

律を知りたいと思った。

律のためになにかしたいと思った。律を傷つけたくないと思った。

心の底から、自分以外の誰かを想《おも》う気持ちがあふれてきた。

あの想いを、律にも味わってほしい。

恵茉にとっての律のような人を、律にも見つけてほしい。

律は以前、絵が自分の心を動かすと言った。

けれど、出会っていないだけで、律にも心を動かされる人がいるはずなのだ。

その人との出会いの可能性を、恵茉が隣にいることで邪魔したくない。

律が目を見張り、肩をすくめた。

「思えばぼくは、初めて会ったときから恵茉さんに助けてもらった。以前、恵茉さんが話してくれた庭に迷い込んだ白い犬はぼくだ。犬ではなく狐だったが。あの日、ぼくは父と喧嘩《けんか》をした。そして、どこに住んでいるかわからない松造さんを捜すため白狐となり、彼の匂いを辿《たど》ってさまよった。途中、ガラの悪い妖怪と喧嘩をして。だから、怪我《けが》をして、血も出ていて。それでも、庭でぼくを見つけた恵茉さんは、ぼくを抱え、家に入れてくれた。そう松造さんから聞いている」

あの日の記憶は断片的なんだと言いつつ、律はふっと目を閉じた。

「ただ不思議と、幼い恵茉さんの寝顔は覚えている。ぼくがこの子を守らなくてはいけないと思ったからかな。でもどうだろうか。果たして、ぼくはきみを守れただろうか？」

「守ってくれました」

恵茉は迷わず答えたが、律は静かに首を振った。

「きみが菓子を作るひたむきな姿。絵に関わる人への真摯な態度。そのすべてから、ぼくは改めてこの仕事の大切さを教えてもらった。そして、一緒に菓子を探る楽しさをぼくは知った」

「それは、律さんが教えてくれたからです」

初めての菓子「ガレット・デ・ロワ」を作ったとき、恵茉は絵に菓子を捧《ささ》げる意味を知り、それを実感として感じることができた。

恵茉の未熟な考えを、律は迷うことなく指摘してくれる。その指摘には、悪意も他意もない。だから、恵茉は律の言葉を信じることができるのだ。

「きみは、どんどんたくましくなっていった。そして、きみの言うとおり、きみは一人でもまっすぐ、ゆびさき宿りの菓子職人として自分で決めた道を歩いていけるのだろう」

律に認めてもらった。

その嬉しさの半面、いよいよ律とお別れだと恵茉は覚悟する。

祖父が秋芳家とは別の場所で暮らしながら菓子を作ったように、恵茉もこの家を出て一人で暮らそう。

「ただ、その隣に、ぼくの居場所を作ってもらってもいいだろうか？」

（……えっ？）

「あの、律さん？」

律が恵茉の両手を握る。

「ぼくの心を動かす人は、いつだってきみだ。きみだけがぼくの心を動かす、ただ一人の女性《ひと》だ」

まさかの言葉に、恵茉の顔から耳から頭まで、さらに足の指先までが赤くなる。

「改めて、申し込みをさせてほしい」

その言葉とともに、律が恵茉に跪《ひざまず》く。

「小島《こじま》恵茉さん、ぼくと結婚してほしい」

恵茉の息が止まる。

「愛も恋もある結婚をぼくとしてほしい」

「わたしで、いいんですか？」

「恵茉さんでなくては、ダメなんだ」

律の瞳には恵茉が映っている。

狐面では見えなかった律の深い瞳に、恵茉はのみこまれてしまいそうだ。

「……それは、誠に恐れ入ります」

恵茉の答えに律が破顔し、ゆっくりと立ち上がる。

「婚約者殿。今日からきみの隣は、未来永劫《えいごう》ぼくだけのものだよ」

律がふわりと恵茉を抱きしめると、二人の足もとにあった一面の茉莉花《ジャスミン》の白い花びらが祝福するかのように舞い上がった。

花びらは恵茉と律の目の前で、その色を白から八重咲きの薄ピンクへと変えた。

恵茉は自分の髪飾りに手を当てる。

「じいじ、ありがとう……」

薄ピンクの茉莉花の花びらは優しい光を灯《とも》すと、ちらちらと名残惜しそうに、一枚一枚消えていった。

エピローグ

代官山《だいかんやま》画廊は、無事に展示会の初日を迎えた。

律《りつ》は来場者に挨拶をしながら、展示スペースを歩いた。事前に出した案内状の効果か、波留田《はるた》の奮闘のおかげか、オープン前からの人の列に、律はほっと胸を撫で下ろした。

ふと視線を感じ窓の外に目を向けると、律のよく知る壮年の男性と目が合った。

雪のように白い髪に陽《ひ》に焼けた体。そして、サングラスにアロハシャツ。律の父の秋《しゅう》芳天音《ほうあまね》だ。律は波留田に声をかけたあと、画廊を出た。

「父さん、おかえり」

「やぁ、息子よ。おかえりと言ってもらい嬉しいが、実はこれをおまえに渡すために寄っただけなのだ」

天音は、持っていた一升瓶を律に渡してきた。「雷桜」改め「春」の画家と縁《ゆかり》のある和菓子屋の土地の酒だ。

「元気そうで安心した。すまんな、すぐに帰れずに」

「かまわないよ」

波留田や彼の家族が天音を探したが、ことごとくすれ違ってしまったようなのだ。

「そうだ、父さんからの新聞記事、とても助けられたよ」

「役立ったか？」

「おかげさまで」

「素直でよろしい」

律に秋芳家の当主を譲った天音は、日本全国を歩きながら絵に関する情報を律に寄せてくる。この、いつ帰って来るかわからない父に、律は聞きたいことがあった。

「小島松造《こじましょうぞう》さんの孫の恵茉《えま》さんが、うちで暮らし始めたのは伝えたよね」

「あぁ、ゆびさき宿りの娘だろう」

「彼女は、ぼくの顔に狐《きつね》の面が見えるらしいんだ」

「……ほぉ、それはまた、面妖な」

天音は神妙な口調だったものの、遂には我慢できないとばかりにゲラゲラと笑い出した。

「やっぱり犯人は父さんか。でも、どうして恵茉さんにそんなことを？」

天音は妖狐として強い力を持っている。恵茉の目に映る律に狐の面をかぶせてしまうことくらい、なんなくできるだろう。けれど、それも近くにいればこそだ。

いくら天音でも、遠く離れた恵茉に術をかけるなんて、できないはずである。

「あの娘には、なにもしてないよ。俺は、律にかけたんだ」

「ぼくに？　いつ？」

「律が中学生の頃かな。おまえは母さん似で美人顔でな。老若男女問わず、追いかけられ毎日へとへとだった」

「それと狐面に、どんな関係が？」

天音の話の見えなさに、律は顔をしかめる。そんな律に向かい、天音がにやりと笑う。

「息子思いの俺は願った。『律の運命の相手は、こいつを顔ではなくハートで選んでくれますように』ってな」

「……なんだ、それ」

「安心しろ、松造の孫が狐面のおまえに惚《ほ》れたら、面なんてパパッと消えるから」

律は恵茉から、狐面が消えたとの報告は受けていない。

つまりは、想いは律だけ……なのか。

「律、どうした？　そんな暗い顔して」

「……別に」

一番弱みを握られたくない相手の前でも落ち込んでしまうほど、律の心はダメージを受けていた。そんな律に、天音が珍しいものでも見るような視線を向けてきた。

「なるほど、そうか」

そこで言葉を切ると、天音が噴き出す。

「彼女にはおまえの顔が見えないけれど、おまえには彼女の顔が見えたのか！」

笑う天音にしぶしぶと頷《うなず》く。長いこと律にも恵茉の顔は見えなかった。彼女の顔が見えたのは、中庭で白狐《びゃっこ》から人へと戻ってからだ。恵茉がこの家にやって来たとき名前を確認したのは、彼女の顔に白兎《しろうさぎ》の面があり、顔が確認できなかったためである。

木陰を風が流れる。

天音の目が細くなり、瞳の色が黒から金色へと変わる。そして目を閉じ、なにかを手繰り寄せるかのように、鼻をひくひくとさせた。

「懐かしい。ゆびさき宿りの匂いだ。いやしかし、この匂いは俺が知る誰よりも甘い」

「彼女の力は、ぼくや父さんが想像していたよりも強いよ。彼女は絵が宿した密《ひそ》やかな情念まで映像化し、昇華させていく。絵が心から満足して、もとの姿に戻っていくようにぼくには感じられる」

「この家や土地や吹く風が、以前俺がいた頃よりも穏やかに感じられたのは、あの子の力なんだな」

契約による関係ではなく、生まれながらにしてゆびさき宿りの力を有する人の子は、妖力を持つものにとっては、愛《いと》おしむ存在なのであろう。

その証拠に、恵茉がこの家の門の前に立ったときから、この家に関するすべてが恵茉に寄り添い、恵茉を助けようとしている。

「おや、律。おまえ、妖力が強くなったか？」

天音が律の体を宙でなぞるように手を上から下へと動かし、首を傾《かし》げた。

「ふむ。完全とまではいかないけれど、母さんの術が弱まっている」

天音の話を、律はやはりと思い頷いた。

「この間、白狐からいつの間にか人に戻っていたんだ」

「……それは、すごいな」

「おそらく、恵茉さんだと思う。彼女はなにも言わないけれどね」

律を白狐から人へ戻したのは、恵茉だろう。

彼女は教えてくれないが、おそらく律と秋芳家に忠誠を誓い、女主人の立場で律を助けたのだ。実際、あの場で誰かに助けてもらわなければ、律は今頃どうなっていたか。

「律、あの子を大切にするんだぞ」

「言われなくてもそうするよ」

律の返事に天音は、くしゃっとした笑顔を向けてきた。

そして、背を向け一度だけ手を振ると、再びどこかへ行ってしまった。

◇◇◇

恵茉は、両手に大きな保冷バッグを持ち、主屋の裏口へと続く廊下を進んだ。

バッグの中には、五十鈴《いすず》特製のレモネードやアイスティーといった冷たい飲み物が入ったピッチャーが何本も入っている。

恵茉の後ろには、心配顔の五十鈴がいた。

「恵茉様、重いですが大丈夫ですか？」

「画廊まですぐだし、わたし、意外と力があるんです」

材料を運んだり、混ぜたり捏《こ》ねたり延ばしたり。菓子作りには力がいる。

外見だけを見るとひ弱に見える恵茉かもしれないけれど、菓子作りをする多くの人たち同様に、そこそこ力持ちなのだ。

裏口を出るとすぐに律がいた。恵茉がわざと睨《にら》むと、律は、ははっと笑う。

そして、軽々と保冷バッグを恵茉から攫《さら》い、歩き出した。

律が甘い。

前から優しかったけれど、それとは少し違う。

恵茉を見る目が優しく、そして、甘いという言葉が似合う笑顔や、こうしたさりげない手助けをよくしてくるのだ。

でも、同時にほろ苦くもある。

律は恵茉を子ども扱いで、恵茉ともせいぜい手を繋《つな》ぐくらい。それ以上はない。

（別に、なにかしてほしいというわけではないけれど）
あまり迫られても、恵茉は正直困ってしまう。
それなのに、この穏やかな距離がどことなく物足りなくもあるのだ。
早く大人になりたい。
律の隣に似合う女性《ひと》になりたい。
好きという気持ちは砂糖のように甘く、そして、カラメルのようにほろ苦い。
そんなお菓子のような恋愛を、十八歳の恵茉はしている。
「恵茉さん」
ふいに名前を呼ばれ顔を上げると、煌《きら》めく夏の木漏れ日の向こうに律がいた。
不思議だ。初めて会ったときは、闇のような人だと思ったのに。
今の恵茉にとって、律は光だ。
律に会ってから、恵茉の世界は変わった。
恵茉は大きく深呼吸した。
そして、しっかり顔を上げ、その光に向かい歩き出した。

（了）

あとがき

こんにちは、仲町《なかまち》です。

わたしにとって初めての書き下ろしの物語でございます。


この物語は次のような成分でできています。

【絵×お菓子×謎解き（かな？）×あやかし+愛情たっぷり】

では、ネタばれにならない程度に物語の誕生についてのお話を。

高山辰雄《たかやまたつお》氏の絵画「食べる」が、本作の根底にはあります。

ゆびさき宿り。この言葉が浮かんだとき、物語になりそうだなと思いました。

前作は、和菓子大渋滞の物語でしたが、今回は和洋菓子、やや渋滞くらいでしょうか。

また、謎解きはものはとても楽しい。そういえば、わたし、アガサ・クリスティーが大好きだったと思い出し、恵茉《えま》と律《りつ》が、トミーとタペンスみたいなバディになれたらなぁと願いながら書いていました（全然キャラは違うけれど）。

こうして思い返すと、自分が好きなことや大切だと思うあれこれが多く含まれた物語になっていると気づきました。

以前から、実際にあるどこかの街を舞台に物語を書きたいと思っていました。絵とお菓子を題材にする街はどこがいいかな……と考えていたときに、代官山《だいかんやま》のギャラリーの写真展に行ったことが思い出され。代官山、いいかもと思い決めました。

代官山は渋谷《しぶや》区の街です。渋谷から一駅ですが、緑が多くゆったりとした雰囲気があります。本書とはいろいろと違うこともありますが、そこは物語ということで……。


さて、わたしにとって大冒険のこの物語を、まだ種のときから信じて応援し、そして守り育ててくださったのが、前の担当のK様です。K様は「わたしと隣の和菓子さま」を見《み》出《いだ》し、作家仲町鹿乃子《かのこ》の生みの親でもあります。恩人でもあり、信頼できる編集者様です。

そして、作品完成に向けて助けていただいたのがO様です。眠らない夜があったのではと思うほど、迅速な対応をしていただき、作品のブラッシュアップをしていただきました。

富士見《ふじみ》L文庫編集部のお二人の力で、わたくし、まさかの二冊目の出版となりました。

また、素敵な表紙のイラストを担当してくださいました條《えだ》さま。物語が種の段階からお引き受けいただきありがとうございます。條さまの多くのイラストを拝見しながら初稿を書き、改稿はラフ画を拝見しながら贅沢《ぜいたく》に！　ずっとサポートをしていただきました。

校正さま、デザイナーさま、そして印刷、流通、書店のみなさま。感謝します。

家族、友人。いつも応援をありがとう！　心から、ありがたく思っています。
そして、この本を手にとってくださったみなさま。
仲町の物語を待ってくださっていたみなさま。
お手紙やＳＮＳでいつも応援してくださるみなさま。
恵茉と一緒にわたしも悩み、考え、迷い、答えはどこだと探しながら書き進めました。
みなさまにこの物語を捧《ささ》げます。

七月　代官山にて

仲町鹿乃子

参考文献

・知識と制作のすすめ　フレスコ画の技法　三野哲二／日貿出版社
・木版画　伝統技法とその意匠　絵師・彫師・摺師　三者協業による出版文化の歴史　竹中健司　米原有二／誠文堂新光社
・理由がわかればもっと面白い！　西洋絵画の教科書　田中久美子／ナツメ社
・絵を見る技術――名画の構造を読み解く　秋田麻早子／朝日出版社
・名画のミステリー　描かれた謎を探る　美術雑学愛好倶楽部／天夢人　山と溪谷社
・美しいフランス菓子の教科書　メラニー・デュピュイ／パイ インターナショナル
・フランス伝統菓子図鑑　お菓子の由来と作り方　山本ゆりこ／誠文堂新光社
・プロのための発酵菓子〜人気定番アイテムと、その発展形〜　プロのための発酵菓子編集委員会／旭屋出版
・事典　和菓子の世界　中山圭子／岩波書店
・和菓子　WAGASHI　ジャパノロジー・コレクション　藪光生／KADOKAWA
・わたしたちの手話　学習事典Ⅰ「わたしたちの手話」再編制作委員会　大杉豊　関宣正／全日本ろうあ連盟
・日本手話のしくみ練習帳　ＤＶＤ付　岡典栄　赤堀仁美／大修館書店
・暮らしを彩る　飾り結び　田中年子／ＮＨＫ出版

お便りはこちらまで

〒一〇二―八一七七
富士見L文庫編集部　気付
仲町鹿乃子（様）宛
條（様）宛

富士見Ｌ文庫

代官山《だいかんやま》あやかし画廊《がろう》の婚約者《こんやくしゃ》
ゆびさき宿《やど》りの娘《むすめ》と顔《かお》の見《み》えない旦那様《だんなさま》

仲町鹿乃子《なかまちかのこ》

2023年９月15日　初版発行

発行者　山下直久
発　行　株式会社 KADOKAWA
〒102-8177　東京都千代田区富士見2-13-3
電話　0570-002-301（ナビダイヤル）

印刷所　株式会社暁印刷
製本所　本間製本株式会社
装丁者　西村弘美

定価はカバーに表示してあります。　◇◇◇

●お問い合わせ
https://www.kadokawa.co.jp/（「お問い合わせ」へお進みください）
※内容によっては、お答えできない場合があります。
※サポートは日本国内のみとさせていただきます。
※ Japanese text only

ISBN 978-4-04-075137-5 C0193